スター作家傑作選

愛は心の瞳で、心の声で

ダイアナ・パーマー

ルーシー・ゴードン

Published by Harlequin Japan,
a Division of K.K. HarperCollins Japan, 2024

Contents

この愛が見えない

Dark Surrender

ダイアナ・パーマー

宮崎亜美 訳

ダイアナ・パーマー

シリーズロマンスの世界でもっとも売れている作家のひとり。各紙のベストセラーリストにもたびたび登場している。かつて新聞記者として締め切りに追われる多忙な毎日を経験したことから、今も精力的に執筆を続ける。大の親日家として知られており、日本の言葉と文化を学んでいる。ジョージア州在住。

主要登場人物

マギー・スターリン……………記者。
リサ・スターリン………………マギーの妹。
アンソニー・スターリン………マギーの父親。
サクソン・トレメイン…………繊維会社の経営者。愛称ホーク。
サンドラ・トレメイン…………サクソンの義母。
ランドルフ・スティール………サクソンの義弟。リサの婚約者。愛称ランディ。
マーリーン・エイキンス………トレメイン家の隣人。
ブレット・エイキンス…………マーリーンの弟。
ゴーディ・ケンプ………………スポーツウェア会社の副社長。

1

秋は心地よい。遅い午後に焚《た》き火《び》を見かけ、木が燃える煙にかすかに混じる枯れ葉の匂いを嗅いだりすると、マギー・スターリンはそれだけで胸が高鳴った。いたずら好きのゴブリンや魔術が登場する幽霊話やアメリカ先住民のかがり火を思い出すからだ。もちろん、ジョージア州南部の紅葉は、州北部と比べるとかなり見劣りする。北部では、サファイア色の秋空のカンバスを背景に、赤や金をまだらに塗りつけた山々がそびえて絢爛《けんらん》豪華だ。それでもほかの点ではあまり違わない。マギーが生まれ育ったジョージア州のこのあたりにも、かつてはロワークリーク族が住んでいて、モカシンを履いた彼らの足跡は

地元の歴史にはっきりと刻まれている。デファイアンスじゅうで鏃《やじり》や陶器のかけらが見つかり、昔彼らがそこで暮らしていたことを証明している。

マギーは〝不屈の抵抗《デファイアンス》〟という意味を持つ、この町の名が昔から好きだった。勝ち目のない勝負に挑んでいる気がして、もしサクソン・トレメインが彼女を捜してここに現れたら、まさに抵抗する力と勝利への希望が必要になるだろう。

あの繊維業界の大物のことを考えただけで体が震えてくる。サウスカロライナにいたとき勤務していた地元誌で、深く掘りさげた彼のフォト・ストーリーを書くため彼の会社で何週間か過ごす間に、危うく恋に落ちそうになった。とても楽しいひとときだった。そのせいか地元の紡績工場で、従業員が綿繊維が肺に沈着して起こる綿肺症で苦しんでいる事実を、ケリー・スミスがすっぱ抜こうとしていたのにちゃんと気づけなかった。迂闊《うかつ》にもほどがある！

マギーは、乱雑な自分のデスクの角に腰かけた。年は二十六歳で、美人ではないが、細身で人目を引く。高く張りのある胸、くびれたウエスト、細い腰。脚も申し分ないのに、今日はしゃれたロングブーツで隠してしまっている。グレーと赤が鮮やかなタータンチェックのスカートに白いブラウス、それにニットのグレーのベストを合わせている。流行に敏感に見えるが派手ではなく、『デファイアント・バナー』紙のオーナーであるアーニー・ウィルソンは、地味な紙面に高級感を加えるのに力を貸してほしいらしい。彼の祖父が新聞社を買ったときからマギーの一家と懇意にしているので、雇用主というより親戚のおじのように思えた。マギーが翡翠《ひすい》色の瞳に不安を浮かべ、やつれた顔で彼のオフィスに飛び込み、仕事が欲しいと訴えたときも、何も尋ねなかった。そのあとも何もきかないけれど、アーニーは人の心が読めるのかもしれない。

マギーはどうしても仕事が必要だった。もちろん生活のためでもあるが、特だね目的で自分を売ったと彼女を非難する繊維業界のドンから身を隠すためでもあった。会社側が工場の環境改善を怠ったせいで肺疾患が蔓延《まんえん》した可能性があると暴露記事が雑誌のトップを飾ったあと、サクソンは環境団体や労働組合と正面衝突をするはめになった。じつは、工場を改装し、有害な綿塵《めんじん》をコントロールする新しいシステムの導入計画が進行中だったのだ。ところが記事ではそのことにいっさい触れず、サクソンは従業員の健康より利益を追求する金の亡者であるかのように描かれた。そんな作り話が出まわったのはマギーのせいだと彼は責めた。サクソンはマギーを非難する前に記事を書いた張本人が誰か疑ってみもせず、釈明の機会さえ与えてくれなかった。裏切りの報いは必ず受けさせるとサクソンは宣言した。そして彼は有言実行の男だ。その言葉にはダイヤモンド級の価値があり、サウスカロライナの繊維の町ジャレッツヴィルではまさに法律だった。

マギーはその美しい小さな町を離れたくなかった。自分は無実なのだから、弁解のチャンスさえもらえれば証明できたはずだ。でも記事が出た日、サクソンは話を聞いてくれるムードではなかった。電話越しに聞こえてきた声は低くゆっくりで、霊安室で聞くかのように冷ややかだった。署名が誤って入れ替わってしまったと説明する暇もなく、サクソンは彼女の言葉をさえぎり、腹を立てたときにいつも使うあの鋭い口調で、報いは必ず受けさせると告げた。けっして声を荒らげず、どなりつけられたほうがまだましだった。

最悪なのは、長く誰にも心を動かされなかったのに、サクソンに気持ちが傾いていたことだ。一緒に過ごしたわずかな間に彼を思うようになり、あと少し時間があれば、彼の気を引くこともできたかもしれない。サクソンはいつもにこやかで協力的だったけれど、一度も触れてきたことはなく、女としてマギーを見たこともない。亡くした妻のことがまだ忘れられないのだと人は言う。それでも、彼の言動からは、長くともに暮らしたその女性への愛情が感じられたことは一度もなかった。ひょっとして人を愛したことがないのではとさえ、そのときは思った。仕事一辺倒のサクソンは一匹狼《おおかみ》で、家族を気遣うのはごくまれだった。そもそも家族はほとんどおらず、マギーの知る限り、義理の弟と母、それに会ったこともないいとこが数人だった。彼の家族がどこに住んでいるのかも、マギーは知らない。

「また空想中？」耳元でからかうような声がした。

はっとして目を開けると、イヴのきらきら光るグレーの瞳がそこにあり、動揺してしまう。

「ごめんなさい」マギーは顔を赤らめ、どぎまぎしながら言った。「ちょっと考え事をしていて」

「どうやって消防士たちが資金調達をするか？　ハリーが欲しがっていた例の新しい防火服を買う件かしら」イヴはにやりとした。「ねえ、マギー、隠し事はやめて。あなたのハートを射止めたのは誰？」

マギーは謎めいた笑みを浮かべた。「トラみたいに鋭い金色の神秘的な瞳をした、大柄な男よ」ほとんど誇張はしていない。「嘘《うそ》よ。本当は市の理事会の理事候補の誰に最初にインタビューを申し込むか考えていたの」そう言ってため息をつく。「この選挙戦を二週間は追い続けないと。写真、インタビュー……でも誰も問題にはまともに取り組まない。市に必要とされているから立候補すると聞かされるばかりで、もう飽き飽き。まったく、もし本気で市のことを考えているなら、少なくとも四人は立候補するのをやめたと思うけど」

イヴは、自分より上背のあるマギーの肩をたたいた。「雑誌社でずっと仕事をしてきたから、そんなふうに考えるのよ。そのうち慣れるわ」

「どうしてこちらの質問に答えないの？」うんざりして尋ねる。

「あなただってデファイアンスで理事に選ばれたければ、できるだけ自分の話はしないようにするでしょう。有権者に正体を知られなければ、それだけ投票してもらえるわ」イヴが共犯者めかしてささやく。

マギーは、答えがそこにぶらさがっているかのように、天井を見あげた。「サウスカロライナの大学に行くのはやめろと父には言われたけれど、確かに最悪の間違いだった。デファイアンスに残って、地元で政治に携わるべきだったわ」

「立候補しなさいよ」イヴがたきつける。「私が投票してあげる」

マギーはゆっくり伸びをした。「私ならトマス・ジェファーソンに投票するわ」

「故人じゃないの」イヴが指摘する。

「そうね、それだと責められないわね」マギーは真面目くさった顔で言い、暗褐色の髪をいらだたしげにかきあげた。「そろそろ出かけるわ。ジェイク・ヘンダーソンのところに寄って、彼が作った例の巨大キャベツの写真を撮ってくる。ほかに私の予定はあったかしら？」

イヴは、壁に掛かった大きなカレンダーを見てから首を振った。太字の赤ペンであれこれ書き込みがしてある。「明日、ロータリークラブで、学生の授賞式のときにランチ会があるくらいね」

「オーケイ」マギーは三十五ミリのカメラと予備のフィルムを持ち、バッグを手にしたが、ドア口で足を止めた。「何かあったら電話して」

「私が自分で行くわ」イヴは紙面のレイアウト室へと続くドアのほうを見て、顔をしかめた。隣の部屋から聞こえてくるパソコンの音越しに声を張りあげる。「ときには私もひと息入れないと。ここで報われない重労働にかまけてばかりいないで」

背の高い、少しおなかの出た白髪交じりの男性が、鋏《はさみ》とゲラ刷りを手にしてドアから出てきた。

「そろそろ働いてもらおうか、ミス・ジョーンズ」男性がイヴに言う。「さっさと紙面のレイアウトを始めてくれ。一面と社説は私がやった。都会派のミス・ジャーナリストとおしゃべりをしている間、担当の十二ページ分がずっと君をお待ちかねだ」

「私はあなたを田舎記者だと思ったことはありません」マギーはきっぱり言った。「それに、ミスター・ヘンダーソンが小さな種から畑で育てた十一キロのキャベツの記事で、ピューリツァー賞を取るつもりですから」

アーニー・ウィルソンはまばたきもせずマギーをじっと見つめた。締め切りに迫られた火曜日の表情だ。今日が最終チェックを終え印刷所に原稿を入れる日だった。切迫感といらだちと、アルコールへの渇きがひしひしと伝わってくる複雑な表情だった。

「じゃあね」マギーは急いで言うと、イヴにウインクをして外に飛び出した。


アンソニー・スターリン教授は、小さな居間でくつろいで夕刊紙を広げていた。そこへ娘のマギーが家に帰りついて、玄関ホールで靴を脱ぎ捨てた。

「ただいま」マギーは言った。

「そろそろ帰るころだと思っていた」父はそっけなく言った。「いつもより一時間遅い。今日は火曜日だから、そんなところだろうと予想はしていたが」

「一日中立ちっぱなしでいるのには慣れそうもないわ……新聞作りには」マギーはため息をついてソファの父の隣に座った。背もたれに体を沈め、目を閉じる。「ああ、夕食ができていればいいのに」

「できあがっている」愉快そうに父が答える。「リサが帰ってるんだ」


マギーの目がぱっちりと開いた。「もう？　もっと遅くなると思っていたのに」

「フライトがキャンセルになって、ほかの客室乗務員と勤務を交代して、早めに帰ってきたらしい。婚約したそうだ」

「婚約？　誰かとつき合っていたの？」マギーは勢い込んで尋ねた。

「ランディ・スティールだ。聞いていないのか？　ジャレッツヴィルの出身らしい。富豪だと聞いた」

どこかで聞いた名前だけれど、思い出せない。でもジャレッツヴィルという場所は忘れるはずがない。

「マギー！」妹は部屋に駆け込んでくるなり、ソファでくつろぐ姉に笑いながら抱きついた。ブロンドのリサとマギーが一緒にいても、誰も姉妹とは思わない。リサの顔は繊細で細面だが、マギーはもう少しふっくらしている。リサが華奢《きゃしゃ》で小柄なのに対し、マギーは背が高く堂々としている。だが一つ共通するものがあるとすれば、それは翡翠色に輝く父親譲りの瞳であり、見間違えようがなかった。

二人はすぐにおしゃべりを始め、挨拶を交わし、やがて興奮が静まるまで互いを質問攻めにした。

「父さんから婚約したと聞いたけど」

「おしゃべりなんだから」リサは父に向かって舌を突き出した。「驚かせたかったのに。すごくすてきな人なの」そこでため息をつく。「背が高くてセクシーで、しかもお金持ち。でも、それが結婚を決めた理由ではないわ。胸が痛くなるほど彼に恋をしているの。雷に打たれたみたいに恋に落ちるなんて、自分の身に起きるとは思ってもみなかった。つき合い始めてまだ一カ月なのよ」

「それで、式はいつ?」

リサは困ったような顔をした。「問題はそこなの。ランディは、家族の問題が解決するまで結婚しないと言ってるの。今週末、空路で彼の実家を訪ねて、母親と兄に会う予定なの。それで、ぜひ姉さんに同行してほしいの。助け船が必要になりそうだから」

なんだかひどく芝居がかってきたと思いながら、マギーは妹を見た。「助け船?」そっと尋ね返す。

リサは不安げな面持ちで、ソファの正面にある肘掛け椅子に腰を下ろした。「ランディの兄は目が不自由なの。ジャレッツヴィルの大邸宅に母親と兄の二人暮らしになるから、兄の世話を母親一人に押しつけるのに気がとがめていて」

「感心じゃないか」父はうなずきながら言った。「だが、その兄は一人では何もできないのか?」

「ひと筋縄ではいかない人らしいわ。事故に遭う前は猛烈ビジネスマンだったのに、もとの生活には戻れないとわかって、すっかり殻に閉じこもってしまって」リサはピンク色の爪を眺めている。「家から一歩も出ないらしいの。点字も覚えず、盲動犬も拒絶してる。目が見えないと認めたくないのよ!」

父は薄くなりかけた白髪を落ち着かなげにかきあげた。「慣れるにはたぶん時間が必要だろう。私の歴史のクラスにも同じような学生が一人いた。自分の状態を認めたとたん、みるみる改善していった」

「父さんにはわからないわ」リサがそっと言った。「ホークが視力を失って、もう八カ月も経《た》つのよ」

「ホーク？　〝鷹《たか》〟とは変わった名前だな」

「愛称よ。でもランディがほかの名で呼ぶのを聞いたことがない」リサは苦笑した。「とにかく、ただの事故ですむ話じゃないの。彼はすでに十人以上の看護師を辞めさせたわ。ランディによれば、恐怖の大王ですって」

「足に刺《とげ》の刺さったライオンね」マギーは穏やかに訂正した。その見知らぬ盲人に奇妙な共感を抱いていた。彼女が心に傷を負ったのも同じころだ。「刺を抜いてくれる誰かが必要なだけよ」

「姉さん、刺抜きが得意じゃない？」リサがからかう。「お願い、一緒に来て。ミセス・スティールも会うのを楽しみにしているわ」

「私の生命保険はライオンに襲われても補償してくれるかしら」そっけなく応じる。「それに、ジャレッツヴィルにはいい思い出がないの」

「ライオンの調教道具はちゃんと用意するから」リサは約束した。「でも、姉さんがジャレッツヴィルに行ったことがあるとは知らなかった……」

「母親ってどんな感じの人？」マギーは無理に話題を変えた。

「辛抱強い苦労人ですって。私も初めて会うの。屋敷はブルーリッジ山脈の麓にあって、大きなオークの林に囲まれているそうよ。南北戦争のころは農園だったの」

「それは興味深い」得意分野の話を耳にしたとたん、父の目が輝いた。「サウスカロライナにはマグノリアガーデンズという大農園があって、とても魅力的な逸話が残っている。それは……」

父を止める暇がなかったので、サウスカロライナ州の南北戦争の長い歴史についてスターリン教授がとくとくと話すのを、娘たちはおとなしく聞いていた。自分のアパートメントに移ってから、父の講義を聞くことはめったになかった。妹が町にいるときにしか、ここで夜は過ごさない。三人でひとときを楽しむためだ。

その晩、マギーはサクソンのことが頭から離れず、なかなか眠れなかった。サウスカロライナにはできれば戻りたくなかったけれど、リサの役にも立ちたかった。考えてみれば、八カ月も音沙汰がないのだから、彼の復讐《ふくしゅう》心も消えたかもれしれない。

そう思うと、ほんの少し残念だった。たとえ報復のためでも、追いかけてきてほしかった。彼女をじっと見つめる黄褐色の瞳が目に浮かぶ。古代ローマ人のように角ばって日に焼けた顔、体の大きさも威厳ある雰囲気も、彼を際立たせている。たくましく、堂々としていて、いかにも人目を引く。やさしく語りかけるときの声はベルベットのように滑らかで豊かだった。一日たりとも彼のことを考えない日はない。許してくれるだろうか——私がしたと彼が思い込んでいることについて。手紙で釈明さえできれば。もしサクソンが冷静さを取り戻していれば、真実を伝えることでわかってもらえるかもしれない。でも、もしまだ怒っていたら、取り返しがつかない。彼は私がジョージア州出身だとは知っているけれど、町の名までは知らない。話す機会がなかったのだ。それでもおかげで命拾いをしている。サクソンは躊躇《ちゅうちょ》なくその力にものをいわせて新聞社を買収し、私をやめさせるだろう。いいえ、復讐するためなら、もっと不愉快な手段を取りかねない。

マギーは寝返りを打ち、冷たい枕にほてった顔を押しつけた。距離を取って正解だったのだ。あんな大富豪と私にどんな共通点があるの？　たとえ気を引くことができたとしても、体の関係を持つのがせいぜいだろう。彼は女性と真剣につき合うような男ではない。仕事が恋人なのだ。ああ、いっそ忘れてしまえたら……。

リサと一緒に行けば、多少は気が紛れて、ランディの気性の激しい兄のことで心が占められていくかもしれない。マギーは笑みを浮かべた。ホークという愛称は間違いなく〝鷹〟から来ているはずだ。すでにリサから聞かされたホークの人物像に興味を引かれる。以前は厳格だった男が、失明して鋭利な爪をなくしてしまった。痛みという厚いベールの奥に手を差し伸べて、かわいそうなライオンを慰められるだろうか。

気持ちがそそられる。やがてマギーは目を閉じ、眠りへと落ちていった。

2

ランドルフ・スティールはリサから聞いたとおり、どこから見ても好青年だった。背が高く、体は引き締まり、オリーブ色の肌と暗褐色の髪。青い瞳と濃いまつげが印象的で、活力にあふれている。そして、グリーンヴィル空港で初めて会った瞬間、リサに夢中だとわかった。

彼は熱烈なキスをしたあと、愛を語るかのようなまなざしでリサを眺めると、やっとマギーのほうを向いて手を差し出した。

「お姉さんですね？　お察しのとおり、僕がリサのフィアンセです」

「なんだか初めて会った人とは思えないわ」マギー

は答え、彼と握手を交わした。「どうぞよろしく」

「マギーは記者なのよ」リサが堰《せき》を切ったように言う。「地元紙で記事を書いているの！」

「ちょっとやめて」照れ隠しに頭の後ろで両手を組む。「仕事の話は嫌いなの、知ってるでしょう！」

「あなたのやましい秘密はほかにはもらしません」

ランディは両手にスーツケースを抱えて駐車場へ二人を案内した。「冗談はともかく、ホークには話さないほうがいい。記者が嫌いだから」

「彼を産む前に、あなたたちのお母さんが怖い目にでも遭ったのかしら？」マギーはにやりとした。

ランディは笑った。「母は僕の母で、ホークは義理の兄なんです。つまり、彼の父親が僕の母と結婚したということです。スティール・マナーハウスはもちろん母のものですが、わが家の経済を動かしているのはホークです。母はかわいい人だけど、地に足がついていないし、ビジネス向きじゃない」

「義理のお兄さんはやり手なのね」リサが言った。

「やり手どころじゃない、すごいんだ」ランディは言い、濃いワイン色の優美なリンカーンのタウンカーの横で足を止めた。トランクに荷物を積んだあと、女性たちを車内に案内した。リサが助手席に、マギーが後部座席に落ち着くと、運転席に座った。

「彼の仕事は？」リサが尋ねた。

「実業家だ。いや、だったというべきかな」ランディは悲しげに言い直した。「彼の父親が亡くなったとき、一族の株をすべて彼が相続した。かなりの額で、それから事故に遭うまで仕事に邁進《まいしん》し続けた」

ランディが車を出し、グリーンヴィルの郊外へと進路を取ると、リサは彼のあいたほうの手に手を重ねた。マギーはグリーンヴィルには一度しか来たことがなく、歴史を感じさせる建物と現代建築が混在する町の様子に見とれた。どこまでも続く商店街、普通とはちょっと違う標識、田舎の小さな町風のダウンタウンだ。その背後に、遠くブルーリッジ山脈が見渡せる。

「一族はどんな分野の仕事を?」マギーは窓の外を見まわしながら尋ねた。

「繊維産業です」ランディはほほ笑み、リサにウインクした。

「偶然ね」リサがささやく。「マギーは帰郷する前、繊維業界についていろいろ書いていたのよ……」

「もういいでしょう」マギーは妹ににっこりした。

「さもないと口にテープを貼るわよ。ランディは私の話なんかより、あなたのことを知りたいはずよ」

とはいえ、マギーは心の中で続けた。繊維産業に従事しているなら、私がジャレッツヴィルを去った理由を人から聞いているかもしれない。サクソンのことは知っているだろうから、私のことも知られているかもしれない。トラブルは避けたいのに!

「姉さんは謙遜しすぎなのよ」リサは不満げだった。

「なぜ記者だと隠したがるの? それは、ランディの家族だって……危うく」おずおずと言い添える。

ランディが彼女の手をきつく握る。「そうなんだ。とにかくこの状況をなんとかしないと」彼はため息をついた。「母をホークのもとに置いてはおけない。生贄《いけにえ》も同然だ。昔からかっとしやすかったけど、事故以来、手がつけられない。ある看護師は、夜中の三時に寝巻きのまま家を飛び出した。寝巻きでだ! 当然、警官に呼び止められ、わが家に電話がかかってきた。誤解を解くのに大変だった。ホークはよく夜中にひどい頭痛に襲われる。だからその看護師に注射を頼んだら、看護師が別の頼みと勘違いして」ランディは笑みをもらした。「ともかく母はあまりの恥ずかしさに、翌日園芸クラブにも出席できなかった。それで母まで家にこもりがちになってね」

ミセス・スティールは鷲《わし》の鳥籠に放たれた雀《すずめ》さながらで、癇癪《かんしゃく》持ちの義理の息子と暮らしていては正気を保つのが難しいのだろう。マギーは思った。

「元従軍看護師でも雇ったら？」リサがからかう。

「笑わないでほしいんだが、試してみたんだ」ランディがくすりと笑った。「陸軍の女性部隊にいた無愛想な元中尉だった。もったのは一週間さ。これは冗談でもなんでもない。会えばわかるよ」

「手術で視力が回復する可能性はないの？」マギーはそっと尋ねた。

「可能性は低い。それに危険すぎるんです。ホークは口にも出しません」

「原因をきいてもいいかしら」マギーは言った。

「ホークは二度戦争に加わった。ホークというのは、M1ライフルを持たせたら一度も的をはずしたことがないからついた愛称なんです。でも戦闘中に爆弾の破片が頭に当たった。そのとき失明しなかったのが皮肉でね。医師の説明によると、破片の一部が脳の前頭葉の奥にとどまっているそうで、八カ月前に事故で位置が動くまで実害はなかったんです。今は、また何かのせいで破片が動いて、視神経への圧迫が消えることが最大の望みです」ランディはため息をついた。「あのときあそこまで激怒しなければ、こんなことにはならなかったんだ。普段は強い自制心の持ち主なのに、雑誌の記事に加えて、労働組合が山猫ストを始めて、環境団体からは最後通牒《つうちょう》を突きつけられた。ホークは話し合いを持ちかけ、雨の中を車で工場に向かう途中、高速道路でスリップしたんです」彼は肩をすくめた。「結局、問題は自然に解決されました。組合も環境団体も、解決策がすでに講じられようとしていたとわかったんです。ただの空騒ぎですよ」

スキャンダル、環境団体、記事。マギーは後部座席で体をこわばらせた。

「奇遇ね。姉さんも繊維会社について記事を書いていたわ。父さんが話のついでに言ってたもの……」

ランディが脇道に曲がりながら笑って首を振った。

「マギーはあんな記事を書かないよ。ホークはかんかんだったんだ。嘘《うそ》八百が並べられていて、なんであんな記事が許されたのかわからない。記者が二人首を切られたらしいけど、主犯は逃亡した。もし失明していなかったら、ホークは彼女をはりつけにだってしたはずだ。報復を誓っていたよ」

マギーは今にも窒息しそうだった。まるで、覚めない悪夢のようだ。

「義理のお兄さんの本名は？」かすれる声で尋ねた。

「ホークかい？　サクソンさ」ランディはさらりと答えた。「サクソン・トレメインだよ」

マギーは息が詰まり、吐くことも吸うこともできなかった。このまま車から飛び降りて、走って逃げたかった。でもリンカーンはすでに、スティール家のヴィクトリア朝様式の屋敷へと続く長い石畳の私道を進んでいた。屋敷正面に広がる庭は、春にはさぞ美しくなるだろう。

「お母さんの名字は……スティールではないのね」

「ええ。トレメインです」ランディは、後部座席の乗客の顔に浮かぶ恐怖には気づいていない。「僕は父の名を使っているので、母もスティールだと思っている人が多いんですよ。わが家をどう思う、ダーリン？」やはりマギーの内心の動揺には気づいていないリサに尋ねる。

「すてき」リサは巨大な邸宅の正面玄関をうっとりと眺めて、ため息をついた。華やかな木造の装飾、白い椅子やテーブルの並ぶ広いフロントポーチ、周囲を囲む手入れの行き届いた木々。

「気に入るだろうと思った」ランディがささやいた。

ブロンドの小柄で上品なメイドが玄関のドアを開け、彼らを迎えた。

「母さんはいるかな、グレース？」ランディがにっこりほほ笑んで尋ねた。

「ミセス・トレメインは居間においでです」メイドは答えると、リサと腕を組んで広い玄関ホールに入っていくランディを、うっとりと見送った。

「ありがとう」彼が足を踏み入れた部屋はアーリーアメリカンスタイルで、シャンパン色のカーテンが掛かり、巨大な石造りの暖炉の正面に、背もたれの高い椅子が二脚置かれている。暖炉で勢いよく燃える炎のおかげで、秋の寒さは感じられない。

マギーは周囲を見まわし、必死の形相で脱出経路を探した。ここにはいられない。少なくとも今は。

彼らが部屋に入っていくとすぐ、サンドラ・トレメインが立ちあがった。小柄な女性で、ふんわりした髪をブロンドに染め、冬空のようなグレーの瞳をしている。背の高い息子を抱擁すると、身につけている水色のドレスのように、ふわりと甘い香りが包み込んだ。首にはパールのネックレスをつけている。

「あなたがリサね」サンドラは息子の横にいる女性に、はにかみながらほほ笑みかけた。

「はい」リサもほほ笑み返した。「ランディからいつも話をうかがっていて、早くお会いしたくてたまりませんでした。すてきなお住まいですね」

「私もこの家が大好き。とくに春は。あなたはマギーね？」サンドラはブルネットの女性のほうに笑みを向けた。

マギーが手を差し出すと、相手はやさしく握り返してきた。「お会いできて光栄です」

「楽しみにしていたのよ。お二人の部屋の用意はできているわ……」

「私はすぐに帰ります」驚くリサを無視して、マギーは続けた。「今夜記事を一本書くと約束していたのを思い出して。どうしても破れない約束なんです。飛行機で戻ります。そうすれば明日には到着できるので」慌てた口調でまくしたてる。「ランディ、空港まで送ってもらえますか？　無理ならタクシーを……ああ、本当にすみません」急いで考える。大丈夫、サクソンに気づかれる前にここから姿を消せる。

「来たばかりなのに、もう発《た》つなんてだめですよ」深みのある聞き違えようのない声が、暖炉の前の肘掛け椅子のほうから聞こえてくる。こちらに背を向けている二脚のうちの一脚だ。

ベルベットのようなその声を何度も夢の中で聞き、恋しく思い、恐れ、苦しんだ。そして今、最悪の事態が起きた。せっかく逃げたのに、残酷な運命の手がマギーを捕らえ、サクソンのほうに無理やり引き戻した。今さら逃げてももう遅い。

サクソンはゆっくり立ちあがった。記憶どおり威圧的だ。顔色が少し悪く見えるし、長く伸びた暗褐色の髪は切る必要があるけれど、ほかは変わらない。

小指にルビーの指輪をはめた大きな手で椅子の背をつかんで体を支え、声のほうに顔を向けた。サングラスもかけていなければ、杖《つえ》も持っていない。マギー同様、傷はすべて外見の下に隠しているようだ。

「こんにちは、ミスター・トレメイン」マギーは震える声で言った。できれば椅子の背を支えにしたい。

「こちらへ」サクソンが前置きもなしに言う。残りの三人の目がなりゆきをじっと見守っている。

マギーは乾いた唇を湿してそっと進み出て、サクソンの一メートルほど手前で足を止めた。

「盲人が怖いのか」彼は苦笑をもらした。

「いいえ……」ライオンを思わせるサクソンの顔を、食い入るように見つめる。

「サクソン……」義理の母がおずおずと声をかけた。

「名前で気づかなかったのか？」サクソンは声を張りあげた。「僕は何度ものしった！　マギー・スターリン、スターリン、ちくしょうめ、と！」

ランディは噛《か》み締めた歯の間から息をもらし、同情の目でマギーを見た。「聞き覚えがあると思ったんだ」彼はリサを抱き寄せた。「なんてことだ」

「ああ、マギー」リサは姉に同情した。「知ってさえいれば。何も話してくれないんだもの！」

「ホークとサクソンが結びつかなかったのだろう」ランディがため息をついた。「僕も愛称でしか呼ばないし。こんな偶然があるなんて」

「これは表敬訪問か、ミス・スターリン？」サクソンの低い声にも、光のない黄褐色の瞳にも、悪意が満ちている。「宿泊用の荷物を持ってきているといいが。しばらく滞在してもらうことになりそうだ」

「滞在……？」マギーは弱々しく繰り返した。そう簡単にひるみはしないけれど、サクソンの有無を言わせない口調に従うしかなかった。

「不安そうな声だな、マギー」ネコ科の猛獣が獲物をもてあそんでいる。「慌てるな。思いがけず獲物が掛かったわけだが、滑らかなその体の皮をはぐ程度ではすまないな。こっちに来て座ったらどうだ。ランディ、母上、出ていくときはドアを閉めるように」それは頼んでいるのではなく、命令口調だった。

ランディとミセス・トレメインはほっとした様子で、リサも安堵《あんど》のため息をついた。三人は部屋を静かに出て、ドアをそっと閉めた。

サクソンは椅子に深く身をもたせ、マギーはもう一つの椅子の端に浅く腰かけて相手を見た。黒いスモーキングジャケットに散るかすかな金の斑点が、彼の黄褐色の瞳を金色に輝かせている。盛りあがった胸筋にシャツが張りつき、視線が吸い寄せられる。そしてその張りが、引き締まった腹部、力強い腿へと収束していく。すでに四十歳だが、筋肉質の体から年齢はうかがえない。せいぜい生え際に銀髪が見え、厳しい顔にしわが増えたくらいだろう。

「皮肉じゃないか、君の妹と私の義弟が婚約とは」

「仲を裂くつもり？」マギーは静かに尋ねた。

「君しだいだ」いやな口調だった。「ランディは二十五歳まで、私の署名なしでは靴紐《くつひも》一つ買えない。

あと二年ある。二人がそれまで待ってると思うか？」

「そんな、残酷だわ……」

「私は残酷な男だ」そっけなく言う。「君のような女には油断できない。なぜここに来た？」

「あなたが誰か知らなかったのよ」あっさり言う。

「スティールとトレメインという名字が結びつかなかったというわけか。一緒にいたときはその話をしなかったからな」サクソンが記憶を探り始め、表情がさらに厳しくなる。「君に惹《ひ》かれていた、ミス・ジャーナリスト。君を眺めては欲しいと思った」

マギーは目を見張った。彼はつねに礼儀正しい態度を崩さなかったのに。

「言葉も出ないのか？」彼は声を荒らげた。「想像をふくらませすぎるな。君に魅力を感じ、ひと晩かふた晩ベッドをともにしたいとは思ったが、そこまでだ。記者は好きな人種ではない。たとえ君が私をスキャンダルまみれにしていなかったとしても」

「私じゃないわ！」マギーは座り直して言い返した。

「まあ、今ではどうでもいい。もう遅すぎる。私は今や盲人だ」

単刀直入な言葉に、マギーは思わず目を閉じた。盲人という言葉が胸でこだまする。「お気の毒に」かろうじて声を絞り出した。

「ありがとう。とても気が楽になった」

「私が車をスリップさせたわけではないわ」

「記事を書いたのは君だ」

「いいえ、誓って書いていない。署名に手違いがあったのよ」なんとかして彼を説得しようとする。

「それを私が信じるとでも？」サクソンはポケットからたばこを取り出し、すんなりと火をつけた。手探りさえしない。

「ずいぶんと……手慣れているのね」

「最初は袖を燃やした」彼は苦笑をもらした。「だが、そのうちこつがわかってね」

「もし私にできることがあれば……」無力感に打ちひしがれながら言う。

「もちろんあるとも」サクソンはすぐに答えた。「ここに何週間かいてもらう。心から反省しているとわかるまで、共同生活ごっこをしてもらおう」

マギーは下唇を噛んだ。「生贄になれと？」

「介助者だ」きっぱり言う。「私には介助をしてくれる者が必要だ。わからないのか？」

「看護師がいるでしょう……」

「〝いた〟さ。今はいない。どうなんだ？　もしノーなら」低い声で続ける。「ランディの結婚は許さないし、金も渡さない。君の妹はさぞ喜ぶだろう」

「私をここに置いてどうしたいの？」彼の真意がわからない。

「いろいろさ」少し離れた場所からこちらを見るサクソンの黄褐色の瞳がぎらついた。「君にはたっぷり貸しがある。私が苦しみに胸を焦がし、どれだけ眠れぬ夜を過ごしたか知れば、貸しの大きさがわかるだろう。君が私を裏切って書いたあの記事が、どれほど成果をあげたか思い知らせたい」

「あなたを裏切ってなどいない！」声を張りあげた。

「証拠はあがっているのに、まだしらを切る気か」サクソンは吐き捨てた。「なぜそんな無意味な言い訳にしがみつく？　私が事実関係を調べなかったとでも思うのか？　手違いはなかったと雑誌社は言った。写真も署名も君のものだと。あの記事を書いたと君が犯人扱いした男も、私の目の前で否定した」

「オフィスにずかずかと踏み込んで、彼をつるしあげたからでしょう？　ケリーはまだ子供なのよ！」

「というより、子ウサギだ。口もきけなかった」

「そんなに私が憎いなら、なぜここに置こうとするの？」マギーは弱々しく言った。

「孤独で、身動きが取れないからかな。まわりに保護者面をされたり媚《こ》びられたりするのにも、看護師たちの腫れ物に触るような態度や喧嘩《けんか》腰の応対にも、うんざりなんだ」彼は落ち着かない様子で身じろぎし、一瞬目を閉じた。「婚約者の名字がスターリンだとランディから聞いたとき、すぐに彼女の家族についてきいた。そして君の話題が出た。まもなくクリスマスだから、リサと一緒に君も招待するようランディを誘導するのは難しくなかった。君には数週間、私の目になってもらう。誰が悪かったにしろ、君にはそれぐらいの貸しはあるだろう？」マギーが何か言いかけると、サクソンが広い肩を上下に動かしてさえぎった。「自分は特集記事の題材にはなっても、誹謗《ひぼう》中傷の対象にはならないと信じていた私が愚かだった」

マギーはサクソンをまじまじと見た。わずかな間でも、この人と同じ屋根の下で暮らすのに耐えられるだろうか？　目が見えない姿を見るのはつらいし、その原因の一部は自分にあるのに……。

「あなたの目になるわ」ついにそう宣言すると、彼がほっとしたのがわかった。「でも、あなたの私への気持ちを考えたら、かえって体に障るのでは？」

「君に私の気持ちがわかるはずがない」サクソンは脚を組んで言い返した。「正直、自分にもわからない。もう何カ月も君を呪い続けてきた。憎悪は生きる動機になるし、私にはそれが必要だった。ああ、今だって。だが、怒りは抑える努力をする。難しいことだが……」彼はそこでためらった。「無防備な……自分に慣れていないんだ」

無防備というより無力感を覚えているのだろう。それを認めれば、弱さを認めることになる。

「少なくとも二人の看護師は、あなたが無防備なんかじゃないと証言してくれるわ」マギーは笑みを浮かべたが、これも彼には見えてはいないのだ。

サクソンの濃い眉がつりあがった。「夜逃げした看護師とあの鬼軍曹か」

マギーは思わず笑った。「そう呼んでいたの？」

サクソンが首を振る。「夜逃げした看護師がどんな様子だったか、ランディに教えてもらった。どなにせっぱつまっていようと、私が彼女を襲うなど、うぬぼれにもほどがある。そして、鬼軍曹ときたら……エンドウ豆のスープを飲めと命じられるのにはうんざりだった。病院のスープを飲んだことがあるか？　味もそっけもなく、具も入っていない。かすかに風味のついた湯だ。彼女のスープがまさにあれだった」

「ほかの看護師さんたちは？」

「ジェーン・エア・コンプレックスのハイミス連中だ。盲人が女にひとめぼれなんて、ありえない。それには触ってみる必要があるし、見ず知らずの男に、顔を点字みたいに触れられて平気な女がいるとは思えない。君なら平気か？」

突然きかれて、マギーは顔を赤らめた。「私の顔なら知ってるでしょう？」

「もう八カ月も経《た》った。体重に増減があるだろう」

インタビューをしていたとき、やはりこんなふうにこちらをからかい、それが二人の間に適度な親近感を生んだ。でも今は慎重にならなければ。こちらを油断させ、そこにつけ込んで復讐《ふくしゅう》しようとしているのかもしれない。ガードを下ろしてはだめ。

「病気がうつるかもしれないわよ」刺《とげ》のある口調で言い返す。

「落ち着いて」むっとするような笑みを浮かべる。

「まるで海賊ね」マギーはぼそりと言った。

「両目にパッチをつけている海賊か？」

「やっぱりここにはいたくない！」彼と一緒にいたら絶体絶命だと気づいて、思わず叫んだ。

「いや、君はここで過ごすんだ」サクソンは冷静に告げ、組んでいた脚を戻した。「給料を払おうか？　君をつき添い看護師として雇い、相応の対価を出そう。お父上にもそう話すといい」

「仕事ならあるわ。地元紙で記者をしているの」

「二週間ほど休暇を取ってもらう」

「上司が許さない……」マギーは訴え始めた。

「私が言えば許す」自信満々な表情でぴしゃりとさえぎった。「突っぱねられたら、私が新聞社の抵当権を買い取って彼を解雇する」

「なぜ新聞社が抵当に入っていると知ってるの？」

彼は口元をゆがめて笑った。「今は景気が悪い。企業連合と手を組まないかぎり、地方新聞社の経営を続けるのは難しい。そうなると抵当だ」

そこまでやるなんて信じられないけれど、彼の顔に刻まれたしわが有無を言わせない表情を作っている。彼は私を付添人にすると決めたら、どんな手を使ってでも実行に移す。彼がお金持ちになった理由がやっとわかった。なんでも思いどおりにしないと気がすまない、そんな野心的な性格なら当然だ。

「家に帰してもらって、手紙爆弾とか脅迫状を送りつけられたほうがまだましよ」静かに告げる。

「ここにいたほうがいいと私は思う。君の妹も同じ意見だろう」さっきと同じ脅しだ。

「ミスター・トレメイン……」

「みんなに戻っていいと告げてくれ」マギーが言いかけたのを無視して続ける。彼は急に疲れた表情になり、痛むのか、両目を大きな手でこすった。

「父と上司に連絡しないと」マギーは言った。

「どうぞ」

「いい考えとは思えないわ」そっと言う。

「君の妹と話したい。頼むから呼びに行ってくれ」サクソンはじれったそうに言った。「それからこれを消してくれ」彼は吸いかけのたばこを差し出した。

「あなたが欲しいのはつき添いではなく奴隷よ」そうつぶやきながらもたばこを受け取り、彼の椅子の脇にある灰皿でもみ消した。「あなたが何者か知る前は、本気で気の毒に思っていた。哀れよね！　飢えたライオンのために泣くようなものだったわ！」

サクソンは今の言葉が面白いと思ったのか、くすくす笑った。「さあ行ってくれ」

「わかったわよ、ミスター・トレメイン」

三人は玄関ホールにある長いソファに座っていた。あまりに離れてしまって、マギーのSOSが聞こえないとまずいと思ったのかもしれない。

「大丈夫よ」マギーは彼らが立ちあがった様子から、心配していてくれたのがよくわかった。

「八つ裂きにされなくてよかった」ランディが安堵の息をついた。「こんなことになってすみません。あなたが誰かわからず、事情がのみ込めなくて」

「あなたが記者だと、リサから聞かされてなくて」

サンドラが続ける。マギーの抱える事情がわかってみんなが憤慨するのではないかと不安だったけれど、サンドラのまなざしには同情がにじんでいた。

「サクソン――ミスター・トレメインのことでは申し訳なく思っています」マギーは率直に言った。罪悪感でいっぱいだった。「記事の署名が混乱していたんです。私は特集記事の担当だったのに、署名が入れ替わってしまい、新人記者が書いた健康被害の記事で私に非難が浴びせられて。ミスター・トレメインをとても尊敬していたのに、あんなふうに陰険に陥れたりはしません。特ダネのためなら手段を選ばない記者もいますが、私は違う。どうか信じてください。彼には信じてもらえなくても」

「信じるわよ」リサがやさしく言い、姉を抱き締めた。「昔から姉さんのことはよく知っているもの」

マギーはほほ笑み、声が震えるのがわかった。

「ええ、そうね。ありがとう」

「誰もあなたを責めたりしませんよ」ランディが静かに言った。「ホークはつらい目に遭って、まだ現実を受け止めきれないんです。事故なんて、いつ起きても不思議じゃないんだ。ガソリンを入れに行くとき、あるいは外食するとき、起きたかもしれない。それに、僕に言わせれば、リサがあなたの人柄をいくらでも保証してくれますよ」

「彼はあなたを追い払ったの？」サンドラが心配そうに尋ねた。「だとしたら、私が許さないわ。ここはまだ私の家だもの。ぜひゆっくりしていらして」

「いいえ、追い払われたわけではないんです」マギーはそっとほほ笑んだ。「正反対です。これから二週間ほど、私には彼の目になるようにと」

「さもなければ……？」ランディには条件つきだとわかっているらしい。

マギーは思わずほほ笑み返していた。「彼が私のいる地方紙を買収して、オーナーをやめさせる」

「たぶん本気だな」ランディは重いため息をついた。「ということは、あなたが受ける屈辱への対価は、当然払ってもらえるんですよね？　あなたにだってあれこれ支払いがあるはずだ」

「ええ、もちろん報酬はもらいます」マギーはかすかに背筋を伸ばした。「少なくとも剥製にはされないようです。それに彼の気持ちもわかります」マギーの瞳が憂いを帯びた。「本当に悲劇だわ。彼みたいに野心的な人にとっては受け入れがたいと思います。ちっとも外出しないそうで……でも、なぜ？」

ランディは口元を引き結んだ。「愚かな獣みたいにあたりをうろつきたくないそうです。少なくともそれが理由だと聞きました。僕らは二人とも介助を申し出たんです。でも拒まれてしまって」

「私ならできるかも」マギーは思惑ありげに言った。「命令に従っているように見せている限り」そして、かすかに笑みを浮かべた。

「ほらね」サンドラが息子に告げる。「いずれ世界を支配するのは女だって根拠がこれよ。指図しているのは男だと思わせておいて、実権を握るのは私たち。そうよね、女性陣のみなさん？」

「そのとおり」マギーとリサが声をそろえた。

ランディはため息をついた。「中に戻ろうか」

「彼はリサと話したがっています」ランディがドアを開けると、マギーが言った。躊躇《ちゅうちょ》するリサの手を握り、背もたれの高い椅子のほうへと引っぱっていく。

「ミスター・トレメイン、リサです」マギーはリサの手を、サクソンの大きな手に置いた。

サクソンは望めばいくらでも魅力的な男になれる。今がそうだった。「未来の妹に会えてとてもうれしい」ベルベットのような声で言い、ほほ笑む。「彼女はどんな姿をしている、マギー？　君に似ているのか？　それとも色白で金髪か？」

「緑色の髪を刈りあげて、そばかすがあるわ」丁寧に説明する。「それから、左頬にこぶもある」

サクソンは大きな体で威嚇するようにマギーをにらみつけた。「クリスマスのボーナスがこれで消えたな、白雪姫」

マギーはつい笑ってしまった。彼がいかにも恐ろしげに見えたからだ。

「とても色白よ」マギーはとりなすように言った。

「私ほど上背はないけれど、ずっとスタイルがよくて目は緑で繊細な顔立ち。これでいい？」

「偉そうだな」サクソンが非難まじりに言う。

「イエス、サー」マギーはリサにウインクした。

「リサがなぜ客室乗務員になったのかわかった。君から逃げるためだ」

「それはあんまりだわ」マギーはこぼした。

「だが、たぶん当たっている。二人とも長旅で疲れているはずだ。少し休んではどうかな？」サクソンが礼儀正しく言う。「母上、部屋の用意はできていますか？」

「ええ」見るからにほっとした様子で、サンドラは答えた。「一緒にいらして。二階に案内するわ。メイドに何か持ってこさせましょうか？」サクソンに尋ねる。

彼は首を横に振った。「大丈夫。私はもうしばらくここにいます。マギー！」

マギーはドア口で振り返った。「イエス、サー」

一瞬、サクソンがためらった。「もしよければ、あとでここに戻ってきてほしい。話がしたい」

「イエス、サー」

千里の道も一歩からとは言うけれど、今の誘いの言葉がその一歩だとマギーは思った。妹とミセス・トレメインと一緒に階段を上がりながら、マギーは笑みを浮かべた。

3

「家に女性がちょっと増えただけで、ずいぶんと雰囲気がよくなるわね」サンドラ・トレメインはため息をつくと、テーブルから優雅な磁器のコーヒーカップを取りあげて口に運んだ。

「女性優越主義者に」ランディはそう言ってワイングラスを持ちあげ、乾杯するふりをした。

「どんなに私が孤独か、あなたにはわからないのよ」サンドラが言い返した。

「サクソンが夜中に看護師をたたき出さないなら、女性優越主義だって悪くないな」ランディがさりげなく言い、暗い顔をした義兄のほうをちらりと見た。

テーブルの上座に座るサクソンはコーヒーを飲んで

いるのに滴一つこぼさず、マギーは目を見張った。

「マギーは逃げないさ」サクソンはかすかに笑みを浮かべて言った。「どんなに逃げようとしても、運命の女神の手で私のほうに引き戻される。違うか、マギー？」皮肉めかして、そう言葉をかけてきた。

マギーは無造作に置いたリネンのナプキンを手に取った。サクソンの言葉には刺《とげ》があった。これまでは気づかなかったにしろ、彼がふいに怒りだすのを見ると、やはり怒りを忘れたわけではないのだとだんだんわかってきた。皮肉好きな性格の陰に隠して、いつでも取り出せる用意がしてある。

「ここに来たのは自分の意思よ」マギーは念を押した。

「だが、もし私が誰なのかわかっていたら？」彼の瞳に残酷な光が一瞬ひらめいた。「それでも、この哀れな盲人の様子を見に来たか？」

「同情を引くのはやめて、腹黒い人ね」マギーはぴしゃりと言い返した。「ちっとも困ってなどいないくせに！」

サクソンは頭をそらし、声をあげて笑った。義理の母親と弟はそれを見てぎょっとした顔をし、やがてほほ笑んだ。ライオンはこうして扱わなければ！

二人はサクソンに同情し、媚《こ》びんばかりにしてきた。

「鼻っ柱の強い子猫だ」サクソンはくすくす笑った。

「血がインクみたいに真っ黒なんだろう」

「インクではなくて、コーヒーよ」

サクソンは背もたれに体を預け、ため息をついた。

「なるほど。私もコーヒーで生きている」

「飲みすぎよ」サンドラが指摘した。「肌が黒くならないのが奇跡だわ。ニンジンやそのジュースしかおなかに入れない男の人の話を読んだことがあるわ。結局命を落として、肌はオレンジ色になって……」

「驚きはしない」ランディが声をあげて笑った。

「でも、母さんがグレープフルーツ・ダイエットをしていたときはどうだったかな？　性格は苦くも酸っぱくもならなかったと思うけど」

「面白いことを言うわね、ランディ」リサが笑った。

「だから僕と結婚するんだろう？」そう言い返す。

「ところで、結婚式の日取りは決めたの？」サンドラが真顔で尋ねた。「リサのドレスを決めないといけないし、招待状を送って、花を手配して……」

「クリスマスイブはどうかな」ランディがリサに尋ねた。「イブに結婚するのがずっと夢だった」

「だとしたら午前中にしないと」サンドラが言う。「夜中の礼拝があるから。私たちは長老派なのよ」

「私たちもです」リサが笑った。「すてきな偶然ですね」

「すばらしいわ！」サンドラが言い、ほほ笑んだ。「きっとすてきな結婚式になるわ。お花について、アイデアがあるの。クリスマスだから……」

「ちょっと待ってくれ、サンドラ」サクソンが言い、座ったまま椅子を引いた。「マギー、居間に行かないか。結婚の話は消化に悪い」

「どうぞ行ってちょうだい」サンドラは逆らわず、細身のマギーにつき添われて、大柄なサクソンが部屋を出ていくのを見守った。サンドラの目には同情にも似た色がにじんでいた。

マギーは、サクソンを暖炉の前の大きな椅子へと導き、柔らかなクッションの上に座らせてから、横の椅子に腰を下ろした。

「君はどうやら私の家族に気に入られたようだ」サクソンはたばこに火をつけ、脚を組んでくつろいだ。

「私も気に入ったわ」マギーは静かに言った。炎には催眠効果がある。心地よい暖かさだった。サクソンとそこに座っていると、帰郷したような安心感がある。なぜだかわからないけれど、うれしかった。

彼がまっすぐ正面を見据えながら、落ち着かない様子で身じろぎする。「君をこの目で見たい。以前とは変わったのか？　痩せたのか、それともふっくらしたのか？　髪はまだ長いのか、短くしたのか？

こっちに来てくれ！」

命令口調にびくっとして、マギーは思わず立ちあがった。それでも、どうしていいかわからない。

「ここに、私の正面に」両膝の間に座れと手招きし、その大きな手がパンツスタイルのマギーの両脚をつかんだ。

触れられたとたん、記憶がよみがえった。車から降りるときやドア口を通すときなど、必要なときにしか触れ合うことはなかったが、彼の指の動きを感じるたびに背筋が震え、どうしても克服できなかった。何カ月も彼を恋しく思い続けていたせいか体が熱くなり、サクソンが身を乗り出してマギーの顔を温かな両手で包んだとたん、胸が激しく高鳴った。

「君を見ようと思ったら、今はこうするしかない」彼は静かに言った。「かまわないか？」

「ええ、かまわないわ」マギーはささやいた。

「声が震えているな」サクソンが指摘する。「私に首を絞められるとでも？」

「いいえ」マギーは答え、サクソンの親指が目の上をなでるのを感じながら、まぶたを閉じた。指は彼女の細い眉に沿って、高く貴族的な鼻へと向かい、弓なりにカーブする柔らかな唇、優美にひいでた頬骨、顔の輪郭をなぞっていく。最近馬にでも乗ったかのように、指に少したこができていて、自分の柔らかな肌にそれがこすれる感じが妙に心地よい。そして最後に、短くした暗褐色の髪を彼の手がすいた。

サクソンが大きくため息をつく。

「切ったんだな」

「その、邪魔だったから」マギーは嘘《うそ》をついた。短いほうが好きだと、以前彼が言ったから切ったのだと、自分でもよくわかっていた。

「公園を散歩した日、どんなふうだったか覚えている」記憶を探るうち、サクソンの声が低く、ゆっくりになっていく。「風が強かったから、髪を結ぶリボンを花売りからもらった」

「一緒にスミレの花束も買ってくれたわ」思い出が胸に迫る。甘酸っぱい一日だった。あの記事が出る前に、二人で過ごした最後の日だ。

マギーの顔を包む彼の両手に力がこもる。「また伸ばすといい」サクソンがぶっきらぼうに言った。「そのほうがいいなら」視力を失った彼の目を見あげて、泣きたくなった。黄褐色の瞳の奥に金色の斑点がきらめく魅力的な目だ。まつげはどんな女性でもうらやむほど濃く、目尻にしわが寄っている。その上の濃い黒い眉を見ると、思わず触れたくなった。

「まだ終わっていない」サクソンが静かに言った。その目は、大きな両手で包んだマギーの顔をのぞき込んでいるかのようだ。「様子がどんなふうに変わったのか知りたい。それにはこうするしかないんだ。私が触れると不愉快か？」

胸が痛んで、思わず目を閉じる。サクソンの大きな手に触れられていると、天国にいるような気分だった。不愉快かですって？

「いいえ」震える声で答える。「そんなこと……ないわ」

サクソンは彼女の両肩をつかみ、立ちあがらせた。その手が探索を始め、マギーの体に歓喜の震えが走った。彼女の目と同じダークグリーンのシルク風のブラウス越しに腕を下ろしていき、やがて肩に戻って長く優美な喉元をたどると、最後に鎖骨に下りた。

「ずいぶん痩せている」ブラウスの開いた襟のところで手を止めて言った。

「秋にはいつも少し体重が落ちるの」食事が喉を通らなかったのだ。

「そうなのか？」また指が動きだし、高く盛りあがった胸のふくらみにさしかかる。そのふくらみのふもとにたどりついたとき、マギーが体をこわばらせるのにサクソンも気づいた。

「親密すぎるかな」彼は顔をしかめ、ブラウスの生地の細かい模様やその下のブラの薄いレースを指でなぞっていく。「それに、君はこんなふうに男に触れられるのに慣れていないようだ」答えを待たずにマギーの胸を両手でしっかりと包み込み、やがてその手を肋骨《ろっこつ》からウエストへ、細いヒップへ、さらに腿へとはわせていく。

「痩せすぎていてつらくなる」その声の悲痛さに、マギーは混乱した。「ゆうべ夕食は取ったのか？」

「イエス、サー」マギーは告げた。

「これからは朝食をたっぷり食べて、昼食をいいかげんにすませるな。君が食事を飛ばすのを見つけたら、私がこの手で食べさせる。いいな？」

「痩せているのは今だけよ」体重が落ちたのは、サクソンと会えなくてずっと悲しんでいたせいだと認めたくなくて、言い訳する。

「君には痩せてほしくない。記憶どおりの君でいてほしい。最高のプロポーションだった。よく張った胸、細いウエスト、魅力的なヒップ。あのときの君に戻ってもらいたい」

マギーは顔を赤らめて言った。「私が痩せようと太ろうと、あなたには関係ないでしょう？」

サクソンの手がまたウエストに伸び、手前にぐいと引き寄せた。「関係ある」きっぱりと答える。

彼の茶色のベロアのシャツに押しつけられた手に、柔らかなその生地の下の硬い筋肉を、体のぬくもりを感じる。「サクソン……」不安になってつぶやく。

彼は身を乗り出した。「私の名を呼ぶ君の声が好きだ」そうささやくと、マギーの唇に温かな息がかかった。「もう一度呼んでくれ」

あまりに近すぎていたたまれない。マギーは彼を押しのけようとしたが、かえって抱き寄せられた。

「抵抗してもむだだ」うわの空でつぶやく。「私の体格は君の二倍はある」

「やめて」マギーは小声で懇願した。彼は無意識になでているのだろうが、体が熱く反応してしまう。「あなたはただ寂しいだけよ。長く女性がそばにいなかったから……」

「なぜそう思う?」サクソンがあざ笑った。「私は盲人だが、狼《おおかみ》の群れにつきまとわれているようだ。ずっとランディに追い払ってもらっているんだ。さもないと、私が連中をベッドから払い落とさねばならなくなる。看護師風に親身になれば、私の凍《い》てついた心も溶けると思っているらしい」

「面白いわね」マギーはつい笑い声をもらした。

「君だけは違うと思っていた」厳かな口調で続ける。

「裕福かどうかは関係ないだろう? 私が無一文でも君はそばにいたはずだ——私にニュースとしての価値がある限り」彼は急に意地悪く言った。一瞬マギーをつかむ手に残酷なほど力がこもる。

「サクソン、私はあなたを裏切ってなどいないし」彼の指が体に食い込んで、歯を食いしばって痛みをこらえる。「これからも裏切らないわ」

いきなり唇に唇が押しつけられた。マギーの柔らかな唇から記憶を奪おうとするかのように、やみくもに探る。嵐で荒れた波が岩にたたきつけるような激しさだった。あまりに乱暴で、マギーは目に涙があふれてきた。八カ月前、彼への情熱が狂おしいほどに高まり、修道女同然に厳しく育てられたにもかかわらず、いっそ彼に身をまかせてしまいたくなった。でも、空想していたのはこんなことではない。

マギーの涙に気づいたかのように、サクソンは顔を上げて眉をひそめた。彼の心臓は胸の奥で激しく打ち、息も速く荒くなっていた。

「痛い思いをさせてしまったかな」彼が短く尋ねる。

マギーは切れた唇に舌先で触れ、呼吸を整えようとした。「お願い、放して」絞り出すように言う。

サクソンの大きな手が緩み、彼が小声で吐き出すように何か言った。視力を失った瞳が落ち着きなく揺らいでいる。

「君の唇に血の味がした」暗い声で言う。「大丈夫か？」

マギーは息をのんだ。「ちょっと切れただけ。平気よ。お願いだから放して」

「そのきれいな唇にキスしたら、どんな感じだろうと思っていた」彼がそっと言った。「だが、こんなに乱暴にするつもりはなかった。あらがわないでくれ」マギーの体からたちまち力が抜けた。「もう一度君の唇を味わわせてくれないか……最初から」そう言って、また近づく。

今回は赤ん坊の手のように途方もなくやさしく、まるでじらすようにそっと唇が唇に触れた。大きな腕が温かな湯のようにマギーを包み、体の緊張をほぐしていく。マギーはその温かさに身をゆだね、ゆっくりと溶けていった。

「君は無垢《むく》な味がする」サクソンがささやき、なまめかしく身をくねらせるマギーに、体を寄り添わせていく。彼の唇がやさしくほほ笑むのを唇に感じる。

「実際、そうなのか？」

「あなたは？」意識をかき集めて、かろうじてそう問い返す。両脚と同じくらい声もおぼつかない。

「人生の半ばまではそうだった。君は答えられないのか？」

答えようと思えば答えられるけれど、認めたくはなかった。マギーはサクソンの胸を押しやった。

「サクソン……」

「私のシャツのボタンをはずしたくないか、マギー？」彼女の下唇をそっと口に含んで甘くささやく。

「私の肌の感触を想像したことはないか？」

マギーは顔が熱くなった。血が沸き立ち、体の隅々にまで勢いよく押し寄せてくる。もちろんあるわ、と思う。ボタンをはずし、肌に触れてみたい。でも今サクソンに降参したら最後、感情に押し流されてしまい、まさに自殺行為だ。彼自身、本当にマギーが欲しいのか、それともただ復讐《ふくしゅう》がしたいだけなのかわかっていないようだし、マギーもまだそこまで彼を信頼できない。

そんなことを彼にどう伝えればいいか、頭の中であれこれ考えていたそのとき、突然ドアが開いた。

マギーは慌ててサクソンの腕をかいくぐって横に立つと、それと同時にミセス・トレメイン、リサ、そしてランディが談笑しながら部屋に入ってきた。部屋の向こう側で、暗い感情の奔流がぶつかり合っていることには気づきもせずに。

4

幸い、誰もマギーの紅潮した顔とサクソンの妙に取り澄ました顔を見て何かあったとは思わず、当たり前のように会話のやりとりが始まった。マギーは少し離れた場所に腰を下ろし、リサがにっこりほほ笑みかけてくるのを見てほっとした。サクソンの歯がぶつかった唇は、もう痛みはなかった。

マギーは、暖炉の前の大きな椅子に座る堂々とした男性に、憧れのまなざしを向けた。サクソンは眺めるにも、触れるにも、すばらし男性だった。あの瞬間、邪魔が入ってほっとしている自分がいる一方で、がっかりしている自分も確かにいた。サクソン自身がマギーを憎んでいるかどうかわからず、マギーは彼の愛撫《あいぶ》に身をまかせられても、彼の声ににじむ辛辣な非難は受け入れられなかった。自分を今の窮地に追い込んだのはマギーだと、サクソンは彼女を脅し、おびえさせたのだから。それでもマギーにはガッツがあり、激しい感情も持ち合わせている。どんな男にも、たとえサクソン・トレメインでさえも、土足で踏みにじらせるようなまねはさせない。

マギーは口の片端を上げ、笑みを浮かべた。だから彼は私をここに閉じ込めることにしたの？　私を無理に滞在させて、意のままにできると思わせようとして。サクソンはある意味で正しい。終わりの見えない自己憐憫《れんびん》の地獄に陥らないよう、彼は確かに誰かに支えてもらう必要がある。記憶にあるサクソンは、いつも体を動かしていないと気がすまないスポーツマンで、乗馬やポロ、テニス、ハンドボールを楽しんでいた。泳ぎもうまい。とにかく、休みなく動きまわっていた。あの悲劇の特集記事を担当していたとき、なんでもいいから情報を手に入れるため、つねに彼を追いかけまわしていた。

今、椅子におとなしく座っているサクソンは別人のようだった。昔と同様、大声でどなりはする。でも、かつての明るさや快活さは影を潜めている。自信に満ちた態度が消えうせて、以前の彼を知るマギーからすれば、今のサクソンは見るに忍びなかった。心配で、じっとしていられなくなる。もし何かできるなら、彼が立ち直れるように手を貸したかった。外出させ、人に会わせ、自立させなければ。私がそうさせてみせる。なんとか力を貸してあげたい。たとえ本人は望んでいなくても。難しいのはわかっている。彼は体の大きさに比例して、とんでもない癇《かん》癪《しゃく》持ちだ。立ち直らせるには、やさしさだけでなく、ときにはずるく立ちまわることも必要になるかもしれない。

「ずいぶんとおとなしいな、ミス・リポーター」突然サクソンが声をかけてきて、近くの山々のことや、州北部では今月とても美しくなる紅葉について交わされていた話がふいに途切れた。

「私が?」マギーは尋ね返した。「いつか山にドライブに行くのはどうかなと考えていたの」

サクソンの顔がこわばり、瞳に怒りが燃えあがった。「なんのために?」ぶっきらぼうに言う。「そうすれば視力が奇跡的に回復するとでも?」

「美を堪能するには、必ずしも視力は必要ないわ」マギーは彼を見据えて言い返した。「もちろん、ここにずっと隠れていたいのなら話は別だけど……」

「隠れるだって?」サクソンがどなり返し、ミセス・トレメインは笑みを押し殺した。

「では、ほかにどう表現すればいいの? あなたは一度も家から出ようとしないじゃないの」

サクソンは、大きな体をかろうじて納めている椅子に座ったまま、身じろぎした。「まぬけな子供みたいに、あちこちうろうろ連れまわされたくない」

「そんなことはしないわ」マギーは約束した。「ありがたく思ってほしいわね。私は誰でも誘うわけではないから。私が男性をドライブに連れていくなんて、めったにないことよ」

軽くふざけてみたおかげで、サクソンが身にまとう防御の鎧《よろい》につけいる隙ができたみたいだ。彼は整った口元をすぼめ、眉を片方つりあげた。「君が路上でちゃんと運転ができるとどうしてわかる?」

「今は知りようがないけど」マギーは笑った。「あなたに怪我《けが》をさせるようなことはしないと、信じてもらうしかないわね。いずれにしても、自分も乗るのだから、せいぜい慎重に運転するわ」

サクソンは大きく息を吸い込んだ。「わかった。もし雨が降っていなかったら、朝にでも」

「雨はだめなの? 濡《ぬ》れると溶けてしまうとか?」

サクソンは濃い眉を片方つりあげた。「澄ました顔で何を言う？」視力のない彼の目がきらめいた。「君が何でとろけるのかわかっている。それとも忘れたのか？」

マギーは赤らめた顔をそむけた。

「サクソンに許してもらわないとね。外ではつき添って歩くことを」サンドラが指摘した。彼女はマギーが顔を赤らめたのを見て、理由を察したらしい。

サクソンの表情が陰り、椅子の肘掛けを握る手に力がこもった。「ありえない」きっぱりと言う。

「でも」サンドラがそっと諭す。「外気はあなたの体にいいし……」

サクソンは我慢ならないとばかりに立ちあがった。「自分にとって何がいいかは自分で決める」すげなく言う。「あのいまいましいコーヒーテーブルはどこだ？　始終ぶつかってばかりいる。どうしてあれをあちこち動かしたがる？」

マギーはサンドラの心配そうな顔に突き動かされ、立ちあがった。「まわりにすぐつっかかるのはもうやめて」彼に近づいてその大きな手をそっと握る。きっとすぐに振り払われるに違いない。そう思った。ところが一瞬ためらったのち、サクソンは指を絡めてきた。この手は自分のものと言わんばかりに。マギーの体に熱い電流が走った。

「私を先導するつもりか？」彼が鋭く尋ねてきた。

マギーはほかの人たちにウインクした。「いいえ、あなたに先導してもらうつもりだけど」

「ほう？」サクソンがかすかにほほ笑んだ。「最初に何にぶつかりたい？　椅子か壁か？」

「玄関ポーチはどう？　日差しがあるし、遠くに見える山々がすばらしいわ」

「私にはどうせわからない」サクソンが答える。

「私が話して聞かせるわ」マギーは彼の手を引いた。「ちょっと失礼して、穏やかに議論してきます」二人が玄関から出て行くと、一同がくすくす笑った。

「議論する?」サクソンは尋ねた。マギーは長く優美な玄関ポーチに置かれたぶらんこに腰を下ろすと、彼を横に座らせた。

マギーは甘くすがすがしい秋の空気を思いきり吸い込んだ。かなたのブルーリッジ山脈を覆う、鮮やかに色づいた木々に目を向ける。「あなたは議論したくないみたいだから」

「まさか」サクソンはつぶやき、手を伸ばしてマギーの手を探した。指と指を絡めると、身を乗り出して深いため息をつく。「君が恋しかったんだ」

「そうなの?」彼の顔を見あげる。内側でこわばっていたものが溶けていくのがわかった。私もよ、とすぐに打ち明けたかったけれど、それでは弱みを握られることになる。マギーはまだ、サクソンをどこまで信用していいかわからなかった。彼の気分は揺れ幅が大きすぎる。

サクソンが突然笑いだした。「私を信じていないな? どうしたんだ? 攻撃に出る前に君の弱みを探しているとでも?」

「そうじゃないの?」マギーもきき返す。

彼は肩をすくめ、マギーの手を放してたばこに火をつけた。手の中でたばこの煙をくゆらせて、顔をしかめる。「最初は君を責めた。まったく、あれほど人を憎んだことはない。君にあんなふうに裏切られるとは思ってもみなかった。それまでとは……まったく違う関係が始まりかけていると感じていた」

マギーは目を閉じた。自分もそう思っていた。あの運命の記事が書かれた雑誌がスタンドに並ぶ前日には、あらゆる仮面を取り払って長いあいだ互いを見つめ合う、そんなひとときがあった。二人のまなざしには、同じ狂おしいほどの欲望がこだまし合っていた。激しい情熱に変わっていたかもしれない。互いを強く求める気持ちに——突然、重役の一人がいきなりサクソンのオフィスのドアを開けたりしなければ。

「私を信じる気になってくれた？」小声で尋ねる。

「私は目が見えない」サクソンは絞り出すように言い、たばこをふかした。「日の光のない暗闇で暮らし、人に頼って生きるしかない日々がどんなものか想像できるか？　こんなことは一度もなかった。私は……」そこでいきなり言葉を切り、唐突にたばこを吸って煙を吐き出した。こわばっていた表情が緩んだ。「慣れていないんだ」彼はついに認めた。「夜にときどきひどく痛むことがある。眠れなくて、横になったまま、あれこれ考える。目が見えなくては会社の経営はできないから、ランディに負担を押しつけてしまっている。だが、ランディはまだ若くて、経験も足りない」

「ばかなことを言わないで」マギーはぴしゃりと言って、サクソンと向き合った。彼の体温が伝わってくる。「目の見える人とまったく同じようになんでもできるわよ。そうやって自己憐憫に浸るのをやめて、行動を起こせば」

サクソンが身を震わせ、やがて怒りが爆発した。

「自己憐憫に浸る？」顔がこわばり、視力をなくした目がマギーの声がするほうを探った。「ばかにするな！」

どなりつけられたのだとしても、さほど怖さはなかった。でも、こんなふうに冷ややかな声で言われると、鋭いかみそりの刃で切りつけられたような冷たい痛みを感じた。それでも一歩も引くつもりはなかった。実際、哀れみを感じてはいたけれど、この傲岸不遜な男を、彼が自分で閉じこもってしまった牢獄《ろうごく》から脱出させるには、哀れみは役に立たない。役に立つのは怒りだけだった。

「自己憐憫でなければなんと呼ぶの、ミスター・トレメイン？　あなたは一日じゅう家に閉じこもって、自分からは何もしようとしない。会社にさえ近づかない。どうしてしまったの？　人にドアを開けてもらうのに、よく我慢ができるわね？」

サクソンはたばこをポーチに投げ捨て、その大きな手で驚くほど正確にマギーの両肩をつかむと、激しく揺さぶった。「やめろ」

肩をつかまれたとたん膝から力が抜けていった。でも恐怖からではない。「哀れまれるのが怖いだけじゃないの、サクソン？」彼を見つめ、顔を近づけながらささやく。「違うかしら？」

サクソンは歯を食いしばり、目を細めた。けれど放った矢が的の中心をとらえたのが、マギーにはよくわかった。サクソンは影の差した瞳を閉じ、また開いた。「ああ、そうだ」小さく言う。

マギーの震える手が、これまではとてもできなかった大胆なことをした。サクソンの顔を包み込んだのだ。柔らかな感触に、彼がかすかにたじろぐのがわかった。

「あなたみたいな人を誰が哀れむの？　たとえ視力を失っていても、今でもほかのどんな男より堂々としているわ。わからないの？　目が見えなくても、脚が不自由でも、耳が聞こえなくても、体が動かなくても、それでもあなたはサクソン・トレメインよ。自分を信じればなんでもできる。やりたいことはなんでも」

濃いまつげが不安げにまたたくのが見えた。マギーの肩をつかんでいた彼の手の力が緩んだ。まだつかんではいるけれど、痛くはない。

「哀れみには耐えられない」サクソンが言った。

「よかった」マギーの声は自分が思う以上に明るかった。「だってあなたを哀れむつもりはないから」

「杖《つえ》は絶対に使わない」サクソンは釘《くぎ》を刺した。

マギーは彼には見えない涙越しにサクソンを見た。「当分は私がいるわ。あとは盲導犬を利用すればいい。動物は嫌い？」

「わからない」サクソンは静かに言った。「触れ合う暇がなかった」

「犬はいいペットよ。賢いし、杖より柔らかい。体に装着すれば、ぼんやりとでも視覚が取り戻せるような装置があるかもしれないわ」

「そんなつもりはない」サクソンは言下に拒んだ。

「せめて担当医に話を聞いてみたら……」

「せめて黙ってくれないか」サクソンはささやき、マギーが気づく前に身を乗り出して唇を重ねた。彼の形のよい唇が開き、同時にマギーの唇を開かせ、溶け合い、舌がゆっくりと探りを入れてくる。

頰に置いたマギーの手はつかのまためらったものの、こめかみの白いものが交じる髪へと滑っていった。マギーは目を閉じ、唇は彼の唇を求め、欲求に身をゆだねる。周囲でやさしく吹く風の音が、こすれ合う衣《きぬ》ずれの音と混じり合う。

こんなふうに抱かれて、キスされるなんて、まるで天国にいるようだった。本当に久しぶりで、独りぼっちだった日々、ずっと彼が恋しかった。想《おも》いが募ってうめき声がもれる。男性に対してこれほど圧倒的な欲望を感じるなんて、自分でも意外だった。これまで経験したことのないような渇望を覚え、脚が震えて、やめてと言いたくても、サクソンが今貪っている唇まで声は届かなかった。

サクソンがわずかに身を引き、肩に置いていた手を胸の柔らかなふくらみへと移した。

「だめよ」その手をつかみ、そっと肩へと戻す。

「君の様子が〝見たい〟だけだ」彼はゆがんだ笑みを浮かべてささやいた。

「さっきもう確かめたでしょう?」

「君の気分が変わったかもしれない」サクソンは声をもらして笑った。「私は目の見えない、かわいそうな盲人なんだ」

「信じられないわ」マギーは笑いながら言った。

「好色な専制君主ね」

「君は私の手伝いをするためにここにいるのだと思ったが。私のベッドはかなりの広さで……」

「その手のお手伝いじゃないわ。わかっているはずよ」マギーは言い返した。

サクソンの指がそっとマギーの唇へと滑っていき、じらすようになぞる。とたんに彼女の唇に笑みが浮かんだ。サクソンの目が愉快そうに輝く。かつてマギーの姿が見えていた遠い昔にも、同じように輝いていた。「まだバージンなのか？」

マギーは彼の顔をじっと見た。「なぜそうだとわかるの？」

「確信があるわけじゃない。ただ、君はあまり世間慣れしていなかっただろう、ミス・スターリン？　それに親密な場所に触れようとすると、いまだに拒絶反応を見せる。だから気になっているんだ。これまで誰かとつき合った経験があるのだろうかと」

マギーはサクソンの襟元に目を向け、力強く打つ脈動を見つめた。ため息をついて答える。「こんな考え方は時代遅れとわかっているし、どうせ誰も信じない。だから、ものすごく選《え》り好みが激しい女と、男の人には思わせておくの」

「つまり、誘われても一度もイエスと言ったことがないってことか？」いつになく真剣なまなざしでこちらを見ている。

マギーは大きく息を吸い込んだ。「そうよ」うんざりして認める。「ヴィクトリア朝時代に戻ろうとしているわけじゃないの。ただ、私にとってセックスは約束なのよ。この男性に決めた、という約束。でも、そんな約束ができる相手がまだ見つかっていないというだけ」

「君はとても魅力的な女性だ」陰りのある瞳をマギーのほうに向ける。そこには何も映っていないが、思い出は浮かんでいる。「グラマーという言葉がぴったりだし、しかもかわいい。誘いは山ほどあったに違いない」

「まさか」マギーはほほ笑んでみせたが、サクソンには見えないと気づいた。それでも声でわかったはずだ。「まだよ」ふざけ半分に言う。

サクソンは笑わなかった。彼の指がマギーの顔を軽くなでる。「君が欲しい」そっと言った。小声なのに、言葉の衝撃は大きかった。「私が君の最初の男になりたい」

マギーは息が詰まった。「どうして？」彼の指の感触に、やさしい言葉に溺れてしまいそうだった。

「どこかのばかな男が君を傷つけることになるかもしれない。だが私は傷つけない」また身を乗り出してきて、マギーの頬に頬がそっと触れる。熱い息が耳にかかった。「バージンとベッドをともにしたことはまだ一度もない。今までは興味がなかった。君は自分がどんなに価値のある存在かわかるか？」

サクソンの後頭部に置いたマギーの指がこわばる。猫みたいに体を伸ばして、彼にまつわりつくように自分の体が動くところを想像する。すると、そんなことを考える自分に軽いショックを受けた。

「これも一部なの？」マギーはかろうじて尋ね、そんなことをきく自分の言葉がいやになった。でも今は心が弱くなっている。ここで屈するわけにはいかない。「私がしたとあなたが思っていることへの復《ふく》讐《しゅう》の一部？」

サクソンの体が凍りついた。息を吸い込み、身を引く。いつもの厳格な表情が戻ってきて、冷たい黄褐色の瞳からやさしさが消えた。

「君は鋭い女だ」サクソンは目を細めた。「これからはもっと気をつけるようにしよう」

「私をひざまずかせることはできないわよ、ミスター・トレメイン」はねつけるように言い、体を引いた。「でも挑戦はいつでも歓迎するわ」

「私には無理だと？」サクソンは眉を片方つりあげた。「今のはほんの小手調べだ。本当の闘いはこれからさ。君はここに当分滞在するのだから」

「ほんの二週間よ」マギーはぴしゃりと言い返した。「仕事をいつまでも放ってはおけない」

「そのささやかな問題についてはあとでまた話し合おう」サクソンはまたたばこに火をつけた。「ここに来たのは景色を楽しむためだと思っていたが」

「そのつもりよ」マギーは長い脚を組んだ。「何がしたい？　落ち葉を集めて振りかけてあげましょうか？　小石も一緒に。そうすれば秋を感じられるんじゃない？」

「君をこのポーチから投げ落とそうと思えばできるんだぞ」サクソンは笑った。「目が見えようと見えまいと、造作もないことだ」

マギーも一緒に笑った。さっきまでの緊張感がやわらぎ、視線を高速道路に、その背後に見える青い山々に向ける。

「あなたの家族はいつからここに住んでいるの？」

「ジャレッツヴィルに？　そうだな、百五十年ほど前からだ。町の創立者のジャレット一族が先祖だ」

「あなたの義理のお母さまの家族は？」

サクソンがにやりと笑う。「南北戦争後に南部にやってきた〝いんちき北部人《カーペットバッカー》〟さ。そう言ってよくからかうんだ。サンドラは良識的な人だ。たとえ自分が冗談のねたにされていてもちゃんと受け止められるし、かと言ってすごすご引きさがったりしない。かっとなるタイプではないが、とても頑固だ。彼女の実家のスティール家はもともとシカゴの出なんだ。彼女の祖父がここに移り住んで、繊維業を始めた。わが一族と同じように。州のこの一帯では繊維業が一大産業だから」

「あなたの会社の本社はここではなくてチャールストンだったわね」マギーは記憶をたどった。

サクソンはほほ笑んだ。「母方がチャールストンの出身でね。じつは祖父の父、つまり曽祖父はそこでしばらく警官をしていた。だが、悪党を逮捕しようとして殺された。今でも、蓋の裏にイニシャルが彫られた曽祖父の古い懐中時計を持っている。私の宝物だ」

「そうでしょうね」マギーはほほ笑み、ため息をついた。「うちには母方の家族から伝わるものはほとんどないわ。南北戦争時代の古い拳銃が一丁と、ガラス器や銀器ぐらいね。残念ながらわずかよ。あまり裕福な家柄ではなかったから」

「わが家だってそうさ。最初はね。背中に衣類だけしょって、スコットランドから渡ってきた。あったのは、よりよい暮らしを手に入れたいと願う大きな決意だけさ」

「目的を果たしたみたいね」マギーは言った。

「もちろん努力はしただろう。今だって工場を管理し、生産を続けるにはたくさんの努力がいる」サクソンがまた暗い顔で考え込み始めたので、マギーは彼の腕を軽くたたいた。

「だったら、なおさら頑張って復帰しないと」そう言って笑う。「庭を何度か一緒に散歩して、オークの木の根っこにつまずかずにすむ方法を教えるっていうのはどう？」

サクソンは顔を上げた。「わざと木の根のほうに連れていくつもりだな」

「私が？」マギーは無邪気さを装って言う。

「そうとも、白雪姫。だが、私を転ばせる前に肝に銘じておいたほうがいい」

「何を？」一緒に立ちあがりながら尋ねた。

「転ぶときには、君の上に倒れ込むからな」

マギーは彼の大きな体をまじまじと見て、芝居がかったため息をついた。「大変、あなたが転ばないようにせいぜい気をつけないと。さもないと、ぺしゃんこにされしまうわ」

「二人で倒れ込んだら」サクソンは身をかがめてささやいた。「君をぺしゃんこにする代わりに、もっといい考えがある」

「聞かないことにするわ」マギーは彼の手を取った。「私はいい子なの。好色な専制君主にむざむざ堕落させられたりするものですか」

マギーに支えられて階段を下りながら、サクソンは声をあげて笑った。少なくとも、こうして一歩踏み出すことはできた。

5

滞在中に使うようにあてがわれた二階の部屋で、マギーはディナー用の服に着替えたあと、リサと話し込んでいた。

「姉さんはこれでもう帰ると思ったのに」リサがマギーのほうを見て笑った。マギーは瞳の色に合わせたエメラルドグリーンのシフォンドレスを着ている。

「そう思ったのはあなただけじゃないわ」マギーは打ち明けた。「あんな衝撃は初めてだった。悪あがきをする暇もなかったもの。兄の名はサクソン・トレメインだとランディが言ったとき、命運尽きたと覚悟したわ」

「彼、すてきよね?」リサがいきなり言った。思惑ありげな目だ。

「誰が？　ランディ？」そっけなく答える。

「サクソンの話だとわかってるくせに」リサは口をとがらせた。

マギーは床に視線を落とした。そこに敷かれた毛足の長い白い絨毯《じゅうたん》は、天蓋つきのベッドのロイヤルブルーのベルベットのベッドカバーと、窓に掛かる同色の分厚いカーテンを際立たせている。「嫌われていると思ってたのよ。今もそうじゃないかと疑ってるわ。自立できるように手伝えと彼が言ったのはただの口実で、じつは私をここにとどめて、復《ふく》讐《しゅう》を画策しているのかもしれない」

「彼が姉さんの手を握る様子を見ていると、ランディもあんなふうに私を嫌ってくれたらいいのにと思うけど」

マギーはほほ笑んだ。「もし彼が壁にぶつかるようなことがあったら、私も道連れにするそうよ。ああ、仕事をどうしよう？　私がいなかったら二週間もうまくいかないわ」

「誰だって替えはきくものよ」妹が釘《くぎ》を刺した。「姉さんが亡くなりでもすれば、どのみち姉さん抜きでなんとかしないといけないんだから。それに、ミスター・トレメインはもう根まわしをしていると思うけど」

マギーは顔をしかめた。「こんなことになるなんて思ってもみなかった」緑色の瞳に影が差した。「リサ、もし私のせいだったとしたら？　彼の視力がもう戻らなかったら？」

リサは姉の腕にそっと触れた。「やめて。今はとにかく、サクソンに自信を取り戻させることだけに集中して。それに、私の想像どおり姉さんが彼を大切に思っているとすれば、そう難しいことではないんじゃない？」

マギーはため息をついて立ちあがった。「自分の気持ちはちゃんとわかっている。でも、彼の気持ちがわからない。考えると眠れなくなりそう。でも、今は先のことを心配するのはやめるわ。さあ、階下《した》に行って食事にしましょう。とにかく、一日一日を生き延びることだけを考えるわ」

「実際的な解決法ね」リサが愉快そうに答えた。

でもマギーには実際的とは思えなかった。混乱し、渇望にさいなまれ、怖かった。クリスタルのシャンデリアが照らす長テーブルでサクソンの隣に座っていると、すぐに立ちあがってここから逃げ出したくなる。そんなおかしな衝動に駆られた。

彼はあらゆる女性が夢見るようなセクシーな男。ツイードのジャケットの下で、筋肉質の胸に張りつくベージュのシルクのシャツを眺めながら、マギーは思った。豊かな濃い胸毛の影が薄い布地越しに透けて見える。シャツを脱いだ姿は見たことがないけれど、見たいと思っている自分にふいに気づいた。

そして触れてみたい……。

自分の憧れの強さにショックを受けながら、勢い込んで料理を口に運び、彼の視線をずっと避けていた。サクソンには見えていないのに。

「ずいぶんとおとなしいな、マギー」彼がやさしくささやきかけてくる。

マギーははっとして顔を上げ、ほほ笑んだ。一瞬、彼は目が見えないことを忘れてしまう。「料理がおいしいから食べるのに夢中で」そう嘘《うそ》をつく。本当はダンボールのような味しかしていないのだけれど、と心の中でつけ加える。

サクソンは髪が乱れたままの頭をかしげた。黄褐色の瞳が面白がっているように輝く。「本当に？」「なんなの？」つい彼の挑発にのってしまう。「あなたをうっとり眺めていたとでも？」

サクソンが頭をそらして大笑いし、サンドラとランディははっとしてそちらを見た。事故以来、この暗褐色の髪の大男がこんなふうに笑うのは珍しいことらしい。

「そうなのか？」彼が尋ねた。「つまり、私をうっとり眺めていたのか？」

「どうしても知りたいなら」マギーはぶつくさ言った。「朝一緒に散歩に出て、もし急に車を運転したいと言いだしたらどうしようと悩んでいたのよ」

とたんにほかの家族も笑いだし、おかげでサクソンの狙いを定めた鋭い質問をうまくかわせた。


翌朝、マギーは緑のタータンチェックのプリーツスカートに緑のセーター、アイボリーのブーツという格好で階下に下りていった。ほんの数時間とはいえ、サクソンと二人きりになるかと思うと、妙にわくわくした。あの記事が発表され、二人の関係が粉みじんになる前、ずっと夢見ていたことだ。サクソンはすでに朝食のテーブルについていたが、ほかの家族の姿はなかった。

「マギーなのか？」彼女の小さな足音を耳にして、サクソンがそっと尋ねた。その声音に、なぜか動悸《どうき》が激しくなる。

「ええ」マギーは彼の横に腰を下ろした。「七時までに下りてこいとあなたに言われたはずだけど」

「そのとおりだ」

「でも、ほかのみんなは？」

「まだベッドの中だろう」サクソンはかすかに笑った。「私たちが出かけるからといって、家中の者をたたき起こす必要はないだろう」

「ええ、もちろん」マギーは彼から無理やり目をそらさねばならなかった。ゆうべと同じベージュのツイードのジャケットに白いタートルネックのセーターを合わせ、黄褐色のズボンをはいている。食べてしまいたいくらいすてきだった。「もう一杯コーヒーをいかが？」マギーはポットを持ちあげた。

「まだ飲んでいない」サクソンは答えた。「君を待っていた」

マギーはひそかにほほ笑んだ。「喜ぶべきかしら？」

「それは私がどれだけ空腹だったかによるし、答えは私だけの秘密にする。私の皿に卵を取ってもらえないか？　ミセス・シンプソンには、私書箱の手紙を回収しに郵便局に行ってもらっている」

マギーは言われたとおりに卵を皿に盛ると、ベーコンとカントリーハムがのった大皿に手を伸ばした。

「ベーコンかハムは？」

「ベーコンを。だが君はハムを試すといい。農場の自家製だ」

マギーは彼をじっと見た。屋敷は広い敷地の中にあり、周辺には白い柵で囲われた牧草地が続いていることに気づいていた。「ここは農場なのね」

サクソンはにやりとした。「観察が鋭いな、ミス・スターリン。そう、ここは農場で、肉も野菜も、大部分はここで生産されたものだ」

マギーはため息をついた。思った以上に、サクソンはアウトドア派なのだ。だとすれば、目が見えないことが余計につらいだろう。マギーはふんわりした大きなキャットヘッドビスケットを、彼の皿と自分の皿に取った。

「バターは？」

「頼む」

両方のビスケットに急いでバターを塗り、時計の文字盤の数字を例に、皿のどこに何があるかサクソンに伝えた。意外にも、サクソンはマギーの説明に意地の悪いコメントもせずにおとなしく食べ始めて、しかもひと口も残さなかった。

「また静かになったな」少しして、彼が言った。

「あなたは農場で楽しく働いていたのだろうなと思って……以前は」

サクソンの顔が曇り、マギーは早まったことを言ってしまった自分を責めた。

「ああ」彼はそっけなく認めた。「それに馬にもずいぶん乗った」

マギーは顔を上げた。「馬なら今も乗れるんじゃない？」

「つき添いがいれば、もしかしたら」彼は言葉を濁した。「君は乗馬は？」

「少しだけ」マギーはほほ笑んだ。「速く駆けさせると、転げ落ちると思うけど」

それを聞いて、サクソンの沈んだ気分が少し上向いたらしい。「私と乗ればいい。私が君を支え、君が進む方向を指示するんだ」

マギーはサクソンを見た。彼と体を触れ合わせると考えただけで息が止まりそうだった。彼の体のぬくもりや力強い筋肉を、もう感じられそうな気さえする。「いいわね。そして、もしあなたが落ちたら、私を道連れにして押しつぶすつもりね！」

彼は声のしたほうに目を向けた。険しいしわの寄った厳しい顔だ。それは声も同じだった。「君を押し倒したいと思っている、本当に。君の体を組み敷きたい」

マギーは頬に血がのぼるのがわかり、コーヒーカップを口に運んだ。こんな話題を持ち出すのではなかった。

「乗ってみないか？」サクソンはそこでいたずらっぽく笑った。「それについてはまた今度。まず朝食をすませるんだ。今日はすることがたくさんある」

マギーは身を乗り出した。「どこへ行くの？　乗馬は別にして」

「オフィスに行く」サクソンは荒く息をついた。

マギーはこっそりほほ笑んだ。これは大きな前進だ。自分がそのきっかけの一つだったと誇りに思っていい。マギーは大皿の上のカントリーハムにフォークを突き刺した。

朝食を終えると、マギーはサクソンの腕を支えて外へ連れ出し、一家の車が置かれた車庫に導いた。中にあるのはメルセデス、フィアット、それに大型の黒いリンカーンのタウンカーだ。

「どれがあなたの？」マギーが尋ねた。

「どれだと思う？」

マギーは高みから見おろす彼の顔をうかがった。

「リンカーンね」

サクソンは片眉をつりあげ、ほほ笑んだ。「君に私の趣味がわかるとは感激だ」

マギーは笑った。「大げさね」

彼の腕が肩に回され、引き寄せられた。「大型車でないとだめなんだ。この大きな体をねじ込まなければならないんでね」

マギーはふざけ半分で彼をぐいと突いた。「それは確かね」そう言って、サクソンを車のほうに誘導する。「車庫から車を出すとき、フェンダーを引っかけたりしないよう祈るばかりだわ。ご存じのとおり、私が普段乗っているのはフォルクスワーゲンの小型車だから」

「まさか」サクソンが声をあげて笑った。「座席を調整したほうがいいかもしれないな。だが君を信用している、マギー。少なくとも車の運転については」小声でつけ加えた言葉が癪《しゃく》に障った。

マギーがサクソンを助手席に座らせようとすると、彼が突然言った。「ちょっと待ってくれ」マギーの肩に回されていた手がウエストへと下り、思いがけない親密な指の動きに、マギーは思わず体を震わせた。「何を着ている？　詳しく教えてくれないか」

マギーは教えた。大きな手に突然体を包まれ、声がつい緊張してしまう。二人の体は触れ合う寸前だった。

「どんなセーターだ？」サクソンがささやき、手を持ちあげて、長い指一本でV字形のネックラインを探るようになぞる。「柔らかな肌だ」そっと言う。

指はネックラインの内側にするりと入り込み、胸の曲線をたどる。「とても、とても柔らかい」

マギーは不法侵入してきた指を捕まえた。「お行儀よくして」

サクソンは笑っただけだった。「頬を赤らめているのか？　見えないのが残念だ、マギー。君の目を見れば胸の内が全部わかるのに」急に彼の顔が曇り、ため息をついてマギーから手を放した。「そろそろ出かけよう」

マギーも彼から離れた。ほっとしていたけれど、残念でもあった。彼に傷つけられるようなことはないと、信じられさえすればいいのに。でも、彼の目的が復讐ではないとまだ言いきれない。はっきりするまで、彼をみだりに近づけはしない。

6

サウスカロライナ州のこのあたりは、大部分が壮大なブルーリッジ山脈へと続く丘陵地帯だ。この時季、景色はカーニバルのように鮮やかな秋の色に染められ、息をのむ美しさで、サクソンの目が見えないのが残念だった。

「今日は涼しいな」マギーが高速道路を大型車で飛ばす間、サクソンは前を向いたまま言った。

「そうね。あなたにこの山々の景色が見えればいいのに」マギーは静かに言った。「アーティストが張り切って、パレットに金や赤やオレンジや琥珀《こはく》色を混ぜて、熱心に塗りつけてくれたみたい」

サクソンは口の端を軽く上げて笑った。「それはとてもうまい――描写だな。今、どの辺だ？」

マギーが高速道路の名を告げた。「とても長い道路ね。今は走っている車も少ないわ。前方のはるか遠くに山脈が見えていて、私たちは、かつては山だったところを走っている。土手にはラブグラスが茂っているわ」

「ラブグラス？」サクソンが眉をつりあげた。

「本当にそう呼ばれているのよ」マギーは笑った。「ジョージアでは、土地の保全にあたる人たちが、浸食から守るために土手にこの植物を植えるの。川に浸食されないように、川底に捨て石を置くのと同じよ。ここにも土地の保全の目的で植えられたんじゃないかしら」

「そろそろジャレッツヴィルが近いはずだ」サクソンは座席で身じろぎしながら、話題を変えた。

「この坂を越えたら」色とりどりの山々を背景に、小さな町が見え始めた。「思ったより大きな町ね。だけど美しいことに変わりはないわ」

「私もいつもそう思っていた」サクソンが言った。「アンダーソンやスパータンバーグ、グリーンヴィルといった町ほど大きくはないが、今も繊維産業の揺るぎない中心地だ」

「あなたの会社は中でも揺るぎない地位にあるわ」

マギーはほほ笑んだ。

「初めは小さな会社だった。だが、この経済状況の中で、現在も成長し続けている。今はどこだ？」

マギーは告げた。「私の記憶では、ここを右に曲がるのよね」

「そうだ。それから左へ」

「でも、それでは工場の裏に回ることになるわ」

「コンピュータセンターに行く。私のメインオフィスはそこにある。君は来たことがない」

マギーは無言で、彼の案内に従いながら、悲劇的な終わり方をしたジャレッツヴィルでの日々を思い出していた。トレメイン社の巨大工場を何度か訪れたが、コンピュータセンターが話題にのぼったことは一度もなかった。当時彼女とサクソンはおもに生産部門について話をしていた。コンピュータセンターがどこにあるか耳にした記憶はあるけれど、あまり関心は持たなかった。サクソン本人のほうがはるかに興味深かったし、悲惨な結果に終わった記事に必要な生産風景の写真は、会社の広報部がすべてそろえてくれた。

マギーはコンピュータセンターの入り口近くに車を停《と》め、エンジンを切った。ところが車から降りようとすると、サクソンが座席に座ったまま体をこわばらせ、見えない目で前方をまっすぐにらみつけている。

「入らないの？」マギーはそっと尋ねた。

サクソンがいらだたしげに大きく息を吸い込んだ。

「やはりやめたほうがいいかもしれない」

「どうして？　熱狂した女子社員たちがあなたに殺到してくるのが怖いから？」マギーはからかい半分に言った。

サクソンは一瞬ぽかんとしたが、すぐに噴き出し、眉間に刻まれたしわも消えた。「まったく、君は私をおだてるのがうまいな」そう言って笑う。

「おだててほしければ、いつでも。さあ、降りましようか。それとも午前中ずっとあれこれ悩み続けるつもり？　会社の幹部が通りかかって、私たちが車の中に座っているのを見たら不審に思うわよ？」

「そんなことはないさ」サクソンは、マギーが身構える前に手を伸ばすと彼女の体を捕まえ、自分の膝の上に倒した。

「サクソン……」呼吸を荒らげてささやく。

生真面目な表情で、彼の気持ちが読めない。でも、その温かな指はマギーの顔を手探りし、唇の柔らかなカーブをなぞっている。「不安？　気をもむ必要はない。ここで私に何ができる？」

「リストにしてほしい？　でも、そろそろ中に入ったほうがいいんじゃない？」

「まだ入りたくない」サクソンは答えた。彼の指がマギーの顎を持ちあげ、唇に彼の温かい、たばこの匂いのする息がかかる。「君を食べてしまうことだってできる！」彼が近づいてきた。

唇に唇がぶつかるように重なった。体のありえない場所が痛いほどほてってくる。もはや抵抗さえしなかった。彼に触れるだけで体が熱くなる。飲みたかった熟成したワインをようやく口にするように。ここが最初から自分の居場所だったみたいに、彼の腕にすっぽりと収まる。まわりの誰もが、もう関係なかった。そう、家族さえ。サクソンは私という存在を生かす光。だから、どうしても拒めない。盲目でもそうでなくても、サクソンはサクソンのままだった。マギーは彼にキスを返した。サクソンの首に腕を回してしがみつく。彼が深いため息をついたのがわかり、大きな体に宿る荒々しい欲望を感じる。サクソンはマギーのヒップを自分に押しつけ、腰を回した。

「ああ！」慣れない親密さに、思わず声がもれた。

そのかすかな声を耳にしたとたん、サクソンがマギーの口元でほほ笑んだ。彼女の背骨の下に押しあてた手にさらに力がこもり、どんな小さな物音や動きも聞き逃すまいとして顔を上げる。

「マギー、目が見えないから、男としての能力も失ったと思ったのか？」乱暴に言った。

マギーはなんとか抵抗して上体を起こし、サクソンから離れたが、彼に逃す気がなければけっして逃れられないとわかっていた。サクソンは満足げな様子で座席に座り、マギーは困惑で顔を真っ赤にして彼をにらみつけていた。それを感じて、サクソンが小声で笑う。

「静かにして」マギーはバックミラーを見て髪や服の乱れを直そうとしながらも、サクソンの顔に今もあからさまに浮かぶ欲望に気づかないわけにいかなかった。しかも困ったことに、自分も生まれて初めて彼と同じ欲望を感じていた。

「抑えられないんだ。神経をとがらせたバージンには慣れていない。つい……我を忘れてしまう」

「神経をとがらせてなどいないわ」マギーはきっぱり否定した。

「君はうぶだ」サクソンがそっと言い返した。「どんなことになるかと考えると、めまいがしそうだ」

「どんなことになるかなんて考えないで、成功したビジネスマンにさっさと戻ったらどう？」

「むしろ君の恋人になりたい」その言葉に、マギーは膝が震えた。

「もう行きましょう」このうわずった小さな声は、本当に私の声？　マギーは自問した。

サクソンが笑みを浮かべた。「この楽しい会話を続けるのが怖いなら、とりあえずやめておこう」

「勝手にそう思っているがいいわ」マギーはつぶやき、車を降りると助手席側に回って、サクソンを建物のほうに案内した。

トレメイン社のメインオフィスは、景色の美しい広大な敷地にあり、巨大な建物二棟と小さめの建物二棟が建っているものの、充分な余裕があった。記憶によれば、一番大きな建物が主要工場で、糸が織物になる。もう一棟の大きめの建物は縫製工場で、布が衣服となり、完成品ができあがる。小さな二棟の建物は配送センターとコンピュータセンターだ。

コンピュータセンターにはトレメイン社のロゴが掲げられている。ほかより大きな赤いTの字がよく目立ち、マギーはにんまりした。いかにもサクソンらしい堂々とした色だ。もし彼を色にたとえるなら、やはり赤だろう。彼はそんな鮮やかな存在だから。

そのモダンな建物に足を踏み入れようとしたとき、マギーの手を握るサクソンの手に力がこもった。ロビーには観葉植物が豊富で、広々として見えるうえ、人を歓迎する温かい雰囲気が醸し出されている。

「いい感じね」マギーはささやき、二人で赤毛の受付係に近づいた。「ミニチュアの滝まであって、まるで東洋の庭みたい」壁の一つからは人工の小さな滝が流れ落ち、周囲に草木がこんもりと茂っている。

「私が設計を指示した」サクソンがそっけなく言う。

「受付デスクにいるのは、君と同じくらいの年頃で、燃えるように赤い髪の女性か？」

「ええ」その赤毛の女性は、大柄の男とつき添いの姿を目にしたとたん、驚きを顔に浮かべた。

「ミスター・トレメイン！」秘書が声を張りあげ、顔を輝かせて立ちあがった。デスクの背後から走り出てくると、マギーに申し訳なさそうにほほ笑み、サクソンに笑みを向けた。「そろそろ姿を見せるころだと思ってました」からかいまじりに言う。「仕事は山積みで、ランディが持っていって半分はしくじりましたけど」

サクソンは声をあげて笑った。だいぶ緊張が解けてきたようだ。「しくじるなら持っていかないほうがましだな。元気だったか、タビー？」

「あなたがいないと退屈で」彼女はため息をつき、マギーにウインクした。マギーもウインクを返す。

「すごく平和です。わめき声も、ののしり声もなく……」

「その平和も長く続かないだろう。これまでの経過を知りたい。ランディはまだ使えないし、正直言って私もしばらくほかのことで頭がいっぱいだった」

「私なら、〝ほかのこと〟なんて言われたくないけど」タビーはマギーに言った。「オクタヴィア・ブレイクよ。友人たちはタビーと呼ぶわ」

「マギー・スターリンよ」そう応え、握手をした。

マギーは背の高い赤毛の女性がもう好きになっていた。「どっちに行けばいいかしら？」

「私が案内するわ。コーヒーはいかがです、ボス？」タビーがサクソンに尋ねる。

彼はうなずいた。「濃いめのブラックで。マギーにはクリームを」

「承知しました」マギーはサクソンの記憶力のよさに舌を巻いた。あれからずいぶん経《た》つのに、私のコーヒーの好みをまだ覚えているなんて。

タビーに案内されたのは、ちり一つ落ちていない広々としたオフィスで、巨大なオーク製のデスク、革製の椅子やソファのほか、デスクの横のテーブルにはノートパソコンらしきものも置いてある。

マギーはサクソンが椅子に座るのを手伝った。そうしてデスクに座る彼を見たとき、あのころに戻った気がした。二人が初めて会ったときも、彼はデスクの向こうに座っていた。あちらに見える縫製工場でのことだ。特集記事の取材を申し込みに来たとき、サクソンは工場長のところに出かけていたのだ。そのあとも、いつもあちらの工場やこちらの工場、あるいは町で会った。このオフィスを見るのは初めてだった。

「あなたらしいわ」回転椅子にゆったりと座るサクソンを見て言う。

「何が？」

「このオフィスが。頼もしい、しっかりした造りで、少し威圧感がある」

サクソンは笑った。「ここに座ると、人を威圧する力があるような気分になる」頭の後ろで両手を組み、筋肉質な胸に張りつくシャツがセクシーだ。

「目が見えるのは当然のことと以前は思っていた。この椅子に座る気分が想像できるか？　この場所にふさわしい責務を負いながらも目が見えない、その気分が？」彼の表情がこわばり、目がぎらつく。

マギーは激しい痛みに襲われ、思わず目を閉じた。

「きっと慣れるわよ」きっぱりと言う。「あなたなら克服できる」

「克服ね」彼は鼻で笑った。「君の記事さえなければ、克服などする必要もなかった」

「あなたが車のスピードを出さなければ……」かっとなって言い返そうとしたけれど、タビーがトレイを持って部屋に入ってきたので言葉をのみ込んだ。

「どうぞ」タビーは張りつめた空気を無視して、にっこりほほ笑んだ。「キャビネットからドーナツをいくつか失敬してきました。あまり朝食を召しあがっていないのではないかと思って。いつものように」サクソンに向かって言う。

「いつもながら有能だな、タビー。マギー、仕事の話をするあいだ、自由に楽しんでいてくれ」サクソンはマギーがタビーからコーヒーを受け取ったあと、自分も手に取った。

「パソコンを起動させせろ」秘書に告げる。「それからビリングス・スポーツウェア社のファイルを開いてくれ。問題があるとランディから聞いた」

「〝問題〟では言葉が軽すぎるわ」そうつぶやいて、タビーがディスクをケースから出した。パソコンを立ちあげ、ロードシグナルを待って、ディスクをスロットにさっと差し込む。

「さあどうぞ」タビーが言った。「最大の壁はビリングス社の組合です。従業員たちは自分たちの雇用について心配していて、退職金を払わずにすむよう、あなたが年配の従業員をすぐに追い出そうとしていると、ばかげた噂《うわさ》がたっているんです。組合はこの合併話と断固闘うとしていて、契約書に署名されたらすぐにストに入ると脅しています」

「なんてことだ」サクソンが悪態をついた。「問題は組合ではなく、ビリングス社の副社長だ。社長の座を狙う彼は、自分にその椅子を与えろと、わざと騒ぎを起こして私を脅迫しているんだ。社長に昇格させればストは回避できる、とね。組合には、そんな噂は嘘《うそ》だと笑い飛ばして、自分が社長になれば年配の従業員も安泰だと告げる。それを私との交渉材料にするつもりなんだ」サクソンの顔が陰ったが、目は挑むように輝いていた。「だが、彼も読みを間違えたことが一つある。私は脅迫が嫌いだ。明日、直接ビリングス社へ行こう。そしてその場で組合と話し合いの場を持って、副社長も出席させ、話をひと言ももらさず聞いてやる」

「彼を解雇するんですか？」タビーがにやりとする。

「それでは簡単すぎる」サクソンは背もたれに体をもたせてコーヒーを飲んだ。「発注部門に異動させ、数週間地獄の思いを味わわせてやる。もしそこで頑張れば、社長の座を与えてもいい。彼の履歴書を読みあげてくれ」

マギーは脇でおとなしく控えてなければいけないのが面白くなくて、タビーが資料を読みあげるあいだ、コーヒーを手に部屋の中を巡った。部屋じゅうに写真が飾られ、繊維から完成品まで製造工程の各段階が表示されている。マギーはそれを眺めた。繊維の選定から梳綿《そめん》、精梳綿、そうしてスライバーができ、練条、粗紡へと続く。綿にしろ、ナイロンやポリエステルにしろ、それぞれを組み合わせたものにしろ、繊維が粗いロープ状にまとまったスライバーとなり、それがゆっくりと細くなって糸ができあがる工程を見るのはとても面白い。縫製工場も同じくらい魅力的だ。裁縫師の一人一人が違う工程を担当し、裁断室で裁断された各パーツが少しずつ集まって衣服が完成し、最後に品質管理部門でできあがりをチェックする。

ほかに室内には初期の精綿工場の様子を写した写真もあり、摘んだばかりの綿花を山のように積んだ馬車が積み荷を下ろして梱《こり》を作っている様子などがうかがえる。

各写真を二度ずつ見終わっても、タビーはまだ資料を読みあげていたので、マギーは遠く山脈を望む窓辺で足を止めた。でも、見ていたのは美しい秋の紅葉の景色ではない。サクソンからのいわれのない非難について考えていた。仕返しをしてやりたい、そう思った。

タビーが読みあげるのを終え、サクソンが低い声で指示を並べ始めても、マギーは考え事に夢中で、とうとうサクソンに大声で呼ばれた。

「マギー、耳が聞こえなくなったのか？」

はっとして振り返る。「聞こえないほうがいいときもあるわ」当てつけるように言い返してサクソンのデスクに近づいた。「用事はすんだの？」

刺《とげ》のあるマギーの声に気づき、サクソンが首をかしげる。「どうした？」

タビーは小声で何かつぶやき、二人を部屋に残して出ていった。

「それで？」サクソンは片手をデスクに置いて立ちあがった。「マギー？」

彼をにらみつける。「あの記事を書いたのは私ではないと、飽きるほど何度も言ったわよね？」激しい口調で言う。「どうしたらわかってくれるの？」

サクソンの表情が緩んだが、それもわずかだった。

「こっちに来てくれ」

「もう行かないと……」

「頼むから来てくれないか」喉から絞り出すような声だ。「君を捜して部屋を歩きまわり、転んでもいいのか」

マギーはためらったが、一瞬のことだった。彼に恥ずかしい思いをさせたいわけではなかった。マギーはサクソンに近づいた。

たどりつく前に気配に気づいたのか、サクソンは手を伸ばしてマギーの肩をつかむと引き寄せた。

「気が短くなっていると最初に言ったはずだ」静かに言う。「頭痛が始まると余計そうなる。だから、もし契約を破棄して帰宅したいなら私は止めない」

マギーはショックを受けた。復讐《ふくしゅう》を誓った男の言葉とは思えない。熱のこもった目で、視力をなくした彼の黄褐色の瞳を見あげる。すでにそこに怒りはなかった。こんなのは不公平よ、と苦々しく思う。こんなふうに謙虚になってみせるだけで、彼は私の抵抗力をやすやすと奪ってしまう。そして謙虚なのは見せかけだとわかっている。だって、サクソンがこれまで謙虚だったことがある？

マギーはため息をついた。「私もついかっとしやすいところがあるから。そろそろ行きましょうか」

サクソンはため息をついてマギーの頭を温かな胸に抱き寄せ、やさしく揺すりながら髪に頬を寄せた。

「どうか耐えてくれ」耳元でそうささやく。「君を傷つけないように本当に努力している」

妥協を知らない厳格な男がこんな告白をするなんて。彼はこれまで頭を下げたことなどないだろうに。

「狼《おおかみ》が子羊に降参するのね」マギーは笑った。

「君はひと筋縄ではいかない女だ」笑いながら言い、一瞬腕に力をこめてからマギーを解放する。「たいていの母親は娘を従順な天使に育てたがるものだが、君もそうだとしたら、私の世話などできないだろうな。さあ家に帰ろう。ランディを捕まえて、一緒に戦略を練らなければ」

「ボスはあなたよ」マギーは彼の手を取ってドアロへと誘導した。

タビーは外のオフィスで二人を待っていた。「小さな問題がいくつかあるんですが、資料をまとめてお持ちになります？」皮肉まじりに言う。

「小さな問題？」

「たとえば」タビーが次々に挙げていく。「片腕の山賊もどきの小銭を巻きあげる清涼飲料水の自販機。

コーヒーは提供するのにカップは出そうとしないコーヒーマシン。月曜に来ると約束したのに金曜日になっても現れないパソコン修理のエンジニア。別の納入業者と契約があるといくら言っても聞く耳を持たない、しぶといファスナーの営業マン。まともに縫製もできないのに普通の裁縫師の三倍の給料を要求している三人娘……」

「さっさと退散しよう」サクソンは笑いながらマギーに言った。「君にまかせた、タビー」彼は肩越しにそう告げて立ち去った。

タビーは二人の背中に舌を突き出した。

7

「次はどこへ？」車に乗り込むと、マギーは尋ねた。

「君しだいだ。運転しているのは君なんだから」サクソンはにっこりして言った。

「山でピクニックはどう？」なんだか浮き浮きしてきて、冒険してみたい気分だった。「途中でチーズやクラッカー、クッキーを買っていけばいいわ」

「子供のころに戻るつもりか？」

「そんなところね」マギーは認めた。「父とリサと一緒によく魚釣りに行ったの。いつも途中の小さな雑貨店で軽食を買ったものだった。どんなに楽しかったか忘れかけていたわ」

「最後に釣りに行ったのは十二歳のときだ」

「死ぬほど働いていないときは、息抜きに何をするの？」交差点で曲がり、高速道路に車を向ける。

「もう何年も会社経営が天職であり、趣味でもあった」サクソンが静かに言い、ポケットからたばこを取り出して、やすやすと火をつけた。「ほかに何かする時間などなかった」

「視野が狭い気がするわ」

「そうかな。君は記者の仕事をしていないとき何をする？」

マギーはため息をついた。「特に何も」そう白状する。「新聞社には記者が二人しかいないし、一人は学生アルバイトなの。二十四時間待機している必要がある。何か事件が起きたら、時間に関係なく取材に行くから」

「危険はないのか？　夜、どこかで強盗でもあったらどうするんだ？」

「カメラを持って急行するわ」さらりと言う。「それが仕事だもの。ニュースに休日はないわ」

「仕事に盲従するわけだ」皮肉っぽく言う。

「私たちは世間の目であり、耳なのよ」つい議論に熱がこもる。「歴史が作られる瞬間に立ち会っているのよ。記者が重大な事件を記録しなければ誰が後世に伝えるの？」

「小さな町の銀行強盗を記録して後世に残して、いったい何になる？」サクソンがあっさり言った。「それに、取材するのは真夜中だろうと翌朝七時だろうと、変わりはないんじゃないか？」

マギーは強く息を吸い込んだ。「あなたにはわからないわ」

「ああ、わからない。たとえ百十パーセント仕事に力を注いだとして、それがなんだ？　読者は気にもとめない。みんな新聞が出まわる前に内容はとうに知っている。誰が捕まったか知りたいだけさ」

「あなたは物事を単純化しすぎてる」

「そんなことはない。君は記者という仕事を買いかぶっている。熱心なジャーナリストにありがちなことだ。仕事を聖杯の探求か何かと勘違いしている。もったいぶったゴシップ記事にすぎないのに。それが問題の解決ではなく、問題を引き起こすことだってある。テレビの取材用に過激派グループがパレードをするのを見たことがある」

「人のためになることもたくさんあるわ」車をターンさせながら言う。

「例を挙げてみてくれ」

「いいですとも」マギーは新聞が支援したプロジェクトの例を挙げていった。恵まれない人々のためのプログラムへの支援は数知れない――貧困者、ホームレス、高齢者、教育を受けられなかった人、肉親に先立たれた人、目の不自由な人、犯罪被害者、重複障害者……。そこで息継ぎのために言葉を切ったとき、ようやくサクソンが手を上げ、愉快そうに笑ってとどめた。

「わかった、もういい。なるほど、小さな町の新聞社はいろいろと成果をあげているかもしれないし、君も人の役に立っているんだろう。だが、もし君がそれをやめたら、世界は終わるのか？」

マギーは考え込んだ。「購読者にとっては変わらないでしょうね。記者の替えはいつでもきくし、その記者のほうが私よりいい仕事をするかもしれない。でも、私は記事を書かなければ死んでしまうわ」

「なぜだ？」この質問へのマギーの答えを聞き逃すまいとするかのように、サクソンが顔を上げた。

「それが退屈な仕事でもなければ、決まりきった仕事でもないからよ。追いかけているねたにしろ、すっぱ抜かれるかもしれない特だねにしろ、つねに動いているのよ。けっして飽きがこない。飽きている暇がないの」記憶をたどりながら、マギーの顔が輝く。「普通なら裏口からだって入れないような場所

「に、堂々と玄関から入ることができる。驚くような人と会い、刺激的なことをする。この仕事を愛している。私の……すべてなのよ」そう結んだ。

「男もそうでなければならない。女性に対して」サクソンは静かに言った。

「私にとってすべてと言えるような男性は今まで一人もいなかったわ」マギーは言い、遠い山々へと続く高速道路に車を向けた。

「私が君なら、自分を過信しない。自分ならできると思っても、案外できないものだから」

「個人的な経験から言ってるの？」マギーは挑発するように言った。

「そうだ」彼があっさり認めたので、マギーは驚いた。「こうして子供みたいに手を引かれて歩くようになるとは考えもしなかった。ありえないことだ」

「いつか治るわ」マギーは自分でも信じているとは言いきれない言葉をかけた。

「そうなのか？」サクソンは苦笑した。「私の主治医とは見解が違うようだが」

「状況は変わるのよ」マギーは念を押した。

「いつかクジラだって車を運転するかもしれない」

そう言い返す。

「サクソン……」

「そこまでにしてくれ。今はどこだ？」

もうこの話はしないという意志がはっきり見て取れた。マギーはため息をついた。「ジャレッツヴィルを出て西に向かっているわ。左にタイガー川を渡る高速道路がある。どっちに行く？」

「まっすぐだ。もうブルーリッジ山脈の麓にたどりついているはずだが」

「ええ、大当たりよ」マギーは笑った。確かに周辺は起伏が多い開けた田園地帯で、鮮やかな紅葉の合間に人家が見える。

サクソンは二つの高速道路の名を口にし、続けた。

「その二つが交差する場所で左折し、五、六キロほど行くと、右手に小さな雑貨店がある。そこで何か食べるものを買おう」

「よく覚えているわね」

「必死で記憶をよみがえらせている。山道の運転は慣れているか？」

「あまり」そう認める。「でもブレーキが熱くなって音をあげても慌てないわ。ジョージア州のブレアーズヴィルやハイアワシーあたりの山中で運転したことがあるの。本当にあれがいい練習になったわ」

「わかるよ。特にカーブはひどく厄介だ」彼の表情がこわばった。カーレースをしていたころのことを思い出しているのだろう。

「ニュースでも聞かない？」そう言って、サクソンが拒む暇もなく、ラジオのスイッチを入れる。彼がまたあれこれ悩みだしたりしないように、気をそらす材料になってくれればありがたい。


　しばらくすると、車はヘアピンカーブが続く山道をのぼり始めたけれど、マギーにはまったく不安はなかった。隣にサクソンがいると不思議と安心だった。小さな雑貨店で車を停《と》め、缶入りのソーセージ、クラッカー、クッキー、ソフトドリンク、昔ながらの手作りチーズをいくつか買った。

「ここはきれいね」山々を望む道路沿いの人気のない公園に車を停めて言った。

「人はいないか？」サクソンが尋ねた。

「ええ、全然。荷物を広げて少し休みましょうか」

「いいね」

　マギーはサクソンが車を降りるのを手伝い、コンクリートのテーブルとベンチは無視して、枝ぶりのいいカエデの木の下に軽食を広げた。

　チーズ、クラッカー、ソーセージをたいらげたあと、ソフトドリンクとクッキーを手にくつろいだ。

「とてもいいところだわ」マギーはため息をつき、

背筋を伸ばして目を閉じた。「涼しくて、いい匂いがする。心の平和を感じるわ」

「心の平和が必要な年齢でもないだろうに」

「誰でもときには必要よ」マギーは言い返した。「忘れずに車椅子を積み込まないとな、おばあちゃん」サクソンは笑って、ソフトドリンクを飲み干した。マギーが枯れ葉の積もる地面に寝転がると、彼もそばに横たわり、ため息をつく。「ああ、欲しかったのはこれだ。静けさ、山々、君……」

マギーは横向きになり、サクソンをしげしげと見た。こうして近くで眺めると、さっきオフィスでかいま見た容赦のないビジネスマンとは別人だった。

「パンをひとかけらに、ワインが一本……」マギーは笑みを浮かべた。

「それに君だ」サクソンはつぶやいて手を伸ばし、マギーの腕を探る。指でそっとなでられたとたん、マギーの体を電流が貫いた。「おいで、マギー」

「人目につくわ」マギーはためらった。

「車が来たら君より先に気づく」彼はそっと言い、マギーの腕をつかんだ。「私には必要なことなんだ、本当に。目は見えなくても、男として半人前ではないと自分に証明することが」

マギーは悲しくなった。そう言われれば、無条件に彼の胸に飛び込むしかない。でも、それは哀れみからではなく、愛しているからだ。彼にはわかるはずもないけれど。サクソンのがっしりした体を体全体で感じるだけで、もう天国にいる気分だった。今はそれを心から求めている。

「今日はずっとこうしたいと思っていた」サクソンはささやいてマギーの柔らかな顔に唇を寄せ、やがて温かな唇を探り当てた。マギーはすぐに抱き寄せられた。彼の香りが鼻孔を満たす。「君を味わい、私の体に押しつけられる君の体を感じたかった――君が私のもとに戻ってから、ずっと欲しかったのに、ほんの一部しか手に入らなかった」

　マギーは目を閉じて体の力を抜き、彼に身をまかせようとした。「あなたはとても強い」そうささやいて、両手でサクソンの肩をなでていく。

「君はとても柔らかい」彼も応えて両手を胸へと滑らせて、豊満な曲線を味わう。「特にここが……」

　マギーは抵抗しようとしたが、サクソンの唇が彼女の唇に危険な香りのする巧みな魔法をかけた。彼の指の親密な動きに、マギーは抵抗できなくなった。

「あらがわないでくれ」口元でサクソンがささやく。「君が望むなら、この特別にすてきな場所に集中したい。ボタンはどこだ？」

　マギーは頭をはっきりさせようとしたが、唇を舌先でなぞられると、意識がぼんやりしてしまう。この服のボタンは普通とは違って、腕の下にある。

「こうして」サクソンはボタンを見つけ、指で器用にはずしていく。「この小さな布きれも」そうささやいて、ほとんど飾りにすぎないブラのホックもはずす。彼の両手が甘く息づくぬくもりを見つけると、マギーがふいに体をこわばらせ、荒い息をついた。

「マギー、君の肌はまるでシルクのようだ。甘くて食べてしまいたくなる」彼は張りつめた胸のふくらみに唇を下ろしていき、そのうやうやしさとは裏腹の激しさでかすかに香る肌を貪った。「花の味だ」

　サクソンがささやき、彼女を持ちあげて唇でやさしく探るあいだ、マギーは体を弓なりにして唇を噛《か》み、声をもらすまいとした。サクソンはマギーを味わい続け、彼女は快感のあまり鋭く声をあげた。

「マギー」そっとうめいて、サクソンの両手がふくらみを包んでなでた。せりあがってきた唇が彼女の唇をとらえ、激しく奪う。その瞬間サクソンの指に力がこもり、マギーは声をあげた。サクソンははっと体をこわばらせ、顔を上げた。すぐに指の力が緩んだ。「すまない。ひどいことをした。痛むか？」

マギーは乾いた唇を湿し、心配そうな表情の彼を見た。彼の温かな唇のせいで、ひどく無防備になった素肌に冷たい風を感じる。「大丈夫よ」

サクソンの顔のこわばりが緩み、両手がまたマギーを包んだ。彼が胸のふくらみを探索し始めると、マギーの体に力がこもる。「だが、乱暴なことはもうしない。私の手の感触はどうだ、マギー？」

マギーは正気を保つので必死だった。体の奥で恐ろしいほど緊張が高まっていく。これまで感じたことのない極上の喜びだった。「お願い」サクソンの首に手を伸ばし、彼を求めてやまない体に近づける。

「こんなふうに……」

「そうだ、こんなふうに……」サクソンはささやき、そっと唇を近づけた。額を、目を、頬をマギーにこすりつける。こんな愛撫《あいぶ》は想像したこともなかった。この年齢にしては意外なほど、マギーは男女のことを知らない。淑女ぶっていたからではなく、こんなふうに彼女の血を沸きたたせる男性に会ったことがなかったのだ。

彼の唇がマギーに触れ、あがめる。いやおうなく身をよじるマギーの背後でかさこそ音をたてる落葉のせいで、あたりの静けさが余計に際立つ。

そのときサクソンが動いて、マギーの体を覆ってきた。自分と彼の体のあいだに、なじみのないこわばりがあるのを感じる。

サクソンの唇がマギーの唇を味わうあいだ、彼の体がなまめかしく動いた。かすかに上下に動いて、左右に回す。マギーはうめくほかなかった。

「君は妖精のニンフのようだ」口元でサクソンがささやく。下りていった両手がマギーの細いヒップをそっと彼の硬い体に押しつける。「君のせいでこうなってしまった、かわいいニンフ」

「サクソン」マギーは渇望混じりにささやいた。「何をしているの？」

「恥ずかしがらないで」サクソンがなだめるようにささやく。「君にとっては初めてだとわかっている。ただ横たわっていればいい。どうすればいいか私が教える。とてもゆっくり、やさしくする……」彼の両手が滑らかな腿をかすめてスカートを持ちあげるのがわかると、マギーはかすかに悲鳴をあげた。

「車が……」喉が詰まる。体がすっかりおかしくなって彼の言いなりになり、脚も彼に協力して、本当なら押しのけなければならない両手も、彼にしがみついている。初心者の目にさえ、サクソンの意図ははっきりわかるのに。

彼自身も体を動かしながら息を切らし、二人の間には、もはや抑えきれない欲望が燃えあがっていた。マギーは体がきつくこわばって我を忘れそうで、緊張のあまり息も絶え絶えにどこまでも身をそらし、指は彼のヒップに深く食い込んでいる。

「さあ」サクソンが震える声でささやく。指で自分のシャツのボタンを手探りし、開いていく。今やマギーの胸は、荒い胸毛がちくちくする彼の温かい胸の下敷きになっている。サクソンがまた動きだした。この愛撫に、マギーはもう耐えられそうになかった。

「さあ、マギー、手伝ってくれ……」

それがとどめのひと言だった。マギーはもう抵抗もせず降参していた。彼を愛している。彼が欲しい。痛いほどの渇望に頬を涙が濡《ぬ》らす。体も、心も、魂までも、すべてを彼に捧《ささ》げたい……。

近づいてくる車の音も、マギーの心の叫び声にかき消されてしまったが、サクソンは聞き逃さなかった。あれだけ二人の冒険に没頭していたのに、そんなわずかな邪魔も彼の耳は敏感にとらえ、はっとして顔を上げた。息を吸い込み、欲望に身を震わせ、激しい動悸《どうき》が彼を揺さぶっている。

「ああ、なんてことだ」マギーからさっと体を引いてあお向けになり、顔をこわばらせる。あたかも邪悪な苦痛にさいなまれる男のように。

「サクソン、大丈夫？」マギーも急いで服を整えながら、慌てて尋ねる。サクソンを見つめる瞳には恐怖が浮かんでいる。車は急速に近づいてくる。

「君はどうなんだ？」彼がぶっきらぼうにきく。

声がかすれていた。彼のシャツのボタンを留めてあげたほうがいいだろうかとふと思ったが、観光客をたくさん乗せた車が高速道路を通りすぎていくあいだ、サクソンはすでに自分で留めようとしていた。カエデの大木の下でくつろいでいるように見える二人の間の熱い緊張感にはまるで気づかず、助手席の女性がこちらに手を振った。

「もう行ってしまったわ」必要ないとは思ったけれど、マギーは告げた。

サクソンは最後に一つ長々と息を吸い込み、上体を起こした。茫然《ぼうぜん》としている。「なんてことだ」かすれた声でうめく。「マギー、もう少しで君を私のものにしてしまうところだった。こんな高速道路からよく見える場所で。我を忘れてしまい、自分が何をしようとしているのかさえ気づかなかった」

マギーも少しぼんやりして、サクソンの険しい顔を見つめた。自分が彼をそんなふうにしたのかと思うと、なんとなくうれしかった。

「しばらく女性とつき合っていなかったからね？」

慎重に尋ねる。

急にサクソンは目を険しく細めた。瞳がぎらついている。硬い、断固とした表情だ。「そんなふうに思うのか？　せっぱつまっていたから、女なら誰でもよかったと？」

「そうじゃないの？」マギーは固唾《かたず》をのんで答えを待った。

サクソンの目の光が輝きを増した。「君がバージンだと知っているのに、思いのままにするような男だと？　この私が？」彼はさっと立ちあがった。

「私のことがよくわかっているようだな。楽しいひとときだった。家に帰ろう」

「私はあなたを止めようとはしなかったわ」マギーは小声で念を押した。

サクソンが苦笑する。「それはそうだろう」鼻で笑う。「止める必要がどこにある？　君を妊娠でもさせれば、私は訴えられても何も言えない。そうすれば君は一生、悠々自適で暮らせるのだから」

マギーの顔が蒼白《そうはく》になったが、何も言わなかった。荷物を集めて車に積み込み、ごみはごみ箱に捨てた。そして、帰宅するまでひと言も発しなかった。

帰りつくと、サクソンはますます機嫌が悪くなった。仕事のことでわめき散らし、電話で話がしたいという取引相手を捕まえられず、役にも立たないとマギーをののしった。マギー自身もかっとなって、不機嫌なサクソンを一人残し、書斎から飛び出した。

8

その晩、マギーは夕食のテーブルで慎重にリサの隣に座り、いつもより無口だと気づかれないために、努めてリサに話題を振ろうとした。上座に座るサクソンは会話に加わろうともせず、食べ物を口に運びながら暗い顔でぼんやりしている。

サクソンは食事を終えるとすぐに書斎に引っ込んでしまったが、マギーのほうも退席の機会をとらえて、すぐに二階へ逃げ出した。新しいボスと一日過ごしてみてどうだったかときかれたら、きっと赤面せずにいられない。間違いなく妙な勘ぐりをされるはずだ。

鏡の前に長らく座り、ゆっくり髪をとかしながら、激しい情熱に圧倒されたひとときのことを一つ一つ思い出した。男性にセックスを迫られたのは久しぶりで、あんなふうに反応してしまったのは初めてだった。あのとき高速道路を車が飛ばしてこなかったら、あの木の下で抵抗もせず、はじらうことさえなく、彼にすべてを捧《ささ》げていただろう。

あれほど激しく誰かを求めたことはこれまで一度もなかった。今も渇望が体の奥で熱く燃えている。こうして思い出すだけで、興奮で体が火照った。肌に触れるサクソンの無骨な温かい指がいとおしかった。とても巧みで、彼が経験を積む相手となった女性たちに嫉妬した。目を閉じ、体を貫く鋭い渇望の刃《やいば》に身震いする。また彼の腕に戻って、愛されたい……指南されたい。彼とベッドをともにするのはどんなだろう？　貪欲に想像するうちに、はっと目を見開いた。しっかりしなければ。サクソン・トレメインとつき合っても未来はない。自分の将来をもっと大切にしなければ。彼との火遊びはきっと自分の破滅へとつながる。そんな危険は冒せない。そうでなくても、サクソンなしの人生はたぶんつらいものになる。ジャレッツヴィルからもサクソンのもとからも去り、デファイアンスでの仕事に戻る日々のことを考えると、真冬のように寒々としてくる。ただそこに座っているサクソンを見ているだけで、一日じゅう幸せな気分になれるのに、そのうえ触れ合えたら、まさに天国だろう。

マギーはうっとりしながらも、自分の弱さにいやけがさして立ちあがった。

そのとき物音が聞こえた。マギーはその場で凍りついた。また同じ音がした。サクソンがいる続き部屋のドアからだ。一瞬ためらい、扉に近づいて聞き耳を立てる。また聞こえる。うめき声だ。ひどい痛みに責めさいなまれているような、苦しげなかすれた声が、厚い木の扉の向こうから聞こえてくる。

ノックをしようとして、考え直した。ドアノブを回しながら押してみる。鍵はかかっていなかった。

茶色の絨毯《じゅうたん》が敷きつめられた部屋に足を踏み入れると、ベッドに横たわるサクソンの大柄な体に、つい目が吸い寄せられた。ベッドには、地中海風の内装に合わせて、クリーム色と茶色をベースにした厚いキルトのカバーが掛かっている。

「サクソン？」そっと声をかける。

彼は声のほうに顔を向けた。痛むらしく、青ざめた顔には険しいしわが刻まれている。

「マギーか？」サクソンの声はかすれていた。

「そうよ」心配で声がやわらぐ。部屋に入り、ベッドに横たわるサクソンの横に慎重に腰を下ろした。彼の体温を腿に感じる。サクソンはズボンとシャツは身につけたままだが、上着とネクタイは椅子に投げ捨てられ、靴はベッドの脇に脱いであった。

マギーの手を探して、彼の手が腿から膝へと這《は》い、見つけると強く握った。「そばにいてくれ」声が緊張している。「必要なんだ、君が……」

「いるわ」安心させるように言った。つい彼の額に手を伸ばし、白いものの交じる乱れた暗褐色の髪を後ろになでつける。指が冷たいせいか、額が熱く感じられる。「すぐここに。どこにも行かない。私に何かできることはない？　頭が痛むの？」

「痛むなんてものじゃない。薬を頼む。ベッド脇のテーブルの一番上の引き出しだ」

マギーは彼から手を離し、薬の瓶を見つけると、指示を読み、もうのんだのかと尋ねた。サクソンが首を横に振ったので、白い錠剤を二錠手のひらに出し、浴室でグラスに水を入れて戻った。

サクソンは薬をのむと、ベッドにどすんと横になった。クリーム色の枕カバーに頭を預ける。

「治まるまで二十分はかかるわね」マギーはささやいた。「かわいそうに。ひどく痛むでしょう」

「〝ひどく〟では足りないくらいだ」

マギーはまた彼の髪をなで、道路沿いのあの公園をあとにしたときのサクソンの悪態を思い出した。きっと頭痛が始まったから、あんな受け答えをしたのね。あれほど敵意をむき出しにしたのは憎しみのせいではなく、痛みとやり場のない怒りが理由だったのだ。ようやく理解し、胸に刺さった刺《とげ》も消えた。

「君にひどいことを言ったな？」マギーの心を読んだように、サクソンが短く言った。

「ええ、そうだった」マギーも手加減はしなかった。

サクソンは弱々しく笑ってみせた。「君が欲しかった」そう小声で言った。「観光客をどっさり乗せた車が通りかかるとは、思ってもみなかった」

観光客のせいで中断するはめになったひとときのことを考えただけで、マギーは体が熱くなった。

「あんな公共の場所で」

「あのときはそこがどんな場所かわからなかったし、君も自分にはわかっていたなんてふりはしないでくれ。君だって私と同じくらい夢中だった。彼らがあのとき現れなかったら、私たちは……」

「私がきっと理性を取り戻していたわ」マギーは自分に言い聞かせるようにさえぎった。

「絶対に無理だったさ」彼が鼻で笑った。

マギーも噛《か》み殺そうしたが、笑みがこぼれてしまう。「少しは強がらせて」

サクソンが小声で笑い、額に手を押し当ててため息をついた。「とてもいい気分だった。二人きりで、なんの邪魔もなく、風が吹いて落ち葉がかさこそ音をたてて、君と唇を重ねて……」

「私に気まずい思いをさせたいの？」マギーは今すぐ彼に抱きついて、熱烈なキスをしたい衝動と闘った。「二十六歳にもなって、あんなショックを受けることなんてもうないと思う」

「そうかな？」サクソンがささやいた。「ついに私のベッドに君が入ってくることになったら、そのときどうなるか。それとも、君が去るまでにそんなチャンスはないと、今もまだ疑っているのか？」

「あなたと火遊びなんてしたくないわ、サクソン」マギーはそっと言った。「私たちの契約にもそんな条項はない。あなたの自立を手伝うのが仕事よ」

「本当にそれだけか？」サクソンはマギーの手をつかんで口元に近づけると、舌と唇でじらし、マギーは彼のベッドに倒れ込んでしまいたくなった。

「頭痛はどう？」高まる興奮を無視しようとして話をそらす。

「だんだんよくなってきた」マギーの手のひらを口に押しつけ、繊細なしわを舌先でなぞる。

「あなたには休息が必要よ……」

「必要なのは君だ」そうささやくと、手首をつかんで引き寄せる。「少しだけ私のそばで横になってほしい。今日の午後みたいに君に触れたい」

「だめよ」マギーは抵抗した。

「マギー、私たちはどちらも大人なんだ。火遊びをする子供じゃない。お互いちゃんとリスクは承知の上だし、こんな形で君に復讐《ふくしゅう》する気はない。仕返しをするなんて、もううんざりだし、頭もひどく痛む。ただ君を腕に抱いていたいだけなんだ。それがそんなにとんでもないことかな？」

「聞いていると、私がまるで淑女ぶっているみたいだけど、そうじゃない。ただ慎重なだけ。男女がベッドに入るってどういうことか、私にはわからない。それだけなの。今までそんな機会がなかったから、どうやって身を守ればいいかさえ知らないのよ」

「今はその必要はない」サクソンはマギーをにらんだ。「絶対に。今夜は誘うようなことはしない。よければ文書にして証明しようか？」

「よければ頭から熱い油をかけてやりましょうか」マギーは悪意をこめて言った。

「もう誰かにそうされた気がする」サクソンは言い返した。

マギーは降参した。弱みをついてくるなんて卑《ひ》怯《きょう》だと思ったけれど、やはり拒めなかった。

「あなたの体に障らないといいけど」そうつぶやいて、彼の横に体を滑り込ませた。

マギーの体がベッドに入ってきたのを感じた瞬間、サクソンの体がこわばったが、すぐに彼女に腕を回すと、温かな胸に頭をもたせかけた。

サクソンは疲れたようにため息をついた。「ああ、いい気分だ」切望をこめて彼が言う。

そうね。マギーもそう思い、体の力を抜いた。胸に感じるサクソンの頭の重みがひどくうれしい。これくらいで彼がほっとできるなら、いくらでも受け入れたい。

サクソンはそうしてしばらくじっとしていたが、やがていやおうなく唇が動き始め、薄いブラウス越しに胸のふくらみを探り当てた。

「サクソン」マギーがささやく。

彼はその小さな訴えを無視した。「話さないで」サクソンの歯が二人をさえぎる布地の上からマギーをそっとついばむ。マギーの背中に回された手が彼女を引き寄せ、ふいに彼の口の動きが熱を帯びる。

マギーは息をのんだ。ばかね。そう自分をなじった直後、最初の興奮の波に襲われた。ばかね。こうなるとわかっていたのに！

サクソンが体の位置を変え、あお向けになったマギーの体を覆う格好になった。その間も、彼の唇は布地越しに柔らかな体の丸みをなぞっている。

「君の服を脱がせるのを手伝ってくれ」マギーの喉元に向けてサクソンが言う。「君の体に隅から隅までキスをしたい」

「私もそうしてほしい」震える声でなんとか言った。「でもこんな形ではいや。今はまだ。もう少し時間をちょうだい、サクソン」

「どうして？」

　マギーは目を閉じた。「しっかり覚悟を決めてから臨みたいから。リスクをきちんと承知した上で。そのときの勢いでなだれ込むのはいや。無理だわ」

　サクソンが、マギーの滑らかな肌に口をつけたまま笑う。「誘うようなことはしないとさっき言ったばかりじゃないか。聞こえただろう？」

「でも今、服を脱がせるって」ぼそりと言う。

「そのほうがわくわくする」サクソンがいたずらっぽくささやいた。『ものすごく。でも全部脱がせるつもりはない。上半身だけだ。ここを感じたいから」彼の唇がマギーの胸をじれったくかすめる。

「柔らかな肌を」

　マギーもそれを求めていた。突然湧きあがった渇望で、固い意志が崩れていく。かすかに震え、体がわずかばかり弓なりになったのを、サクソンは感じ取った。

「お互いそれを求めている」サクソンは体を半ばそらした。指がボタンを探り当てる。

「あなたは私に何をしているの、魔術師さん？」うっすらと冗談をまぶしてなじる。彼がゆっくりとなまめかしくボタンをはずすあいだ、マギーはもう動けなかった。

「君に準備をさせているのさ」マギーの唇のすぐ近くでささやく。「私に慣れてもらおうとしている。ついにそのときが来たとき、怖がらずに君のすべてをまかせてくれるように」

「そんなときが……来るのかしら？」サクソンの巧みな指がレースのブラのフロントホックをもてあそぶのを感じ、声がこわばる。

「間違いない」やさしくゆっくりと答える。「初めて会ったその日から、二人の間には何かが育っていた。私も君が恋しかったが、君も同じくらい恋しかったはずだ」

マギーの目が潤んだ。「私が……恋しかった？」

「言葉にできないくらい」サクソンは答え、ホックをはずしてゆっくりとブラを押しのけていく。ウエストから上が裸になり、ふいに室内のかすかな冷気が押し寄せてきて、何も着ていないことを改めて思い知らされた。「だが」サクソンの指が動きを止める。「行動で示すことはできる。ああ、マギー、君をこの目で見られたら」彼は声を絞り出した。

彼の指が下がっていき、硬くなった胸の頂に触れたとたん、マギーは身を震わせた。彼の指がとてもやさしくそこをなぞり、まわりの柔らかな部分にも触れていく。サクソンの顔がしだいに緊張していく。

「こうしてほしかった、違うか？」勝手に反応してしまう体を見れば、答えはおのずとわかるはずだ。

「答えは感じるでしょう？」あえぎながらきく。

「もちろん」張りつめた声だ。「だが答えを聞きたい。目が見えないまま女性を抱くのに慣れていないから。事故以来、女性に触れるのは初めてなんだ」

「真っ暗な部屋にいるのとは違うものなの？」声が乱れてしまう。

サクソンは身を乗り出し、マギーの口元でほほ笑んだ。「暗闇の中で抱くのは初めてだ」そして吐息とともに唇を重ねる。

今のは冗談だと気づく間もなく、キスが始まった。ゆっくりと動く指がマギーの喜びを高め、体はただひたすらその指を求めて苦悶《くもん》した。

こんな責め苦に人の体は耐えられるものなのだろうか？　欲しくて欲しくて、どんなに氷で冷やしても引かない熱に浮かされているみたいだった。ああ、もっと！

「叫ばないでくれ」サクソンはささやき、マギーを抱いたまま背中をそっとなでた。顔じゅうにやさしいキスの雨を降らせ、二人で到達した狂乱の高みからマギーをゆっくりと下ろしていく。

マギーは震えがなかなか止まらず、体をサクソンに押しつけて、力を分けてもらおうとした。「サクソン」マギーがうめき声をあげる。

「大丈夫だ」やさしくささやく。「さあ、落ち着いて。大丈夫だから」

マギーは彼の首に腕を回してしがみついた。「いつもこんなふうなの？」少し笑って尋ねる。「こんなふうに頭がどうにかなりそうで、最後は炎に包まれたみたいに燃えあがるの？」

サクソンの指がマギーの乱れた髪をなでた。「あれほどの反応を引き出すには、普通はもっと手がかかるものだが」彼が耳元で言った。「私はたいして触れてもいなかった」

「わかってる」マギーは神経質な笑い声をもらした。

彼が腕を回してマギーを抱き寄せた。「君はかわいい」そう言って彼女を強く揺する。「キスすると蜂蜜みたいに甘い。愛《いと》しくて身もだえしたくなる」

マギーは彼の豊かな髪にため息をついた。「あなたにとってはそれほどでもなかったはずよ。あなたにどう触れたらいいかさえ私にはわからないもの」

サクソンが息をのんだように見えた。「それはびっくりだ」

マギーは彼の顔に顔をすり寄せた。「頭痛は？」

「なんの頭痛だ？」サクソンが笑う。

マギーもほほ笑み、目を閉じた。二人は体の大きさこそずいぶん違うけれど、まるで彼のために創造されたかのように、マギーの体がぴったり重なる。

「一緒に眠ろう」サクソンがマギーを抱き締めながら言う。「ガウンを取っておいで。ひと晩ここで過ごそう」

そうしたかった。体がそうしろと叫んでいる。でも現実的な理性がそれをさえぎった。

「だめよ」小声で言う。

「どうして？」

マギーは残念そうにほほ笑んだ。「そうしたら絶対に眠れなくなるから」

サクソンが耳元でくすくす笑った。「かもしれない。だが、必ずその日は来る。あとはそれがいつかということだけだ」

マギーもそうわかっていた。もし、ここに残ればそれは避けられない。そうなったら、どうやって彼から離れればいい？　前回だってつらかった。事実上、押しやられてやっと離れる気になったのだ。そして彼の動機がなんだろうと、もうどうでもいいことだった。彼が欲しくて、冷静に身のまわりの世話などできそうにない。そう思うとぞっとした。

「じゃあ、今日はやめましょう」マギーは言った。

「わかった」少し間をおいてやっと承諾し、つかの間、彼女を強く抱き締めてから放した。「今夜はやめよう」

マギーは起きあがって服を身につけた。「寝る前に、何かいるものはある？」

サクソンは首を振った。「今は大丈夫だ。明朝、ビリングス・スポーツウェア社まで車で送ってほしい」突然そう言い、物思いにふける表情になった。「何をおいても、まず、あの問題を解決しないと」

彼がまた仕事に集中する姿を見られてよかった。それは自分の手柄でもあると思うと誇らしかった。

「わかった。何時に出発する？」

「九時だ。七時に階下《した》で会おう」サクソンはにやりと笑った。「七時に階下で接触しよう」

「いやらしい人」マギーはあえいだ。

サクソンが眉を片方つりあげる。「この二階では触れるのを許したくせに、どうして階下ではだめなんだ？」

「原則を曲げられる前に寝室に戻るわ」マギーは立ちあがった。

「そのほうがいい」マギーが隣室に続くドアを開けたとき、急に呼び止められた。「マギー！」

「何？」なんだろうと思い、振り返る。

サクソンは何か言いかけて、考え直したように口をつぐんだ。「なんでもない。おやすみ。ゆっくり眠るといい。思いやりをありがとう」

「どういたしまして」そして、にやりと笑う。「ご指導ありがとう」

「金言を一つ贈ろう。お楽しみはこれからだ」

「それが怖いのよ」マギーはつぶやき、小声でおやすみと言うと、急いでドアを閉めた。

サクソンは、朝食の席では打って変わって朗らかだった。よく休んだせいか、茶色のピンストライプのスーツ姿の彼は、セクシーでひどく魅力的で、虎のような印象を与えた。たぶん、あえてそれを狙っているのだろう。でも目が見えないのに、どうやってスーツの色がわかるのだろうと、ぼんやり考える。

「簡単なことさ」マギーが尋ねると、サクソンは答えた。「プラスチック製の子供用パズルを母に買ってきてもらった。そして色ごとに違う形を決めた。四角はグレー」彼は笑った。「三角は茶色、丸は青というように」

「あなた、天才ね」

一瞬彼の白い歯がきらりと光った。「いろいろ努力はしているんだ。君は今日何を着ている？」

「グレーのスカートに白いブラウス、紺のブレザーに黒のアクセサリーよ」

「ブラウスはどんな感じ？」眉を片方上げて尋ねる。

「襟元が深いVネックかな？」

「言っておくけど、とてもおとなしい服装よ。ブラウスは襟がウエストまで開いた保守的なスタイルで、スカートのスリットは腿まで深く切れ込んでいる」

サクソンは楽しそうに笑った。「もうひと声」

「本当は、胸にレースのひだ飾りがついたジャボカラーで、スカートには後ろにキックプリーツが一ついているだけ。でも手首は思いきりあらわになっているわ」そっとささやく。

「ずうずうしいおてんば娘め」

「セクシーな男とベッドにいるときだけはね」そう言い返す。

「ただ、振る舞い方を教えてもらわねばならない」

「今勉強中よ」むきになって言い返した。

「へえ！　熱心なことだ」

マギーはにやりと笑い、フォークを手に取った。いかにもおいしそうなハムエッグだった。

ビリングス・スポーツウェア社はスパータンバーグ郊外にあり、従業員を二百人以上も抱える優良な中規模企業だった。トレメイン社のように原料加工などはせず、純粋に製造だけをおこなっている。そして、製品の品質レベルはほかのどの企業よりすぐれている。

きちんと片づいた裁断室には、巨大な反物を倉庫に運ぶベルトコンベヤーや、布地を広げ、型どおりに裁断していく長テーブルがあり、そうして裁断されたパーツがシャツやパンツのラインで裁縫師たちによってせっせと縫製されていく。方々からミシンの音が響き、その騒音で会話はのみ込まれてしまう。シャツとパンツのどちらの部門にもベルトコンベヤーが設置されていて、籠に入れた各パーツを、ミシンを使う裁縫師たちのもとに運ぶ。そんな段階を踏んで、しだいに完成品に近づいていく。

オフィスは明るく、にぎやかだった。経理や受付のにこやかな女性たちのほか、経営管理や広報を担当する、きちんとスーツを着こなした幹部たちもいる。マギーは工場がすっかり気に入った。サクソン・トレメインが彼女の人生に踏み込んでくるずっと前から、繊維産業に興味があった。縫製工程はけっして見飽きない。

副社長のゴーディ・ケンプが工場内を案内してくれて、そのあいだマギーはサクソンの大きな温かい手を握り締めていた。ケンプは痩せぎすで背の高い男で、小さな緑の瞳に薄笑みを浮かべて、ひどく世慣れた印象だった。

マギーは、サクソンのオフィスで聞いたその男の話を思い出さずにいられなかった。

「全作業員を今すぐシャツラインに集めてほしい」社内ツアーが終わり、工場とオフィスを隔てるスイングドアのところに来たとき、サクソンは有無を言わさぬ口調で告げた。

「今ですか？」ケンプが尋ねた。

「今すぐ」そっけなく答える。

ケンプは肩をすくめ、なんとなく気まずげにオフィスに入っていくと、インターコムで招集をかけた。

サクソンの手がマギーの手をぎゅっと握る。「すぐ隣にいてくれ」彼が耳打ちした。

「どうするつもり？」

「まあ見ていてくれ」サクソンの目が挑戦的にきらめき、別の思惑もちらりと見えた。

ミシンの音がしだいにやみ、ドアの前に立っている三人をぐるりと囲むように従業員が集まってきた。

ケンプはますます不安そうに見えた。「これで全員です、ミスター・トレメイン」年上の男に言う。

サクソンはうなずいた。「みなさん、おはようございます」工場という閉鎖空間の中に響き渡るよう、従業員に向かって低い声を張りあげる。「ほとんどの方は私をご存じないと思うので、まず自己紹介しましょう。サクソン・トレメインです。すでに耳に届いていることと思いますが、わが社は今、ビリングス・スポーツウェア社を吸収合併する手続きに入っています」

なんとなく敵意の感じられるささやき声が従業員の間で起こった。

サクソンは冷静に続けた。「みなさんの中には、何よりもまず、私が適当な理由をでっちあげて年配の従業員を解雇しようとすると、お考えの方がいるかもしれない。それはわかっています」

このひと言で、一同からわっと怒号があがった。ケンプがネクタイの結び目をぐいっと緩めた。「ミスター・トレメイン……」なんとか声を絞り出す。

サクソンはさっと手を上げてケンプをさえぎった。「そして、その誤解は、こちらの会社内の幹部の誰かが仕掛けたものだとわかっています」

ケンプが顔をこわばらせた。マギーは、見ていたことに気づかれないよう目をそらした。

「私たちには、年配の従業員の方々をだましして、支払われて当然の退職金を取りあげるような気はいっさいないと、みなさんに知っていただきたい」サクソンはきっぱり言い、全員の目をまっすぐに見ようとするかのように顔を上げた。「さらに、合併後はすぐにみなさんの給料を上げ、保険適用範囲を広げ、有給休暇も増やすつもりです。じつは、みなさんの現状を知って驚いています。いかがでしょうか？」

今度は歓声があがり、口笛さえ聞こえた。サクソンはにっこりした。

「気に入ってもらえると思っていました。また、退職金を増やすという、年配の方々にとっては耳よりな話もあります。

以上が今後二週間中に計画されていることです。我々経営管理部門の者たちは、ビリングスの経営陣とともに、現在、新会社の経営方針を立てているところです。その一環として、毎月聞き取り調査をおこなう予定です。いや、討論会と言ったほうがいいかもしれない。月に二日、もしみなさんに不満や改善の提案があれば、指名した幹部と膝を交えて話し合う機会を持ちます。また提案箱を設置し、聞き取り調査のないときでも苦情や改善案を提出できるようにします。提案どおりに実施して実際に改善が認められたときには、発案者にボーナスを提供します。

工場の操業方法も刷新します。新しい機械を入れ、古いものと入れ換えます」

広い部屋がしんと静まり返り、ケンプは逃げ込める穴を探しているかのようだった。

「ここまでで何か反対意見は？」サクソンがさらりと尋ねる。

「異議なし！」何人かの従業員が同時に声をあげ、また笑いが沸き起こった。

サクソンが笑みを浮かべた。「これは手始めにすぎません。改善点についてはのちほどさらに掲示板に貼り出します。こうした改善を進めつつ、どこかの時点で改めて全社会議を開き、進捗状況を確認します。一方で、もし合併について反対意見があれば、ぜひ知らせていただきたい。今後は——」彼は怒りを抑えて続けた。「もし何か噂《うわさ》を耳にしたら、私に直接報告してほしい。出所をつきとめて、きっと犯人を突きとめてみせます。

それから、今お話ししたことはけっしてみなさんへの施しではありません。ご機嫌取りの賄賂でもない。これからもすぐれた製造ラインに誇りを持ち、細部まで行き届いた仕事を続けてもらうためのいわば前渡し金です。めったに二級品、三級品、不良品が出ないために、ここの品質管理部はひどく暇だそうですね。それを聞いただけで、みなさんの技術力がわかるし、私としても高く評価しています。昇給もそのためです。そしてこのまま質の高い仕事が維持できれば、さらなる昇給が期待できます。私が利益を上げれば、みなさんの利益にもつながる。ゆくゆくは株式共有プログラムについても議題にのせるつもりです。では、これで仕事に戻ってください」

従業員たちが喜びと驚きの入り交じる声で話しながら散っていくのを、マギーはかすかに笑みを浮かべて見守り、それでも困惑を拭えずに首を振った。

「ケンプ？」サクソンはぶっきらぼうに問いかけた。

若い重役は不安げに咳払《せきばら》いをした。「なんでしょう、ミスター・トレメイン」

「一緒にオフィスに来てほしい。少し話がある」

サクソンはマギーに手を引かれてオフィスに向かい、大きなデスクの向こうに腰を下ろした。「さて、向こうで雑誌でも読んでいてくれないか？　ものの数分で終わる」

「わかったわ」マギーはにっこりした。

実際、ドアが開いたのは数分後で、オフィスから現れたケンプは顔面蒼白《そうはく》だった。マギーは読んでいた雑誌を置き、サクソンが部屋を出るのを手伝った。

「今度は裁断室に連れていってくれ」マギーに告げる。サクソンは堂々としていて、勝利を堪能しているように見え、今ではマギーに手を引かれていることを恥じる様子はまったく見えない。失明後に初めて会ったときに比べたら、大きな変化だわ。マギーは思わずほほ笑んだ。

「彼に何をしたの？」長い通路を進み、パーツの組み立てラインでほほ笑む女性たちの横を通りすぎる。

「ドアから飛び出していったわ」

「別の部署に担当換えをして、昼食に送り出した。裁断室の現場主任はここに二十年勤務しているが、給与交渉で経営陣に盾ついたせいでずっと昇進できずにいる。低賃金について臆することなく不満が言えた中間管理職は、彼だけらしい」

「背中をたたいて褒めてあげるの？」マギーはからかった。

「ケンプの代わりをしてもらうつもりだ」サクソンはほほ笑んだ。「業務管理者として信頼できる人材が必要だし、彼は工場長の友人でもある。人に仕事をまかせるときは、選択に絶対の自信を持つことが大事だ。責任者がだめだと、文字どおり片腕を失いかねない」

「組合はないの？　工場長の話が出たけれど……」

「作られようとしている。従業員たちはそれだけせっぱつまっていたんだ。私は経営者だが、ここの経営状態を見たら正直それもしかたがないと思った」

「ミスター・ケンプはここに置いておくの？」

「わからない。彼はここに来てまだ六年だ。追い出す前に、一度くらいチャンスをやらないと。若気の至りということもある。だが、彼にとっては教訓を得るチャンスだろう」サクソンは眉をひそめた。

「そろそろ裁断室じゃないのか？」

「もうすぐよ。私は伝書鳩《でんしょばと》と同じ本能が働くの」マギーはにっこりして大きな手を強く握った。廊下の角を曲がると、そこに裁断室があった。「信じて」

「頭の中の爆弾の破片にも利点はあると思えてきた」サクソンがかすかに笑う。「こうしてずっと君と手をつないでいられる」

「盲目でなくても、このくらいはできるわ」

「本当に？」静かな低い声だ。「私の視力が回復したとたん、荷物をまとめて逃げ出すんじゃないのか？　私の目が見えていたときに比べて、今の君はひどくぴりぴりしているような気がする」

マギーは彼の横に寄り添った。体温を感じて、思わず腕を回して抱き締めたくなる。「目が見えていたときは、女性はよりどりみどりだったはずよ」

サクソンが驚いたように短く息を吸い込んだ。「目が見えていたら、君を求めなかったと思うのか？　だから私が盲目のほうがいいと？」

マギーは顔を上げて反論しようとしたが、折しも、近くのオフィスから赤毛のがっしりした大柄な男性が現れた。

「おはよう」通りすがりに男性が明るく挨拶する。

「おはよう」サクソンが挨拶を返した。「レッド・ハリーがどこにいるか知らないか？」

サクソンと同じぐらい大柄なもう一人の男性がにっこり笑った。「今まさに見つけましたよ」

サクソンは男性の声がしたほうに手を差し出した。「サクソン・トレメインだ」

「はじめまして」レッドが力強く握り返した。「いいスピーチでした」

「あれはただのスピーチじゃない」サクソンが静かに言った。「全部本気だ。君にここの運営を監督してほしいと言ったらどう思う？」

レッドはスイカさえ丸のみにできるくらい、ぽかんと口をあけた。「私に？」

「ミスター・ケンプは受注部門の管理者の地位を受け入れたところだ。彼の後任を君に頼みたい」

「なぜです？」レッドは慌てて尋ねた。

「君が闘士だからだ。君の勇気はすばらしい。私が工場の生産性についてどなりだしたとき、デスクの下に逃げ込んだりしない幹部たちが私の好みだ。君はまさにそのタイプだと思う」

「ですが、私はエンジニアの専門教育を終えていません」レッドは抵抗した。「三学期分足りていなくて……」

「ここから十五キロも離れていないところに、いい専門学校がある」サクソンがこともなげに言った。「夜の講座を修了するまで学費は出そう」

レッドはため息をついた。「今、受け入れろということですね？」おずおずと笑う。

「礼ならけっこうだ」サクソンはレッドが言いかけた言葉をさえぎった。「努力をしたのは君だ」

「いつから始めればいいんですか？」

「最短でいつから始められる？」サクソンがきき返す。「これはという者を君の後任に選んでくれ。そのあとすぐに始めてほしい。私のスケジュールは手一杯なんだ。頑張ってくれ」

レッドはサクソンと改めて握手し、雷にでも打たれたように茫然《ぼうぜん》とした顔で立ち去った。

「行こうか、マギー」すぐにサクソンが言った。

マギーは彼の手を取り、建物の裏口へと導いた。

「あなたには本当に驚かされるわ、社長さん。とてもガッツがあって」

「君だってガッツという点ではけっして負けてないさ、山猫さん」サクソンは笑った。「ここを出るとき、女の子たちにさよならと手を振るべきかな？」

「あまりお勧めしないわ。ただでさえ、みんなうっとりした目であなたを見てるんだから、セクシーな社長さん。これ以上気を引くようなことをしたら、みんなあなたにわっと群がってきて、外に出られなくなるわよ」

サクソンは眉を片方つりあげた。「かわいい子ばかりかな？」

「ええ、みんなそろって」むすっとして言う。それは本当だった。少しぽっちゃりした娘たちでも、にこにこしていれば、かわいく見える。

「ふーん」サクソンはうれしそうに笑い、マギーの体に腕を回すと引き寄せた。「やきもちか？」

「ええ、危険なくらい」そう調子を合わせる。

「本当ならいいのに」サクソンの腕に力がこもった。

「だが私の期待しすぎだな」どういう意味かマギーがきく前に、彼は言葉を続けた。「では帰ろうか」

「繊維会社の経営について、本を書こうと思ったことはない？」帰宅の途中、マギーは尋ねた。

「本か？　記事なら書いたことがあるが、本は考えたことがなかった」

「面白いんじゃないかしら。繊維産業の経営者の著書ってそう多くないし、あなたはこの分野にかけてはベテランだわ」

サクソンは眉をひそめて座席に寄りかかった。ポケットを手探りしてたばこを取り出し、火をつける。

「まったく、君には驚かされてばかりだ。君がここに来てから、私の人生がまた前進し始めたような気がする」

「そうかもね。でも、あなたにはきっかけが必要だっただけよ。あなたは朽ちはてるまでじっとしているような人じゃないもの」

「本当にそうだろうか？　言っておくが、この数カ月、私はほとんど何もしなかった」

マギーはジャレッツヴィル郊外の赤信号で車を停《と》めた。「たぶん、あなたを心配してみんながやさしくしすぎるから、怠けていただけよ」そうからかう。「あなたに必要だったのは、一日に二回、煉瓦《れんが》で頭を殴ってくれるような看護師よ」

サクソンは笑った。「目の見えない哀れな男をそんなふうに扱うのか！」

「あなたが？　目の見えない哀れな男？」

「少なくとも男ではある」サクソンはつぶやいた。

マギーは、信号が青になったのを見ながら笑みを浮かべた。「それについてはけっして疑わないわ」

「特定の場合には、ことに？」

頬が紅潮するのが彼には見えなくてよかった。

「恥を知るべきよ。人目のあるところで無垢《むく》な女を誘惑しようとしたんだから」

「記憶によれば、君だってほとんどその気だった」

「否定はしないわ」マギーは冷静に認めた。「その気になったどころではなかった。でも、あなたにはそんな私を利用しないでほしいと思う。あなたに対して反応してしまう自分を抑えられないの。慣れていないから。今まで経験したことのないような気分にさせられたときは、特に」

助手席からサクソンの手が伸びてきて、マギーの手を握った。「君のそういうところが好きなんだ。ずる賢さがまったくないし、けっして嘘《うそ》をつかない。

本当のことを言うのがひどく恥ずかしいときでも」

「嘘かどうか、違いなんてわからないでしょう？」

「わかると思う」それからサクソンはため息をつき、マギーの手を握った。「わかった。できるだけ君を追いつめたりしないと誓う。でも、どうしても君が欲しいんだ。それはわかるだろう？」

「ええ、わかってる」

「男は感情に流されるといくらでも狡猾《こうかつ》になれる。意識的に君を誘惑するようなことは絶対にしない。だが、理性が吹き飛んでしまったときは約束できない。私がいつも自己抑制できるわけではないと、君もすでに思い知らされたはずだ」

「あなたが求めているのは本当に私だけ？　どんな女性でもいいわけではなく？」それはどうしてもはっきりさせておきたかった。

「前にもきかれてかっとなったことがあった。違うんだ、マギー。ぬくもりが欲しいだけじゃない。たとえそうだったとしても、心から尊重している君をそんなふうに利用したりしない。これで満足か？」

「たぶん」マギーは横目でサクソンの顔を見た。彼の人生が変化しつつあるのだとしたら、マギーの人生も変化している。彼女はサクソンの一部だと、なくてはならない一部だと感じていた。彼は体が不自由でないときは、他人を必要とする人ではなかった。自分でなんでもこなし、完全に自立していた。でも視力を失った今、いやおうなくマギーに頼り、マギーも彼にわずかなりとも必要とされることがうれしかった。

「口述筆記はできるか？」突然、彼がきいてきた。

「あなたの話に遅れずについていけると思うわ」マギーは答えた。「あなたがこれまでしていたのと同じやり方でしてくれるなら」

「本が完成するまでここにいてくれるか？　最初の一、二章を終えたところでほかのタイピストと交代するのではかなわない。水を差されてしまう」マギーは考えた。新聞記者の仕事は自分にとって人生で一番と言っていいくらい大事だった。でも今はサクソンがいる。選択肢が一つではなくなった。上司に電話をして事情を説明し、ポストをあけておいてほしいと頼もう。もし無理だと言われたら、近くのアシュトンに行けばいい。別の職場を見つけて……。

「あなたのそばにいるわ」マギーは静かに言った。彼はたばこを口に持っていき、どことなくほっとした様子だった。「では、今日から始めよう。いい暇つぶしになりそうだ」

マギーは当初そのつもりだったが、口には出さずにいた。彼がその気になってくれれば、それでよかった。

その日の午後、二人はずっとサクソンの書斎にこもり、彼が考えをまとめたあと、基本的な概要を提案した。彼自身の経験を伝えるのに加えて、どんな情報が必要か二人で決め、その情報提供を依頼する手紙の口述を、マギーが入力していった。

夕食前に身なりを整えるため二階に上がろうとしたとき、途中でリサが待ちかまえていた。

「どんな様子？」マギーに尋ねる。「今日の午後は彼のわめき声が聞こえなかったけど」

「サクソンはわめかなかったわ」マギーはにっこりした。「ああ、リサ、今朝工場に行ったときの彼を見せてあげたかった。すてきだったわ！　たちまち現場を掌握し、従業員を魅了し、悪巧みをした重役を交代させたの。みごとだったわ」

「このところ、彼はずいぶん変わったわ」妹が穏やかに答えた。「もちろん、まだまだ先は長いけど」

「言われなくてもわかってるわ」マギーは笑った。「でも、一歩足を踏み出した。少なくとも、あれこれ考え事をするほかにするべきことが見つかった」

「すばらしいわ。ところで」リサはマギーの部屋のドア口で足を止めた。「サンドラが夕食に人を招いたの」

マギーは眉をつりあげた。「誰？」

リサがため息をつく。「隣の娘とその弟よ、残念ながら」リサがそっと言い、マギーの落胆した顔を見た。「サンドラも乗り気じゃないのよ。二人は我が家に立ち寄り、勝手に招待を取りつけたの。無下にもできないから、サンドラもどうしようもなくて」リサの目が怒りに曇った。「娘の名前はマーリーン・エイキンスよ。弟はブレット。彼は問題ないけど、姉のほうはとんでもなく厄介なのよ」

「サクソンは知っているの？」マギーは尋ねた。

「知らないと思う。サンドラによれば、マーリーンに執拗《しつよう》に追いかけまわされたサクソンは、ついには彼女を玄関から放り出したらしいわ。でもマーリーンはまた立ちあがった。もうほとぼりが冷めたと思ったみたい」リサが笑みを浮かべた。「サンドラの意見は違うようだけど」

マギーはうなずくにとどめた。それでも妙に胸騒ぎがした。今夜のディナーパーティで、これまで過ごしてきた幸せな日々が大きく変わってしまいそうな気がしてならなかった。

9

サクソンの目が見えなくて幸いだった――マギーはそんなふうに思う自分が情けなかった。優美な長いテーブルでマーリーン・エイキンスの前に座っていると、自分が必要以上にみすぼらしく見える気がした。目の前のエレガントなブロンド娘は、シンプルなのにひどく高価な黒のシースドレス姿だった。それに比べて、マギーのプラム色のパンツスーツは安手の既製品としか見えず、マーリーンのとり澄ました笑みがそれをあえて思い知らせようとしていた。

でもブレット・エイキンスは人好きのする男性で、瞳も髪も黒く、マギーと同年代だった。のんびりした性格が、いかにもきつそうな姉とは対照的だった。マギーは彼の隣に座ることになり、二人はすぐに意気投合した。

「君はサクソンの目になったそうだけど」サラダを口に運びながら、ブレットが言った。

マギーはほほ笑んだ。「ある意味では。でもいつも役に立つわけではなくて、時と場所によっては、本人の責任で手探りしてもらわないと……」

ブレットがにやりとした。「ああ、言われなくてもわかるよ。ジョージア出身なんだって？」

「ええ」にこやかに答える。「でもサウスカロライナも好き。こちらの北側のほうはとてもきれいね」

「そうとも」彼はうなずいた。「もちろん、南のほうが人口は多い。チャールストンやマートルビーチ、ヒルトンヘッド、それにリゾート地もいろいろあるから、あちらのほうが注目される。だけど商工会議所は北部をもっと売り込もうと躍起になっている」

「歴史に惹《ひ》かれるわ」マギーはコーヒーを飲みなが

ら言った。「独立戦争にはあまり興味がなかったのだけど、ここに来てから関心が湧いたの」

「サウスカロライナにはほかのどの州より独立戦争の古戦場があるんだ。記憶が正しければ、百三十七箇所だったと思う」

「そんなに？」マギーは声をあげた。

「本当さ。それに、〝沼狐《ぬまぎつね》〟と呼ばれたあのフランシス・マリオン将軍はサウスカロライナ出身だ。知っていた？」

マギーは笑った。「もちろん。彼は私の父のヒーローなの。父は地元の大学で歴史学の教授をしているの。だから、この話題が出ると助かるわ。一種の自衛手段として」

ブレットがこちらを見てほほ笑んだ。純粋に男として女を見る目だ。「確かに、こんなにかわいい人には退屈な話題だった」

マギーは口をとがらせた。「あなたはひどく雄弁だけど、その弁舌は日々磨いているの？」

ブレットがいたずらっぽくウインクする。「一日に二度はね」

テーブルの向こうでは、サクソンが、マーリーンの〝本当につまらなかった〟一週間について、ため息まじりの独演会を聞かされていた。でもサクソンはいやな顔一つせず、にこやかに耳を傾けている。

「ずっとあなたが恋しかったのよ、ダーリン。最悪だった」マーリーンはため息をつき、きれいにマニキュアを施した指を、テーブルに置かれているサクソンの大きな手に重ねた。「会いに来たかったのに、いつも断られてばかりで」

「しばらく忙しくてね」サクソンは答えた。「今はこうしてマギーが手伝いに来てくれたから、これからますます忙しくなると思う。とても興味深いプロジェクトに一緒に取り組んでいるんだ」

「そうなの」マーリーンがマギーのほうを毒を含ん

だまなざしで見る。「どんなプロジェクト？」

「そのうちわかる」サクソンがさらりと言う。「そうだろう、マギー？」

「そうね」マギーはマーリーンのほうを敢然と見返してほほ笑んだ。

「なんだか秘密めいてるわね」マーリーンが冷ややかに笑った。「でも、明日は少し時間を作ってもらえないかしら、サクソン。一時間ぐらいでかまわないから。私、ずっと寂しくて……」

「悪いな、マーリーン」即座に言う。「さっきも言ったとおり、しばらく予定が詰まっているんだ」

「いつも仕事ばかり」マーリーンが口をとがらせる。

「楽しむってことをしない人ね」

「そうかな？」サクソンがうっすらとほほ笑み、マギーはなんとか顔を赤らめまいとした。

話題は必然的にクリスマス休暇のことに移り、サンドラがリサとランディのクリスマス・ウエディングについて詳しく説明を始めた。

「今週末に、もし時間があったら」ブレットがマギーにささやいた。「スパータンバーグまでドライブしないか？　プライスハウスやウォルナットグローヴ・プランテーションを案内するよ。どちらも十八世紀のものでね。じつは、一七六五年に建設されたウォルナットグローヴのマナーハウスは、独立戦争のカウペンスの戦いのとき、女性偵察隊が拠点にした場所なんだ。そうだ……」彼はそこでにっこり笑った。「カウペンスの古戦場まで足を伸ばして、大陸軍がイギリス軍を徹底的に打ち負かした場所を見て……」

「ええ、ぜひ」マギーは相手の言葉をさえぎった。

「いつにする？」

「金曜日は？　朝八時半ごろはどうだろう。そして早めに出発しよう」

マギーはうなずいた。「いいわね。でも……サクソンには言わないでおいてくれる？　私から話したいから」

ブレットはマギーをじっと見て、それからテーブルの向こうの大柄な男に目をやった。「サクソンはいやがるだろうな」そう言っててため息をつく。

「でしょうね」マギーはいたずらっぽく笑った。

「そばにいて不安になったりしないか？　みんな彼を怖がっているけど」

「大物は倒れるときも派手っていうわ」安心させるように言う。

「君がそう言うなら」ブレットはにやりと笑った。

「でもいざというときは、トランクに入れて保管している古いカノン砲が役に立つかも……。ところで、南部連合軍は軍服を灰色に染めるのにクルミの殻を使ったと知ってるかい？　連中は……」

「踏んで歩くと靴が黒く染まることから、大きな殻に入ったクロクルミを使ったのよね？」マギーが途中から引き取った。

「そのとおり」ブレットは言い、どうやって染色するのか話し始めた。

マギーは熱心に耳を傾けた。この人は、お高くとまった姉とはまったく違う。マギーは好感を持った。そして、一日くらいこの家を離れて気晴らしをする必要がある、そんな気がした。サクソンは例の本に打ち込むつもりらしい。つまりマギー自身の作業量も増えるということだ。それはかまわないけれど、いやおうなく彼のそばにずっといなければならないのが怖かった。もしサクソンが迫ってきたら、どこまで抵抗できるか自分でもわからなかった。彼と関係を持たずにいられるとは思えない。一方ブレットは危険のない好人物で、よこしまなことなど何も考えていない。だからサクソンの情熱の盾になってくれるかもしれない。少なくともそう願いたいし、盾になるものが必要になりそうな気がした。

続く二日間は滞りなく、驚くほどの早さで過ぎていった。サクソンが口述し、マギーが書きとめ、入力し、本の原稿は着々と枚数を重ねた。

三日目、二人はトレイにのせた夕食をサクソンの書斎で食べた。そこにずっとこもりきりだった。そうすれば、ほかの家族に邪魔されないからだ。

「疲れたか？」食事をすませ、マギーがもう十ページ分の口述筆記を終えたとき、サクソンが尋ねた。

マギーはけだるげに伸びをした。「それほどでも。あなたは？」

サクソンはデスクの向こうで回転椅子に身をもたせた。彼が両腕をぐっと伸ばすと、ベージュの長袖のシルクシャツが胸に張りつき、力強く盛りあがった筋肉がいっそう目立つ。「こんなに早く休憩したいと思うなんて、めったにないんだけど。だが楽しんでやっている。こういう作業は好きだ」

「だから、こんなにうまくいってるのね」マギーは言い、サクソンの深いしわが刻まれた厳しい顔をじっと見た。「サクソン、子供が欲しいと思ったことはないの？」唐突に尋ねる。

サクソンは短く笑った。「なんでまた急に？」

「さあ。前から気になっていて。ただそれだけ」

彼は声のするほうに顔を向けた。目に疑問が浮かんでいる。「では、同じことを君にもきこう」

マギーはうっとりほほ笑んだ。「私は思ったことがあるわ。家庭も子供も欲しい。今まで、そういう機会がなかっただけ。一生その人と暮らしたいと思えるほど、相手を愛さなければ」

「だが、そこまで人を愛したことがないんだな？」

マギーは肩をすくめた。「一、二度、恋をしたと思ったことはある」サクソンに対して感じた、そして今も感じている気持ちは除いて。

サクソンはマギーの答えに集中するかのように身を乗り出し、じっと動かない。「それで？」

「うまくいかなかった」言えるのはそれだけだった。

「あなたは?」

サクソンはまた椅子に身をもたせた。「最近になって、求める女性を見つけた」厳しい口調で言う。「だが続かなかった」

マギーはふいにその顔もわからない女性に激しく嫉妬したが、声には出さないように抑え込んだ。膝の上で両手をきつく握り合わせる。

「それは……あなたが失明したことと関係があるの?」そっと尋ねる。

「それが理由のすべてだ」サクソンはうめいた。

だから私を責めるのだ。言われなくてもわかる。険しいしわの寄った顔に、怒りのにじむ鋭い口調に表れている。でも私に何ができるの?　彼の話では、回復は見込めないらしいのに。

「もう一度診察してもらおうとは思わないの?」少しして尋ねた。

「なんのために?」うんざりした様子で尋ね返す。

「問題は爆弾の破片なんだ、マギー。奇跡的に位置がずれない限り、打つ手はない。そうはっきり言われたんだ」サクソンは立ちあがり、デスクの縁を手探りしながら、マギーが背筋を伸ばして浅く腰かけているソファに近づいてきた。

「どこにいる?」大きな手をそろそろと伸ばす。

マギーはその手をとらえて、強く握った。「ここよ」そう言って彼をうっとりと見る。

サクソンもやさしく手を握り返して、ほほ笑んだ。

「君に最後にキスをしたのはいつだろう」

「ああ、ずいぶんと昔ね」マギーは軽い調子で答えたが、胸は高鳴り、息が苦しくなった。彼の豊かな唇を狂おしく求め、視線が吸い寄せられる。

「仕事ばかりで息抜きがなさすぎると、私たちにとっていいことはない。そうだろう?」

「そう言われてるわね」マギーは息を切らしながら

言った。

サクソンの手に力がこもり、彼はソファに身をもたせた。自由なほうの手でシャツのボタンをゆっくりとはずし、セクシーな笑みが口元に浮かぶ。

「こっちに来ないか？」低い声でささやく。「体の渇きを癒やす基本コースをご提供しよう」

マギーは笑わずにいられなかった。「みだらな老君主ね！」

サクソンが生真面目な顔になり、目を鋭く細める。「マギー、やはり君から見たら、私は年を取りすぎているかな」急に気になったかのように尋ねてきた。

マギーは胸が痛かった。軽率にからかったことを後悔していた。「いいえ」やさしく言い、彼の温かく力強い腕に身をまかせると、胸毛に覆われた胸に頬を寄せた。「ちっともそんなことはない。セクシーで、大人で、うっとりするほど男らしいわ」

サクソンが息をつまらせた。胸に寄せたマギーの頬に手を置き、自分に押しつけるようにゆっくりリズミカルに動かす。彼女の肌を感じて息が速まる。マギーの耳にも、彼の鼓動が早鐘を打つのが聞こえた。「セクシーか？」かすれ声で尋ねる。

「ええ、とても」マギーは自分も息が荒くなっていくのがわかった。自分の目に、鼻に、口の端にざらつく巻き毛の感触が好ましかった。唇を開き、彼の胸に滑らせる。石鹸《せっけん》とコロンと男そのものの香りをたっぷり鼻孔に吸い込む。サクソンの両手が彼女の髪に差し入れられ、シルクのような感触を楽しんでいる。それから、ゆっくりと円を描くようにマギーの唇を彼の体に導く。

マギーはそうして導かれるまま、サクソンを味わった。やがてベルトの固い縁を頬に感じた。両手は静かに、甘い興奮で燃えあがる彼の胸のざらつきとぬくもりを楽しんでいる。

温かな胸の筋肉に広がる固い胸毛に指を絡め、そのしなやかさを確かめながら、マギーは顔を上げてサクソンを見た。

マギーの顔に触れている彼の手が、目や眉や鼻、頬や柔らかな唇の輪郭を、順になぞっていく。

「君をこの目で見られたらいいのに」そっとささやく。室内の静寂の中に、彼の低い声が響いた。「こうして抱いていると、君はとても静かだ。すっかり高まるまで、声では何も伝えない」

マギーはサクソンの温かな喉元に顔をうずめた。彼の言葉に、声のやさしさに胸を打たれた。「あなたはこんなに私を喜ばせている。わかるでしょう」

「気持ちが知りたいわけじゃない。それは君の体が教えてくれる。君の考えが知りたいんだ」

「どうして？」

サクソンの指がマギーの首筋を滑り、柔らかな髪の奥をとらえると、彼女の顔をまた自分の胸に戻して、上を向かせる。

「君の胸の鼓動がどんどん速くなっていく」そっと指摘する。彼の指がマギーの柔らかな胸の丸みへと下りていき、所有欲を満たすようにしっかりと包み込む。

「あなたの鼓動も」マギーは震える声でささやき返した。

サクソンがかがみ込み、唇がそっとマギーの唇に触れる。「おいで」彼はささやき、マギーと一緒にソファに横たわった。「世界も暗闇も忘れて、互いに愛し合おう。このこと以外はすべて忘れて……」

サクソンはマギーの唇に唇を重ねた。激しく、そして貪るように。両腕でそのたくましい体に彼女を抱き寄せながら、キスはいつまでも続いた。

ふと気づくと、彼の手がマギーの柔らかなTシャツをたくしあげて奥へと這《は》い、ブラの小さなホックを見つけると、ゆっくり器用にはずした。

「サクソン……」マギーは弱々しくあらがった。

「触れさせてくれ……」彼がささやき、両手でマギーを探った。「君だって求めているはずだ」

そのとおりだった。それが問題なのよ、とマギーは思う。素肌に触れる彼の手の魔法を否定するなんて無理。彼への愛を否定するのがもはや無理なのと同じように。

サクソンの唇が、ゆっくりとじらすようにマギーの唇に触れる。「脱いで」やがて彼がささやいた。

「みんなが……」

「ドアには鍵がかけてあるじゃないか」半分からかうように言う。「それに私には君が見えない……」

今さら抵抗して何になるの？　サクソンの両手が動いて彼女のTシャツとブラを脱がせたあと、マギーはソファの柔らかなクッションにそっと横たえられた。サクソンの体が自分の上に下りてくると、マギーはそっと彼のシャツを押しやった。この両手は本来彼を手伝うのではなく、抵抗するべきなのに。

「自分でシャツを脱ごうか？」彼がぶっきらぼうに尋ねる。いつもの自制心がなぜか消えかけている。

「お願い」マギーはささやいた。

サクソンはシャツを絨毯《じゅうたん》に脱ぎ捨てた。マギーは彼の胸や肩の広さに驚いた。筋肉質の太い腕や、ベルトの下まで確実に続く濃い胸毛にも。

「お気に召したかな？」サクソンがゆっくり体を重ねてきながら、小声で尋ねた。でもまだマギーの体に触れはしない。感じるのは体温だけだった。

「ええ、もちろん」マギーは賞賛の目で彼を眺めた。

「とても気に入ったわ」

「私にも君が見えればいいのに」荒い声で言い、体がごくゆっくりと下りてくる。最初はかすめる程度だったのが、やがて胸毛のざらつく感触がマギーをじらし、狂おしくかきたてて、ついにどんなに彼が欲しいか、マギーの体があからさまに伝え始めた。

彼の唇はマギーの顔にそっとキスする一方で、両手は肌をやさしく探り、彼女が高まっている証《あかし》を見つけ出した。

「とてもいい気分だ。君も同じ気持ちか？」息を切らし、低い声で尋ねる。

「ええ」マギーは彼の口元でささやいた。

サクソンの両手が細いヒップに下りていき、自分の腰になまめかしく円を描くようにこすりつける。マギーが小声でうめくと、それをキスで封じ込めた。舌が唇をなぞっていたかと思うと、いきなり奥へと侵入してきた。マギーは渇望で体がこわばるのを感じ、欲しいのにつかみ取れない、このぎりぎりの緊張感にどこまで耐えられるか不安になった。

彼が耳元でささやく言葉がかろうじて聞き取れた。甘い誘い文句とマギーの体についての感想。肌がかっと燃えあがるようで、体が熱く火照った。

「ショックを受けているのか」サクソンは息を切らしながら笑い、完全にマギーの上になって、がっしりとした体で彼女をクッションに組み敷いた。

「ええ、ショックを受けている。あなたはまるで野獣みたい」ヒップにこすりつけられる彼の腰の動きがあまりにも親密で、息を継ぎたくても継げない。

「ただ私の下になっているのではなく、協力してくれないか」

彼の力強い腕にマギーの爪が食い込んだ。「サクソン、もうやめて」震える声で懇願する。慣れない親密さに体が震えてくる。「お願い」

「君が欲しい」サクソンの声が張りつめていた。「それに君も私を欲しがっている。私の指も唇も、ちゃんとそれがわかっている」

「こんな形では……いや」マギーは抵抗した。今彼を説得できなかったら、もう後戻りができなくなるとわかっていた。「お願いだから！」

サクソンの息遣いが荒く乱れてきた。彼はためらい、視力を失った目がマギーの表情をなんとかとらえようとして見おろしてくる。「場所が問題なのか？　ならば二階の私の寝室か君の部屋に行こう」

「理由はわかってるでしょう？」マギーはささやく。サクソンの口元がこわばった。「君がバージンなのはわかっている、今のがそういう意味なら。君を傷つけはしない、マギー」

「あなたが私を求めるのは、視力をなくしたからよ」万策尽きて、こんな言葉を投げつけてしまった。サクソンの体がこわばるのを感じ、マギーはたちまち後悔した。「ただそれだけなのよ、サクソン。私が手近にいる女だから」

サクソンの顔にみるみる怒りがあふれた。さっと起きあがった彼は、官能的な魅力にあふれていて、思わず身を投げ出してしまいたくなる。それでもマギーは歯を食いしばり、彼から目をそらしてブラとブラウスを身につけた。

「私のシャツをくれ」そう頼まねばならないことさえいまいましいと言わんばかりに吐き捨てる。

サクソンが伸ばした手にシャツを渡し、彼が身につける間、背を向けていた。

サクソンがライターでたばこに火をつける音がして、鼻につんとくる匂いが漂ってきた。

「あの晩、私の部屋にいたときの君は確かに私を求めていた」辛辣な皮肉まじりの言葉だった。「いったいどうしたんだ、マギー？　私の目が見えないことに急にいやけがさしたのか？　それともディナーで隣に座った男のせいか？」

「ディナーで隣の席に？」マギーはブレットのことを思い出した。そして、彼との約束についてサクソンに打ち明けねばならないことも。

「ブレット・エイキンスだ」サクソンが念を押す。

「彼はいい人よ」当たり障りのない返事をする。

「母から、二人には共通点が多いと聞いた」サクソンは短く言った。

マギーはため息をついた。「私たち、二人とも歴史が好きなの」そう認め、挑戦的に続けた。「じつは、明日スパータンバーグに連れていってもらうの。あちこち名所を案内してくれるそうよ」

サクソンの顔が赤黒くなった。目がかすかにぎらついている。「なんて男だ。君には仕事があるじゃないか！」

「明日は休みをもらうわ」マギーはきっぱり言った。

「私は出かけます」

「私のもとで仕事をしている間は許さない」

マギーは髪を後ろに払い、ドア口に向かった。

「明日はスパータンバーグに行きます。それがだめならジョージアに帰るわ」サクソンの手が届かない安全な場所から告げる。「あなたには絶対に止められない」

マギーは部屋を出て、ドアをたたきつけるように閉めた。

翌朝八時半ちょうどにブレットが迎えに来たとき、サクソンは起きてこなかった。マギーは安堵《あんど》のため息をもらした。もし出かけられないなら、本当に荷造りをして家に帰るしかなかった。口から出まかせの脅しを実行に移さずにすんで、内心ほっとした。サクソンを今一人にするのは、麻酔なしで歯を抜くよりさらにつらく、その痛みは間違いなく長く尾を引きそうだった。

それでも、先のことを考えるのはやめて、とにかく今日という日を楽しもう。ブレットは一緒にいて楽しい人だったし、まず東行きの高速道路にのり、次に南に向かう高速道路に車を走らせる間も、肩の凝らないおしゃべりが続けられた。

「最初はスパータンバーグを迂回《うかい》してウッドラフに行く。そこでプライスハウスを見て、引き返す。途中でウォルナットグローヴ・プランテーションがあるローバックに寄り、最後にスパータンバーグに行ってから家に戻る。それでいい？」

「すてき」マギーは言った。「道順がよくわかっているのね」

「まあね。何度か行ったことがあるから。歴史好きだからさ」ブレットはにやりと笑った。

これまで見たことがないような美しい田園風景の中をドライブするのは楽しかったが、時間はかなりかかった。とはいえ、ウッドラフに到着したとき、背の高い煉瓦《れんが》造りのプライスハウスの開館時間にはまだ早すぎたので、十一時になるまで近くのレストランでコーヒーを飲んで時間をつぶした。戻るとすでに観光客が集まってきていた。

マギーが入館料を出そうとすると、ブレッドがそれを拒み、二人分支払った。でも歴史的な建造物を見てまわるうちに、料金のことはすっかり忘れてしまった。プライスハウスは急な二段階の勾配になったギャンブレル屋根で、中に入ると奥にいくつも煙突のある、ディープサウス特有の建築様式だった。煉瓦は表面が平らな地元産で、フレミッシュ積みと呼ばれる方式で、横長の面と短い面が交互に積まれている。ここはかつて二千エーカーもの大農園で、自宅兼宿屋として使われたプライスハウスが建設されたのは一七九五年のことだった。トマス・プライスの発案で建てられ、彼は郵便局や雑貨店も経営していた。室内には当時の家具が並び、優美に年を重ねた屋敷のあちこちを眺めながら、マギーは遠い昔に思いをはせた。郡の歴史的建造物の保存委員会が熱心に修復を続けていることがよくわかる。

ツアーが終わると、二人は車に戻って北のローバックに向かい、ウォルナットグローヴ・プランテーションの見学ツアーに参加した。

マギーはたちまちその建物に恋をしてしまった。優美な玄関ポーチ、両側から突き出した煙突。ログ建築に板屋根、アン女王朝様式のマントルピース、壁も羽目板張りで、アンティークの家具や付属品で内装がされている。おかげで、一八三〇年以前のスパータンバーグ郡の生活の様子がよくわかる。

離れのキッチンには十八世紀の台所用品がずらりと並んでいた。ほかには鍛冶《かじ》場の炉や肉の保存小屋、納屋がある。それに郡で初めての診療所も。何もかもが魅力的だったが、マギーは特にオークやクルミの古木が並ぶ周囲の土地と、ムーア家の墓地に魅了された。その墓地にはマーガレット・キャサリン・ムーア・バリーのほか、その家族や奴隷、独立戦争の兵士たちも埋葬されている。

「彼女はカウペンスの戦いのとき、モーガン将軍の斥候を務めた」ブレットが言い、墓石のほうにかぶりを振った。「そしてこの家の女主人でもあった」

「立派なレディだったんでしょうね」マギーは目を閉じ、よく澄んだ秋の空気を吸い込んだ。「せっかくきれいに掃除した床を見ず知らずの人たちに踏み荒らされて、お墓をじろじろ見られて、平気でいられるかしら？」

「彼女がじきじきに床を掃除したとは思えないな」ブレットがぼそりと言った。

「使用人がいたことは確かね。でも、軍隊の斥候を務めるくらい勇敢な女性だもの、必要とあらばみずからほうきを持つこともいとわなかったと思うわ」それから笑みを浮かべて続けた。「因襲から解放された最初の女性の一人だと思う」

ブレットは笑った。「僕も同じことをいつも考えていた。過去はいつも僕らとともにある、そうだろう？」彼は両手をポケットに突っ込み、屋敷のほうを振り返った。「自分より前に生きた人々への関心はつねに尽きない。どんな暮らしだったのか、どんなふうに命をつないでいたのか、どんなふうに愛し合い、憎み合ったのか、どうやって死んだのか。いつか未来の歴史家も、僕らや僕らの時代について関心を持つんだろうな」

マギーは大きく身震いした。「あまり考えたくないわ。私たちはすでに死んでるってことだもの」

ブレットが振り返った。「そこまで考えるなんて。死ぬのが怖いのか？」

マギーはため息をついた。「イエスでもあり、ノーでもあるわ。私は長老派教会の信者で、信仰とともに生きようとしている。でも、思ったほどうまくはいかないわ」笑いながら言う。

「それはみんな一緒だよ。僕としては一日一日を精一杯生きるだけさ」

マギーはほほ笑んだ。「私たちの誰にでもできるのはそれだけね。木の葉はいつか散るもの」そして、屋敷の背後に立つ木々のほうにかぶりを振った。すでに一部は裸になってしまっている。

「僕らも木の葉みたいに自然体でいるのがいい」ブレットはそう言って腕時計を見た。「しまった、こんなに遅くなっていたなんて。残念だけど、今日はカウペンスに行く時間はなさそうだ。どこか途中で夕食にして、帰るころには真っ暗だな」

「私のせいね」マギーは謝った。「すっかり夢中になってしまって、なかなか立ち去れなくて……」

「僕も楽しかったよ」ブレットは彼女をさえぎり、にっこりした。「歴史好きな人を眺めているのが好きなんだ。特に自分の州の歴史に興味を持ってもらえるとうれしい。さあ行こうか」

「そうね。すばらしい一日だったわ。ありがとう」

「こちらこそ。またぜひ歴史探訪に行こう」

マギーは口の中で何かつぶやいた。ええぜひ、とは言えなかった。じつは帰宅するのが今から怖かった。サクソンがきっと黙っていない。それはよくわかっていた。

マギーがブレットに別れを告げ、静まり返った家に入っていくと、リサとランディは外出していた。でもサンドラがまだ起きていて、廊下でうろついていた。マギーに気づくと、急いで玄関ホールにやってきた。

「帰ってきてくれてよかった」見るからにほっとした様子で、目にも眉間のしわにも懸念がにじんでいる。「ああ、マギー、二階に行ってサクソンと話をしてくれない？　部屋に閉じこもって食事もしないの……私もランディも中に入れようとしないのよ。いつものサクソンじゃないわ」困りきっているようだ。「何かよくないことが起きている気がする。心配でならないわ。お願い、あなたが頼りなの……」

「まかせて」マギーはそっと言った。理由はわかっていた。こんなときでなければ、笑えるくらいだった。大の大人が思いどおりにならないからといって、癇癪《かんしゃく》を起こしたのだから。でも、階段を上がりながら、失明したせいでサクソンはとても弱い立場にあるのだとふと気づいた。目が見えていれば、無理にでもマギーをブレットと外出させなかったはずだ。私を説き伏せたか、場合によっては追いかけてきたかもしれない。でも、部屋に閉じこもったりはしなかったはずだ。目が見えないから自分でもどうしていいかわからず、不安に襲われている。昔と同じようには問題に対処できないのだ。

マギーはドアの前に立つとため息をつき、それから扉をノックした。

「サクソン？」そっと声をかける。

返事がまったく返ってこない。

もう一度、さっきより強くノックする。「サクソン！」

今度はくぐもった声が聞こえた。「あっちに行け！」妙に間延びした声だった。

「マギーよ」もう一度呼びかける。「中に入れて」

長い間があいた。マギーは本気で心配になってきた。そのときどすんという鈍い音がして、何かが家具やドアにぶつかる音がした。鍵が回って、ドアが開いた。

マギーはサクソンをまじまじと見て、息をのんだ。彼は顔が真っ青だった。髪は乱れ、髭《ひげ》も剃《そ》っていない。そこに立つサクソンはまったくの裸で、胸毛に覆われた大きな体には一糸もまとっていなかった。

10

マギーは息をのんだ。でも、サクソンに視線が吸い寄せられてなかなかそらせない。贅肉《ぜいにく》一つついていない筋肉のかたまりのような、いかにも男性的な体で、精緻に刻まれた古代ギリシアの彫像のようだ。

「中に入るなら、入るがいい」サクソンはうなるように言い、よろよろとベッドに戻った。

マギーはドアを閉めてそれに続き、サクソンがうめきながら乱れた茶色のシーツの間に潜り込むのを見守った。

「体調を崩したのね」

「そうかもしれない」弱々しく言う。「何か冷たい飲み物を頼む。体が燃えているみたいだ！」

　マギーは覚悟を決めて彼に近づいたが、額に触れるには、さらに勇気を振り絞らねばならなかった。やけどをしそうなほど熱い。

「きっと風邪ね」マギーはぼそりと言った。「すぐに戻るわ。ちゃんと上掛けにくるまって」

「だったらかけてくれ」かすれた声で言う。「ああ、体が熱い……」

　うわごとを言っているようだった。マギーはそっと上掛けをかけ、階下に下りるとサンドラに事情を説明した。サンドラはすぐにかかりつけの医師に連絡した。医師が到着して二階に上がったとき、ちょうどリサとランディが帰ってきた。

「いったい何事だ？」ランディが慌てて尋ねる。

「サクソンよ」サンドラが言った。「マギーの話では高熱らしいの」

　ランディは首を振った。「珍しいな。僕の記憶にある限り、兄さんが病気になったのはこれまでせいぜい数回なのに。医師が下りてくるのを待つあいだ、コーヒーでもどうだい？」

「マギーと私で準備をするわ」リサが言い、姉を連れてキッチンに向かった。

「そんなに悪いの？」リサがポットを満たし、濃いめのコーヒーを四つのカップに注いだ。

「わからない」マギーはつぶやいた。トレイにカップとソーサーをセットし、クリームと砂糖ものせる。

「私のせいだと思えてくるの。ブレットと外出させたくなかったのに、私がそれを無視して……」

　リサが姉の腕にそっと触れた。「ただの風邪よ。きっと大丈夫。強い人だもの」

　マギーは目に涙がこみあげてくるのがわかったが、無理に笑った。「そうね」

　リサは姉を抱き締めた。「さあ、コーヒーを飲んで」

　数分後、医師が首を振りながら階下に下りてきた。

「なんとも頑固な患者だ」ぶつぶつこぼし、サンドラが勧めるコーヒーを断った。「四十八時間で回復するたぐいのウイルス性疾患です。今週だけで十数件診察しましたよ。抗生物質を注射しておきましたし、処方箋を書いたので、薬をもらってきてください」医師は処方箋をポケットから取り出し、サンドラに手渡した。「完全によくなるまで、一日に二回これを与えてください。安静にして、水分をたっぷりとること。どこか痛むときにはアスピリンをのんでください。もし三日経《た》ってもよくならなければ、また連絡してください」

「ありがとうございます、ドクター・ジョンソン」サンドラが穏やかに言った。「こんな夜中にお呼び立てして、本当に申し訳ありませんでした」

医師はにっこりした。「かまいませんよ。気分転換になります。夜中に呼び出されるのはたいていお産ですからね。おやすみなさい」

「おやすみなさい」

サンドラは医師を見送り、それから二階に上がった。ほかにも全員がぞろぞろとあとに続いた。

みんなが寝室に入っていくと、サクソンはおとなしくベッドで横になっていた。よかった、とマギーは内心思った。でも彼は顔色が悪く、まだ熱が高かった。

「スポンジで体を冷やしてあげないと」サンドラが言い、そわそわと手を振った。「ランディ……」

「マギー」サクソンがしわがれ声で呼び、手を伸ばした。「ほかの者はみんなテレビでも観《み》ていてくれ。マギーだけいてくれればいい」

「でも、サクソン……」サンドラが静かに抗議の声をもらした。

サクソンが黄褐色の瞳を開け、サンドラをにらみつけた。視力がなくても、あったときと同じくらい威力がある。「必要なのはマギーだと言っている」

いらだたしげに繰り返す。「ほかはいい！」

「本人の意向をくんだほうがいいよ、母さん」ランディがマギーに向かっていたずらっぽく笑う。「兄さんは看護師の趣味がいいから。それだけさ」

「一人でも平気？」サンドラが心配そうにマギーを見た。

「ええ、大丈夫」マギーは嘘《うそ》をついた。ここでサクソンと二人きりになることが何を意味するかわかっていたし、全裸の彼を見たショックがまだ尾を引いていた。

「もし何かあったら……」リサが口を開いた。

「大声をあげて、旗を掲げるわ。それでいい？」マギーはふざけた。「あなたやパパが流感だのウイルス性疾患だのにかかったとき、いつも私が看病したのよ。やり方ならわかってる。でも、コーヒーをもう一杯お願いしてもいい？」

「持ってくるわ」リサが請け合った。彼女はほかの二人と一緒に部屋を出て、ドアを閉めた。

「私に冷たい飲み物を」サクソンがそう言い添えて、マギーに思い出させた。

「ああ、そうだった！」マギーは慌てて部屋から飛び出した。「リサ、サクソンに何か冷たいものをグラスに一杯持ってきてくれる？」妹に声をかけた。

「まかせて！」応じる声が階段の下から聞こえた。

「さすが一流記者だ」サクソンは、マギーがベッドに近づいてくる物音を聞いて皮肉を言った。「鮮明な記憶力だ」

「心配で気もそぞろだったのよ」言い訳しながら、彼の手を取る。「少しは気分がよくなった？」

「注射さえ打ってやれば不平は収まると、人はどうして考えるのかな」サクソンはうめいた。「今では体だけでなく、腕まで痛む。ドクター・ジョンソンの注射が骨まで達したようだ」

「よくもそんなことを」やんわりとたしなめる。

「こんな真夜中にわざわざ往診してくれたのに、あなたときたら注射の仕方に文句を言うことしかできないの？　ドクターに電話して、あなたがどんなに恩知らずか報告しないと」

「君だって同じ気持ちになるさ、私のかわいい頭痛のたねさん」サクソンはそうつぶやいて苦しげに息を吸い込むと目を閉じた。「マギー、最悪の気分だ。そばにいてくれないか」

マギーはサクソンの手を強く握った。「どこにも行かないわ。安心して」

サクソンは、リサがマギーのコーヒーと一緒に持ってきた冷たいソフトドリンクを飲み干すと、ようやくうとうとし始めた。それでも、すぐに苦しげに寝返りを打ち、二時間もしないうちに目を覚ました。まだかなり高熱だった。

ほかの家族はもうベッドに入ってしまったが、サンドラがスポンジで冷やしたほうがいいと言っていたのを、マギーは思い出した。きっと熱を下げる助けになるに違いない。そのうち抗生物質もきいてくるだろう。

マギーは洗面器とスポンジを持ってくると、歯を食いしばってベッドカバーをめくりあげ、彼の熱っぽい体に濡《ぬ》らしたスポンジを押しつけ始めた。

サクソンは、最初こそ慣れない感触に体をこわばらせていたが、やがて緊張を解き、つらそうにため息をつくとあお向けになった。目を閉じて、手足もほとんど動かさない。マギーは彼の上にかがみ込み、肌が冷えるのを感じながら、その顔に浮かぶ表情を観察した。サクソンには私が必要だ。まさにこの数時間、私は彼に必要とされている。

スポンジマッサージを終え、ベッドカバーをもとに戻すと、サクソンはまた眠りに落ちた。ベッドの横の肘掛け椅子に座り、彼をじっと見つめる。マギーは朝方までなんとか目を開けていたけれど、急にどうしてもまぶたを開けていられなくなった。座ったまま体をぐったり椅子にもたせて、眠り込んでしまった。

目覚めると、サクソンはまだ眠っていた。近づいて顔に触ってみる。幸い、ひんやりしている。熱が下がったのだ。急いで顔を洗って茶色のジーンズとベージュのプルオーバーに着替え、キッチンに朝食のトレイを取りに行く。今朝サンドラは教会の仲間たちと会合があり、ランディとリサは新居の家具を物色しにダウンタウンに行く予定だった。

「一人にしてしまうけど、かまわない？」サンドラが尋ねた。「もし私たちに看病させてもいいとサクソンが言うなら、もちろん引き受けるけれど」

「わかってます」マギーはほほ笑んだ。「大丈夫ですから、本当に」

「好きでやる仕事ってわけね？」なるほどというように、サンドラがそっときく。

マギーは照れるでもなく、うなずいた。「サクソンが目を覚ます前にこれを持っていかないと」そう言ってトレイを示した。「少しは何か食べてもらわなくては。トースト一枚でもいいから」

ランディが口をはさんだ。「サクソンが食べるとしたら、それは君のためだ」

「だといいけど。では、みなさん、またあとで」

マギーはベッド脇の大きな肘掛け椅子に落ち着くと、コーヒーを飲みながらトーストをかじった。サクソンが身じろぎし、力強い脚を曲げた。伸びをしたとたん、上掛けが大きくずれた。

「マギー？」彼が椅子のほうに顔を向けた。

「私は、ここにいるわ」かろうじてそう言った。彼の顔だけに視線を集中しようと努める。

サクソンが口角を上げた。「どうかしたのか？」

マギーは咳払《せきばら》いをした。「コーヒーとトーストはいかが？　ポット入りのコーヒーとバターつきトースト、それにジャムもあるわ」

　サクソンは上掛けをウエストまで引きあげると、上半身を起こして枕にもたれかかった。「コーヒーとトーストを一枚もらおうか。ただし、ジャムはなしで。まだ本調子じゃないんだ。ここにひと晩中いたのか？」

「ええ」マギーはコーヒーをカップに注ぎ、トーストと一緒にサクソンの手が届くところに置いた。

　置いた場所を伝えてから椅子に戻り、彼が朝食を食べるのを眺める。「ランディが薬を取りに行って、昼食時に届けてくれるわ。今夜からのみ始めればいいとお医者様は言っていた」

　サクソンはトーストを食べ終え、コーヒーを飲んだ。「体がさびついた気がする」大きくため息をつく。「バスタブに湯をためてくれないか、マギー？　風呂に入るのを手伝ってほしい。それからメイドにシーツを換えるよう言ってくれ」

「私が換えるわ。お風呂はランディが帰るまで待てない？」

　サクソンが眉をつりあげる。「照れているのか？　もう全部見たじゃないか。君ももう大人だろう」

「そうだけど、でも……」

「男の裸を見るのは初めてか？」

「本の中でなら」マギーはあいまいに答えた。

「生では、見ていない？」サクソンはからかった。

「なんてことだ、それはさぞショックだろう」

「サクソン、ランディが戻るまで待てないの？」

　彼がゆっくり息を吸い込んだ。「もう何週間も風呂に入っていない気がしてね、わかるだろう？　とにかく湯につかりたい。もし、どうしても手伝えないなら、一人でなんとかするしかないな」

「まるで私が淑女ぶってるみたいね。わかったわ、手伝う。もうさんざんショックを受けたから、これ以上はもうないでしょうし」

「裸をショックに感じるのがおかしいんだ。神様だってそうは思っていなかったはずだ。我々を創造したとき、何も服を着せなかったわけだから」

「そうでしょうけど」しぶしぶ認める。「でも裸を使って不快なものを作る人だっているわ」

「ポルノとか？　そうだな。連中は愛の行為を低俗なものにしてしまう。だが愛し合う者同士にとっては、単なる欲望だけを表すものではない。そして体も、ただの堕落の対象ではなくなる」

マギーは立ちあがり、Tシャツのしわを伸ばした。

「あなたといると、ついどぎまぎしてしまう」そう告白する。「自分でもどうしようもなくて。平気なふりができるほど経験がないからよ」

「経験がなくてよかった」サクソンが静かに言った。

「君には、私以外の誰ともそんな経験を持ってほしくない」

マギーは咳払いをした。「お湯を入れてくるわ」

しつこい風のように、彼の低い笑い声がマギーにまつわりついてきた。

大きなバスタブをお湯で満たし、ジャグジーのスイッチを入れ、バスタオルや浴用タオルを用意すると、サクソンを迎えに行った。喉元まで心臓がせりあがってくるようだ。

彼は上掛けを押しのけて立ちあがった。マギーがためらっていても平気な顔をしている。まじまじと見つめていることにも気づいているに違いない。

「もう少し近くに来て手を貸してくれないか？」からかうように言う。

「もちろんよ」マギーは彼の手を取り、青いタイル張りの広々とした浴室に向かった。「ごめんなさい、解剖学の授業を思い出していたものだから」

「がっかりしたのか？」サクソンがやさしく尋ねる。

マギーは彼の手を大きなバスタブの脇に突かせた。

「あなたが服を脱いだら誰もが卒倒するわ」

「一緒に入らないか？」しばらくしてサクソンが言った。声は張りつめているのに、なだめすかすような響きがあった。

「でも……」

「こんなに広いから大丈夫さ。今朝は風呂に入る暇などなかったはずだし」

サクソンとそんなにまで接近するなんて、考えただけで息が苦しくなる。でも断る理性はまだあった。「あとに……するわ」ささやくように言う。「昨日、出かける前に入ったから……」

「臆病だな」サクソンが軽くとがめる。そしてバスタブに入り、体を伸ばした。「ああ、最高だ！　マギー、入らないなら背中を洗ってくれないか？」

マギーは浴用タオルを手に取って石鹸《せっけん》を泡立て、バスタブの縁に座った。筋肉質の男らしい体になるべく触れないようにしながら、広い背中や肩をタオルでこする。

「ここも頼む」サクソンはささやき、マギーの手を胸へと引っぱると、体をそらして満足げなため息をもらした。いつしかタオルはどこかに消え、炎に誘われる蛾《が》のように、指が彼の胸をまさぐっていた。息がつまり、心臓が喉から飛び出そうだった。無言で彼のがっしりした体を探りながらも、心の内では興奮の炎が燃えさかっていた。

「こっちに来てくれ」荒い息をつきながら、サクソンが言った。「君がいやがることはしない」

頭ではいけないとわかっていたのに、手は自分のTシャツとジーンズをはぎ取っていた。こんなのどうかしている、本当にどうかしている！　それでも震える体はもっとこの先を求めて、どうしても必要なものを手に入れろと、生まれて初めて譲らない。

マギーは温かな湯にゆっくり身を沈めた。自分の肌がサクソンの体に沿って滑っていく。彼の力強い、体毛に覆われた腿を自分の腿に感じる。彼の腕がマギーを横に引き寄せる。

「いいんだな？」サクソンの声がかすれて、とぎれる。「マギー、いいんだな？」

どんなに唐突で、今していることとは無関係のように思えても、二人にはその言葉の意味がよくわかっていた。ごく自然に、彼が体の向きを変え、マギーの体を深く沈めてその上を覆い、二人は完全に身を重ねた。マギーは温かな湯の中で、初めて人の肌を素肌に感じていた。震えながら脚を彼の脚に絡ませる。腕をサクソンの肩に回し、石鹸にまみれた体毛が広がる胸に自分の胸のふくらみを押しつけた瞬間、体がこわばった。

「いいんだな」サクソンがうめいた。震える腕でマギーを抱き寄せると、唇が下りてきて重なった。二人は首まで湯につかり、渦巻く水面の下で、彼の手が今まで誰も触れたことのない場所を探り、そのあとに必ず来るものを受け入れやすくしようとした。

「でも……だめ」息を詰まらせ、小さくうめきながらもそう口にする。彼の体を感じて全身が震えた。

「なぜだ？」サクソンがささやいた。舌が探り、歯の奥の柔らかな闇に差し入れられる。両手はそっとマギーのヒップを持ちあげ、腿に触れていた。

「ここで？」マギーは声をあげたが、彼にしがみついて体をそらした。そのときふいに差し迫った彼の動きを受けとめ、深く貫かれるのがわかった。マギーの唇が彼の唇を貪り、爪を食い込ませて、突然の静寂の中で狂おしく声をあげる。やがて世界が暗転し、真っ赤に燃えあがって、ぐるぐる回転しながら粉々に砕け散った。痛みさえもが甘い欲望となって……。

男は、欲求が満たされるとたちどころに相手への興味を失うとよく聞かされたけれど、サクソンはマギーが落ち着きを取り戻すまで、抱いたまま顔にやさしいキスの雨を降らせた。頬を、口を、首をなで、ほとんど聞こえない言葉をつぶやいた。でもマギーの体は、いまだにあのとても言葉にできない歓喜の余韻に翻弄されていた。

「痛みがあるものと……思っていた」マギーは彼の肩に顔を伏せてささやいた。ぬるま湯とも言えないくらいまでに湯が冷めてしまい、少し寒かった。

「痛みはあったはずだ」サクソンが耳打ちした。

「でも気にならなかった、それだけさ」笑みを浮かべているのがわかる声だ。

マギーは困惑して、少し顔を引いた。「不思議ね。あんなふうに欲望や欲求を、そしてほんの少しの痛みを、全部同時に感じるなんて。どうしてかしら」

「私にもわからない」彼が静かに認める。「ただ、こんなふうに誰かと愛し合ったのは生まれて初めてだ。フランス人が愛の交歓のことを〝小さな死〟と呼ぶ意味がようやくわかった気がする」

「本当に、そんな感じだった」マギーは身を乗り出
して、そっと彼にキスをした。サクソンの唇のこわばりとぬくもりも、すぐそばにある彼の体の感触も、みんな好きだった。

　サクソンが大きく息を吸い込み、マギーの肩を抱いた。妙に不安げに顔をしかめている。「そろそろ出たほうがいい。湯が冷たくなってしまう」

「そうね……ええ、そうよね」マギーは口ごもった。バスタブから出て小さめのタオルで体を包み、大きいほうをサクソンに渡す。ぎこちなく黙り込んだまま、それぞれ体を拭き、マギーは先に寝室に戻ってパジャマのズボンを取ってくると、彼に手渡した。自分も背を向けて服を着る。身づくろいを終えると、彼をベッドへと導いた。

「よければ、髪を乾かしましょうか？」おずおずと尋ねる。

「いや」サクソンはため息をついた。「大丈夫だ。もうほとんど乾いている。君のほうこそ乾かしてき

たほうがいい」

「そうね」マギーは言葉を探したが、なぜか急におどおどしてしまう。なんとなく不安だった。サクソンは後悔しているみたいだった。だからマギーは彼に背を向け、体の強烈な欲求と自制心との折り合いをなんとかつけようとしていた。あんなに簡単に、そして完全に自分を見失ってしまうなんて信じられなかった。でも実際に自分の身にそれが起きた。ひょっとして妊娠のおそれさえあるのに！　でも、後先のことなどまったく考えなかった。これまでの生き方も、よりどころだった信条も、すべてくじかれた。それもこれも、欲望を抑えきれなかったせいで

――相手は体を求めていただけなのに。今彼は後悔しているし、それは私も同じ。でも、もう遅すぎる。

マギーは髪を乾かしながら部屋でしばらく一人で過ごし、気持ちを落ち着けてから戻ることにした。

でも時間が経てば経つほど、ありえないことだと思えてきた。あんなふうに奔放に、それもバスタブで愛し合ったあと、どうやってサクソンと顔を合わせればいいの？　マギーは目を閉じた。陶器のバスタブに体がぶつかり、あざができている気がする。私たちは二人とも、どうかしていたに違いない！

いいえ、少なくともサクソンは、失明はしていても男として申し分ないと証明できた。マギーは苦々しくそう思う。そして、マギーがここに来てから、彼がずっと欲しかったものがついに手に入った今、マギーのことなど見向きもしなくなる。サクソンは単に欲望を解消したかったの？　それともブレットへの嫉妬？　嫉妬心のあまり、女を誘惑する巧みさを見せつけたくなったとか？　いいえ、もっと恐ろしい目的のためなのでは？　間違えた署名記事が引き起こした事故への復讐《ふくしゅう》？　失明の原因はやはりマギーだとどこかで思っているの？

そう考えたとたん、体が麻痺《まひ》した。さっきは愛の

営みだとばかり思っていた。甘いささやきにうっとりし、いくつもの熱っぽい命令に従ううちに情熱の嵐に翻弄された――それもこれも純粋な愛情から出た行為だと納得していた。でも今は疑っている。サクソンは初めてだと言っていたけれど、ほかにも彼を喜ばせた女性はいたのでは？　あの高みにはこれまでだって達したことがあるのでは？　結局のところ、相手が誰でも、男はセックスを楽しめるようにできている――そうでしょう？

あれこれ考えるうちに疑念ばかりが大きくなり、とうとうさっきの出来事は単なる欲望のはけ口にすぎないと確信した。あんな過ちはもう二度と起こしてはならない。

マギーが廊下に出ると、ちょうどランディがやってきた。

「ランディ、サクソンのシーツを替えておいてくれない？」そう早口で頼む。「ちょっと外出しないといけないから……」

「いいとも」彼がにっこり笑う。「少しは休めた？」

「あまり眠れなかったけど、ちょっと外の空気が吸いたくて。それだけ。どうもありがとう」

マギーは階段を駆け下りた。まわりに誰もいなくてよかった。涙が頬を伝っていたからだ。

何時間もあたりを散策して、くよくよ考え、自分を憎み、サクソンを憎んだ。こうなったら自分の家に帰るしかない。今すぐに。またなりゆきで、彼の腕に抱かれるような最悪の事態になる前に。一度なら、あのときはどうかしていたと言い訳もできるけれど、二度目にはもう取り返しがつかない。

マギーはこれまでにない肌寒さを感じ、自分の体を抱き締めた。屋敷に戻り、階段を上がる。ギロチン台に向かう死刑囚になった気分だ。

サクソンの部屋のドアをノックしたとき、〝どうぞ！〟という険しい声が響き、びくっとした。

ドアを開けておそるおそる中に入る。サクソンはベッドの中で厳しい顔でたばこを吸っていた。

「誰だ？」彼が尋ねる。

「マギーよ」おずおずと答えた。

彼の顔がぱっと明るくなった。声のほうに向けられた瞳に炎が燃えあがる。

「マギー！」彼はあいているほうの手を差し出した。

「こっちにおいで」

マギーは近づいたが、伸ばされていた手は取らず、熱く焼ける火かき棒か何かのように避けた。

「私……考えていたの」

「私もだ」サクソンはしぶしぶ手を引き、上掛けの上で拳に握る。「マギー、私たちは結婚したほうがいい」

想像もしない言葉だった。マギーは、窓に掛かるカーテンの一つを食べろとでも言われたみたいに、目を丸くした。

「どうして？」マギーは思わず尋ねた。

サクソンはたばこを吸った。ひどくいらだっているようだ。「妊娠しているかもしれない」無愛想に言った。「考えなかったのか？　我を忘れてしまい、君を守ることにさえ気が回らなかった」

マギーは息を詰めた。「結婚する理由としては、あまり好ましいと言えないわね」できるだけ冷静さを保とうとした。この世で一番望むものを、サクソンの妻になるという未来を、否定しなければならないのだから。

「では、好ましい理由とは？」つっけんどんな言い方だった。

「愛よ、双方向の。一方だけでなく」

サクソンが一瞬凍りついたように見えた。ベッドの上で、拳に力がこもり、関節が白く浮きあがる。だがマギーが見ていたのは彼の顔だった。

「愛は自然に生まれるものだと思わないか？」やが

てサクソンが言った。

「そんな危険な賭けをするなんて、どうかしていると思う」マギーは悲しくなって目を閉じた。「それに私の目が不自由だということもある。将来有望な夫とは言えない」

「それとこれとは別よ！」マギーは言い返した。「サクソン、もしあなたの目が見えていたら、こんなことにはならなかったわ。そうでしょう？　ブレットにやきもちを焼くはずもなかったし、理性が吹き飛ぶほど女性に飢えるようなこともなかった。私を求めたりするはずがなかったのよ！」声が乱れて、すすり泣きながらドア口に走る。

「マギー、なぜそんなばかげたことを」サクソンは叫んだ。「マギー！」

でも止まらなかった。止まれなかった。彼は私を愛していない。結婚を持ち出したのは、私を妊娠させたかもしれない罪悪感からだ。本人が望んでもいない結婚で彼を縛るなんてできない。愛がなければ結婚なんて意味がない。もし彼がほかの誰かを好きになって私が足枷《あしかせ》になったりしたら、とても耐えられない。マギーは階段を駆けおりた。涙で目がほとんど見えないくらいだったけれど、背後に足音をなんとなく感じていた。階段の下で足を止めたところで、サクソンがマギーを呼んだ。

見あげると、彼が最上段にいて、手すりをつかもうとしていた。

「サクソン、だめよ！」声を張りあげたとき、彼の手が手すりをつかみそこねた。「だめ！」

注意が遅すぎた。サクソンは大きな音をたてて頭から倒れ込み、体を弾ませながら落ちてきた。マギーは慌てて駆け寄ったものの、間に合わなかった。彼が落ちるのを食い止めようとして、自分も階段に頭を打ちつけたのがわかったが、必死で彼にしがみついて、少しは衝撃が減るようにとひたすら祈った。

二人は階段の下まで転げ落ち、もつれ合ったまま倒れていた。マギーはようやくなんとか体を起こしてサクソンを見た。意識を失っている。目を閉じ、顔面蒼白《そうはく》で表情がない。右のこめかみから出血していた。

11

そのあとの数時間は靄《もや》がかかったようにただぼんやりとしていた。マギーはきっと悲鳴をあげたに違いない。目を上げると、ランディとサンドラがサクソンの上にかがみ込み、マギーはサクソンの意識のない体にしがみついたりしないように、リサに押さえつけられていた。

マギーは何があったか満足に説明できなかった。涙で声が震え、目はサクソンに釘《くぎ》づけで、救急車が来るまで彼の腕から手を放そうとしなかった。救急車の到着するまでの時間が永遠にも思えた。マギーも一緒に救急車に乗り込み、サクソンが救急救命室に運び込まれるまで、けっしてそばを離れなかった。

ようやくジョンソン医師が出てきて家族に状況を説明し、医学用語が長々と続いた。

「とにかく、最も重要なのは」医師はサンドラの震える手を強く握って結論を述べた。みんなも医師を取り囲んでいる。「落下のおかげで、爆弾の破片が移動したことです。依然として手術のできる場所ではありませんが、運がよければ、意識を取り戻したとき、視力が回復している可能性があります」

サンドラが息をのみ、マギーの顔がぱっと輝いた。彼の視力が回復する可能性がある！　もしそうなれば、私のせいでこうして入院するはめになったことも許してくれるかもしれない。

マギーの頬を涙が流れ落ちた。サクソンの目が見えるようにさえなれば！　それが現実になるなら、彼をあきらめてもいい。たとえサクソンを永遠に失うとしても、またもとの自分になれたと彼が感じられ、自信を取り戻せるならかまわない。それが何より大切だから！

症状に新しい進展があったら必ず知らせると約束して医師が立ち去ると、サンドラがマギーのほうを見た。

「ほらね」サンドラは目に涙をため、マギーを一瞬きつく抱き締めた。「いつだってすべてうまくいく。あなたは自分を責めていたけれど、もしサクソンがあのとき階段から落ちなければ……彼はまた目が見えるようにはならなかったわ！」

ランディが義弟としての親しみをこめて手を伸ばし、マギーの髪をくしゃくしゃにした。「もう落ち着いていい」彼はにっこりした。「もう大丈夫。きっと大丈夫さ」

リサもランディと一緒に大喜びし、マギーを抱き寄せた。その日、みんなでともに長い一日を過ごし、ようやくサクソンが意識を取り戻して面会ができるようになった。一度に一人ずつという制限があるので、マギーはほかの人たちに先を譲った。配慮からというよりは純粋に怖かったからだ。でも、ついにマギーの番が来た。

サクソンの病室の前に立つ。こんなに緊張したのは生まれて初めてだ。今日は、ソフトウール混のシンプルな緑色のシャツドレスにベージュのブーツを合わせ、洗ったばかりの髪をふんわりと下ろしている。少しは髪が伸びたけれど、サクソンと初めて会ったときと同じ長さになるまでにはかなり時間がかかるだろう。彼の髪がもとのようになるのはどれくらい先だろうと思った。

ドアを開けて中に入ると、彼がベッドで上体を起こして座っているのに驚いた。室内の明かりが少し落としてあることにも気づいた。

サクソンがこちらを向き、マギーを認めると彼の瞳が輝いたように見えた。マギーの顔を隅々まで眺め、やがて視線は彼女の体に落ちて、柔らかな曲線をゆっくりと愛《め》でた。サクソンはかすかにほほ笑み、ほれぼれとした表情が顔に浮かんだ。

「もう何日かあとだったら、楽しいことがたくさんできたのに」彼は謎めかしてそう言い、マギーの目を見る。マギーは頭が混乱していたが、今の言葉の破廉恥な意味がようやく理解できた。

マギーは頬をうっすら染め、それを見たサクソンがそっと笑った。

「こっちに来て座ってくれ」

マギーはベッド脇の椅子に近づいて浅く腰かけ、膝の上にバッグを置いてきつく握った。

「様子は……どうなの？」おずおずと尋ねる。「気分は？」

「痛むよ」顔をゆがめて笑う。「だが、びくともしない。喜んでもいる。世界を支配することさえできそうだ。いろいろとあったから。マギー、君は？」

「後ろめたいわ」思わず答える。彼を見たとき、まぶたが震えた。「サクソン、本当にごめんなさい」

「どうして謝るんだ？　私の視力を回復させたからか？　ばかげてる」

「階段から落ちる原因を作ったからよ」答えを訂正する。「首を折っていたかもしれないのよ！」

「だが折らなかった。それに落ちたかいがあった」

彼の目がマギーの瞳を探り、細くなった。「君は誤解をしていたんだ。私の言うことを信じないようだが、あの朝私が欲しかったのはほかの誰でもない、君だった」

マギーは目を伏せた。「お願い、その話はよしましょう。今はただ忘れたい」

重い沈黙のあと、サクソンが絞り出すように言った。「そんなにひどかったかな」

マギーは唾をのみ込んだ。「いつまで入院していないといけないの？」

「話をそらさないでくれ」サクソンはマギーをじっと見ている。「君の答えが聞きたい。そんなにひどかったかな」

マギーは顔を上げた。サクソンのがっしりした腕に抱かれた記憶がよみがえり、体の内に蝋燭《ろうそく》の炎がともったようで、同時に、狂おしい歓喜を思い出して顔が赤くなる。「いいえ」マギーは答えた。

サクソンは長々とため息をついて枕に身を預け、一瞬目を閉じた。「こうして君の姿が見えるのは、やはりありがたい。声しか聞こえないと、君はあれこれ私から隠す」

マギーは膝の上のバッグに視線を落とした。「どんな気持ち？　また見えるようになって」

「言葉では言い表せない」そう短く言った。「なくして初めてわかることがある。天井を眺めるみたいに単純なことだって、じつはとても重要なんだ」サクソンはうっすらとほほ笑んだ。「見えることが当然だとは二度と思わない。約束する」

「これからどうするの？」マギーはそっと尋ねた。

サクソンが肩をすくめる。「退院したら仕事に復帰する」彼がこちらに顔を向け、目を細めてマギーを見た。「まだ後ろめたさを感じるのか？　それとも、私の視力が戻った今、君の〝奉仕〟も終了なのかどうか考えているのか？」

頰をぶたれたような衝撃だった。〝奉仕〟だなんて、まるで娼婦《しょうふ》か何かみたい。マギーは顔をこわばらせたが、長年記者をしてきたおかげで感情を表に出さないこつはわかっていた。

マギーは短い笑いをもらした。「私はもう必要ないでしょう。並みいる美女たちがあなたの気を引こうと争うでしょうから」

「仕事が恋しいのか？」サクソンも皮肉で返した。

マギーは肩をすくめた。「ええ、ずっと恋しかった」クールな笑みを浮かべる。「代わりになるものはまだ見つからないわ」

「私と風呂に入ることさえ？」突然そう尋ね、何も見逃さないその目が、かすかに赤らんだマギーの顔を見つめた。「一つ言っておくが、いろいろな場所で女性と愛し合ったが、バスタブは初めてだった」

澄ました顔をしようと思ったけれど、さすがに無理だった。「ああ、やめて」マギーはやっとそう言って、顔をそむけた。

「淑女ぶらなくてもいい」低い声はどこか面白がっているようだった。「そうやって私を見るときは、いつも真っ赤になっていたのか？」

マギーは震える息を吸い込んだ。「ええ、そうよ。私をいじめて楽しい？　ピンで突っついたら？」

サクソンはしばらくマギーにじっと目を向け、そむけた彼女の顔に去来するさまざまな感情を見きわめていた。「結婚しないかと言ったのは冗談でもなんでもない」突然切り出す。「君に妊娠の可能性があるのは二人ともわかっている」

マギーは手元に視線を落としてうなずいた。「妊娠している可能性はある。でも、していない可能性だって同じくらいある。それにおかしいわ。なんの……確信もないのに結婚するなんて」

サクソンはため息をつき、目を閉じた。「君の言うとおりかもしれない」疲れた声で認めた。「確かにおかしいかもしれない。だがマギー、私は四十歳だ。君は？　二十六歳か？　二人とも相手を探す時間がどれだけ残っている？　私たちは相性がいい。特に体の相性は抜群だ。自負心は脇に置いて、これ以上好条件の相手が見つかるか？　君の欲しいものはなんでも買ってやれる。君を……大事にする」彼がためらったのがわかった。何か別のことを言おうとして、考え直したようだった。

今すぐ走って逃げ出したかった。こんなの、考えもしなかったことだ。妊娠の可能性は別にしても、こんなふうに結婚するなんてありえない。サクソンが私を愛していないとわかっているのに。人は相手を愛しているからこそ結婚するものだ。だって永遠の愛を誓うものなのだから！

マギーは顔を上げてサクソンを見た。大きく見開いた目には疑念が浮かんでいる。「もしあなたがほかの誰かを好きになったら？　あるいは、逆に私が？」そんなことは万に一つもありえないとわかっていたけれど、彼を愛していると認めて拒絶されるのが怖かった。

サクソンは肩をすくめた。「そうなったときに考えるさ。それで？」黄褐色の瞳が彼女を見つめ、濃い眉が片方、頭に巻かれた包帯のほうに上がった。「まだ疑問の余地があるのか？　こっちに来てくれ、マギー。君を納得させる一番いい方法がある」

余裕があるうちに立ち去るべきよ、と自分に命じる。でも心から彼を求め、愛していた。裏切り者の心が理性に勝った。マギーは立ちあがった。抵抗もせずにベッドの縁に座った彼女を見て、サクソンの顔に軽い驚きが浮かぶのがわかった。

「自分が何をしようとしているか本当にわかってるの？」マギーは彼の引きつった顔を探るように見た。

「君は？」サクソンが低いかすれた声で尋ねる。

「ああ、君と愛し合うためなら死の床からだって這《は》い出すさ。こっちに来てくれ……」

腕をつかまれ、広い胸にぐっと引き寄せられた。彼の唇がいっきにマギーの唇をとらえる。彼の唇が彼女を探り、要求する。舌がすでに降参したマギーの口の中に侵入してきた。

マギーの短く切った髪に指が差し入れられ、顔を引き寄せる。強く押しつけられた唇はせっぱつまっている。

「だめよ」マギーは震える声でささやいた。

マギーが顔を引くと、サクソンは鼻孔をふくらませたが、これでは終わらないとその目が告げていた。

「君が欲しい」マギーの目からけっして目を離さないまま、うめく。「どんな形であれ、君を手に入れたい。そして君も私を求めている。それでいいじゃないか、マギー？　変わらぬ愛を誓わないとだめなのか？」

マギーは彼の顔を指でやさしくなぞり、頬や唇の感触を味わった。「いいえ、そんなことはないわ」情けなくなって、ため息をつく。そして無言でサクソンの目を探った。「少なくとも、しっかりと目を見開いて、あなたとの結婚に踏み出す限り。相手に聖人君子を期待していなければ」

「それはよかった。私は聖人ではないから。まったく完璧からは程遠い人間だ」

マギーの唇がいたずらっぽくゆがんだ。「ある一箇所を除いては……」思わせぶりにつぶやく。

サクソンは息をのみ、マギーの指を口に近づけて唇と歯でもてあそんだ。「気に入ったか？」官能的にささやきかける。

マギーは息が詰まり始めた。「ええ」

サクソンが彼女の目を見て、かすれた声でなおもささやく。「次はベッドで。君がよく見えるように、煌々《こうこう》と明かりをつけて、あるいは昼ひなかに愛し合いたい」

体がちくちくしてきて、鼓動がいっきに速まる。

「サクソン、あなたは子供が欲しいの？」マギーは別人のような声で尋ねた。

「ああ、くそ……」彼はうめき、マギーの顔を引き寄せてキスをした。熱く、激しく、突然の情熱に相手を痛めつけんばかりの勢いで。「もちろん、欲しいに決まってる」声が震え、マギーの顔を押さえる手も震えている。

「手が大きい、金色の瞳の男の子ね」マギーが開いた彼の口にささやく。

「脚が長い、緑色の瞳の女の子だ」サクソンは言い直し、マギーの唇を甘く噛《か》む。息が切れている。

「男の子と女の子を一人ずつ」マギーが言うと、サクソンが改めて彼女にキスをした。やさしくゆっくりと力をこめるにつれ、マギーは唇の動きの一つ一つにその力強さを感じた。

ドアが開いて、看護助手が控えめに咳払《せきばら》いをしたのに二人とも気づかず、少し大きめの二度目の咳払いでようやく気づいた。

マギーははっとして身を引き、顔を真っ赤にした。

「ああ！　その、廊下に出ていたほうがいいでしょうか？」

年配の赤毛の女性はにやにや笑っている。「護身術の訓練を受けたければね」彼女は言った。「廊下から見た瞬間、この男は危険だとわかったわ」

サクソンがにっこりほほ笑みかけた。「ここにいるとすることがあまりないから。自分で遊び相手を呼ばないといけなくて」

看護助手は笑い、マギーにウインクした。「この人の言うことをよく聞いておいたほうがいいわ！　堕落させられないように気をつけて。こういうタイプはよく知ってるわ」

「ちょっと遅すぎた」サクソンが言う。「彼女は私との結婚を今承諾したところなんだ」

「まあ、かわいそう」看護助手はため息をつき、マギーの肩をたたいた。「大切にしてもらいなさい、いいわね？　氷入りの水差しに水を足しに来ただけだから、ミスター・トレメイン。ジュースでもいかが？」

「いや、けっこう。できればコーヒーを頼む」彼は突進してくる牛でもうっとりしそうな笑みを向けた。

「お持ちするわ。あなたも？」そう言って、マギーに眉をつりあげてみせる。

「ぜひお願いします」マギーはほほ笑んで答えた。

「すぐに戻るわ」看護助手が肩越しに言った。

サクソンはマギーににっこりした。リラックスした顔に、やさしい金色の瞳。いつもの彼とどこか違っている。でも、どことなく見覚えもある……。

「あまり考えすぎないことだ。自分で自分を追いつめることになる」サクソンが指の背でマギーの頬に触れ、目はマギーの顔を隅々まで眺めている。「いつにする？」

「いつにするって、何を？」マギーはきき返した。

「結婚式はいつにする？　リサとランディと一緒にダブルウエディングもできる。どうかな？」

マギーは息が止まりそうだった。「六週間しかないわ……」

サクソンは彼女の唇に指を置き、厳かな目で見た。

「六週間なら待てる――ぎりぎりだ。それ以上待たされたら、実際、君のベッドから私を追い出せなくなるぞ。それくらい君が欲しい」

マギーは彼の熱い視線でとろけそうになりながら、

呼吸を整えようとした。「わかったわ」しぶしぶ認める。「六週間ね」

サクソンの胸が大きく上下した。「ここから早く出してくれ。ケーキを焼いて、書類を忍び込ませて持ってきてくれてもいい」

マギーは笑った。「病院の目を盗んでヘリコプターで持ち込んであげる」そう約束し、彼に引き寄せられてまたキスが始まってももう抵抗しなかった。

家族はみんな二人の結婚の報告を喜んだ。リサは姉と一緒に泣き、サンドラは即座にクリスマスウエディングの計画を練り直して、新たな招待状の注文をした。ランディはにやけた顔で、あの年になってようやく兄さんにも分別がついたようだと言いながら、それにしても結婚するのに、失明したうえに階段から落ちる必要があったとはねと笑っていた。

サクソンが自宅療養を続ける間、マギーもそばにつき添った。この結婚の本当の意味を、マギーはすでに受け入れていた。愛されてはいないとわかっていたけれど、彼が好きだから拒めなかった。少なくとも彼は私を求めている。それに子供が生まれたら、私を愛するようになるかもしれない。そう信じるしかなかった。そうでもなければ耐えられない。それにサクソンがそばにいることも、今では当たり前になってきた彼の愛撫《あいぶ》も、大きな喜びとなっていた。

「本はどうするの？」マギーはサクソンに尋ねた。帰宅して数日後、暖炉で陽気に躍る炎を前に、二人は書斎に座っていた。

「本？」サクソンはほほ笑んだ。「いつか完成させるさ。だが、君にここにいてもらう口実は必要なくなったわけだから……」

「口実なんてなくても、あなたを一人にはしなかったわ」マギーはソファの上に足をたくし込み、丸くなった。青いTシャツにジーンズという格好だ。

「必要とされるのはいい気分だったわ」

サクソンが暖炉からマギーに視線を向けた。「今も君が必要だ」

「そうなの？」マギーは色あせたジーンズに視線を落とした。

サクソンはマギーのそばに来ると、横に腰かけた。「退院してから君と愛し合っていない。歯止めがきかなくなるのではと、自信がなかったからだ」

マギーは顔を上げ、息を詰めた。「そうなの？」

サクソンがそっとほほ笑む。「心配なのか？」

マギーは肩をすくめた。「わからない。あなたが思い直したのかも、そう思っただけ」

サクソンはマギーの手を取り、柔らかな手のひらにキスをした。「まさか。思い直したりしていない。君は？」

マギーは笑みを返した。「思い直したりしてないわ」

サクソンの目がマギーのTシャツの深い襟ぐりに落ち、欲望が兆すのがわかった。しばらくの間、彼は息が苦しげだったが、やがてマギーの手を放すと顔をそむけ、ソファに背中をもたせて目を閉じた。

「もう夜も遅い」やがてサクソンがぼそりと言った。「君は寝たほうがいい」

マギーはがっかりして深いため息をつき、立ちあがろうとした。

するとサクソンがマギーの肩に手をかけ、自分のほうに向けると顔をのぞき込んだ。「マギー……」声が乱れている。

マギーはいやおうなく彼の膝に腰を下ろす格好になり、首に腕を回した。「キスして」震える声でささやく。「お願い、サクソン、激しいキスを」

二人の唇が重なり、数日どころか数週間ぶりのように貪り合った。彼の鼓動が自分と同じように速まり、マギーは彼との近さに、キスされ求められる喜びに溺れた。離れている時間があまりに長すぎた。

サクソンが体の位置をずらし、二人は並んで横たわった。彼の太く温かい腕がTシャツの中に滑り込んできて、ウエストで止まった。

「そこまでで終わり？」彼の口元にささやく。

「どうしてほしい？」サクソンは肘をついて体を起こすと、いたずらな笑みを浮かべて尋ねた。

「指導を受けるのは私のほうだと思っていたけど」

サクソンはマギーの目を見つめながら指を上へと滑らせていく。「このことについては、二人とも初心者だ」

「初心者？」マギーはささやいた。

「そう」サクソンの指がブラのホックをやすやすとはずし、滑らかな肌を這っていく。軽く触れられただけで、マギーは肌がこわばった。「こうしてほしかったのか」

「そうかも」彼に興奮させられて、恥ずかしげもなく反応してしまい、息ができなくなる。

サクソンは眉をつりあげ、いたずらっぽい笑みを浮かべた。「では、これは？」Tシャツの裾をじらすようにゆっくりとたくしあげ、まずウエストが、腹部が、そしてついに胸のふくらみがあらわになる。そこでサクソンは凍りつき、笑みが消えた。これまで触れたことしかなかった震える体を、初めて目にしていた。

「がっかり……した？」彼が身じろぎもしないので、おずおずと尋ねた。

こわばった唇からため息がもれた。視線がマギーの顔に戻る。「いや、まさか」低く、かすれた声だ。彼はまたかがみ込み、硬くなった先端を口に含むと、舌を這わせた。マギーは思わず体を弓なりにし、彼を引き寄せる。サクソンの魔法が効果を発揮するにつれ、息が喉に詰まった。

彼の口の動きが激しさを増し、指がマギーの肌に食い込んで痛かった。苦しげにうめいたかと思うと、サクソンは顔を彼女の口元へと戻した。直前で動きを止め、マギーを険しい表情で見つめる。

「マギー……」抱き寄せて、唇を重ねた。彼の重みでマギーは柔らかなクッションに埋まった。抵抗のそぶりさえ見せず、喜んで受け入れる。

二人は無言だった。マギーは彼の下に横たわり、力強い脚の筋肉が自分の脚にこすれるのを感じ、荒い息遣いと衣《きぬ》ずれの音を聞いていた。近くで暖炉の炎が燃えあがる音もしている……。

サクソンがシャツを脱ぎ捨て、肌と肌が触れ合ったそのとき、彼がいきなり体を起こした。なんとか中断しようとして、サクソンの体が震える。額をマギーの額につけて、息を整えようとする。

「ああ、ベイビー、君はバーボンみたいに頭に染みてくる」

マギーは彼の広い肩にそっと触れ、硬い筋肉がこわばるのを感じた。

「あなたはすごく力強いわ」震える声でささやく。

「そして君はとても柔らかい」サクソンがささやき返した。マギーの唇に触れながらほほ笑む。「私が欲しいか？」

「ええ」マギーは素直に認めた。指で彼の唇に触れる。「サクソン……」

彼は首を横に振った。「今夜はやめておこう」もう一度マギーにキスすると、体を起こし、ブラを留め直して、少しおぼつかない手つきでTシャツをもとに戻した。

「どうして？」マギーがそっと尋ねる。

サクソンはマギーを引っぱりあげて座らせ、額に軽くキスをした。「浴室で起きたことは事故のようなもので、あんなつもりはなかったんだ。次に愛を交わすときは、その場の勢いでとか、理性をなくしてとかではなく、お互いに愛し合いたいと感じ、薬指に指輪をはめてからにしたい」

「本当にそのつもりはなかったの？」マギーが静かに尋ねた。

サクソンはたばこに火をつける間だけマギーから離れ、たばこを吸うと彼女をまた横に引き寄せた。

「なかった。最初はからかっただけだった。ところが君と触れ合ったとたん、まわりのすべてがかき消されて、ただ君のことしか考えられなくなった」そう言って笑う。「それからは下り坂を転げ落ちる一方だ。まず君をバスタブから出すことすらできなかった。待ちきれなかったんだ」

「私だってそうよ」マギーはため息をついた。「とてもすてきだった。たとえなりゆきでも……あんなふうに一瞬で頭がどうにかなってしまうことがあるなんて、初めて知った。何も考えられず、ただ感じていた。とてもすばらしくて、止められなかった」

「いつもあんなふうさ」サクソンは言った。「生きている限りずっと」

マギーは静かに、愛《いと》しげに彼を見あげた。確かに二人はベッドの中ではいつも楽しめるだろう。でも、愛なしで耐えられる？　私からの愛情だけで、結婚が維持できる？　子供ができれば、たぶん……。

「明日サンドラと買い物に行って、ウエディングドレスを探してくるといい」突然サクソンが言った。

「そうね」マギーはため息をつき、脚を引き寄せて体を丸める。「そんなに日はないし。ベージュがいいと思うの……」

「白だ」サクソンは即座に訂正した。マギーの顔を上げさせ、熱のこもった目で見おろす。「私と愛を交わしたとき、君はバージンだった。だから白だ」

マギーはサクソンを見あげ、思わず口を開けて息を吸い込んだ。

「私に言わせれば」彼はやさしく言った。「結婚式とは事実を後追いする儀式だ。君を奪ったとき、それはもう始まっていた。結婚許可証に署名して、君の指に指輪をはめるときはもちろんだが、もうすでに結婚しているような気がする」そう言ってマギーの左手を取り、キスをした。「どんな指輪がいい？ダイヤモンドか？」

「エメラルドがいいわ。小さめの石で、台座はホワイトゴールドで、結婚指輪と同じ。あなたは？」

サクソンはほほ笑んだ。「私にも指輪をつけさせたいのか」

「つけたくないなら別にいいわ」マギーは嘘《うそ》をつき、彼の視線を避けた。「つけたがらない男の人もいるから」

「君はつけさせたいのか？」

マギーは落ち着かない様子で、座る位置を変えた。

「好きにすればいいわ……」

「だから」サクソンはささやき、マギーを自分のほうに向かせた。「つけさせたいのかときいたんだ」

マギーはゆっくりと息を吸い込んだ。「ええ」後先を考えずにきっぱり言う。「あなたにうっとりしている女性たちに、あなたは私のものだとはっきり知らせたい」

サクソンはマギーの首に手を当て、彼女の頭を肩にもたせかけた。マギーを見下ろすその目に、欲望の炎がともる。「もう一度言ってくれないか……」

「何を？」

「あなたは私のものだ、と」

マギーは頬を紅潮させ、目を伏せようとしたが、サクソンはそうさせなかった。「あなたは……あなたは私のものよ」射抜くようなサクソンのまなざしに、膝から力が抜けていく。

「そして、君は私のものだ」サクソンがささやき返した。「体も心も魂も？」

「体も心も魂も」マギーはささやいた。おずおずと彼の顔に、広い額に、眉に鼻に、唇に触れる。「全部私のもの」

「結婚の儀式の誓いの言葉を知ってるか？」サクソンがマギーの額に唇を寄せてささやいた。

「愛し、敬い、慈しみ……」

「私はこの身で汝《なんじ》をあがめる」熱をこめて告げる。サクソンは彼女を抱き寄せた。太い腕がマギーを包み込み、今もまだむきだしのままの胸に彼女をうずめる。マギーの両手は、温かな筋肉を覆う厚い胸毛に押しつけられた。「あの朝、私は君を喜ばせることができたのか？」かすれる声で尋ねる。「与えたかった喜びを、君に与えられたのか？」

「ええ、サクソン。あなたから喜びを与えられた」

「そして、もし妊娠している可能性がなかったとしても」彼が静かに続ける。「もしあのとき私が理性をなくさなかったとしても、やはり君は今度のクリスマスに結婚してくれただろうか」

マギーはためらった。サクソンは、マギーが結婚を危ぶんでいると認めるかと尋ねている。ひそかに彼を愛し続けるのは耐えられる。でも、それに気づいた彼に同情されるのには耐えられない。マギーはサクソンの温かい腕に抱かれながら凍りついていた。

彼はマギーの顎に指を添えて上を向かせ、じっと見つめた。「答えを知る必要があるんだ。私は脅して、君の望まない関係を強いているのか？」

「私は……あなたを心から求めているわ」

「わかってる。だが私が尋ねているのはそんなことではない」サクソンは彼女の頬やこめかみに落ちる髪を押しやった。「マギー、無理にイエスと言わせることもできるんだ。君の服をはぎ取り、愛撫を始めればそれでいい。君はなんでもしゃべるだろう」

マギーは唾をごくりとのみ込んだ。「そうね。でも、それではあなたを軽蔑するわ」

「ではそんなことさせないでくれ。答えてほしい」

マギーは目を閉じた。「私のプライドまではぎ取るつもり?」

「よき結婚にはプライドなど関係ない。結婚は妥協だ。二人の人間が同じ量のものを与え合う。いいから、マギー、答えてくれないか。もし妊娠の心配がなくても、私と結婚してくれたのか?」

「妊娠の心配がなくても、あなたは私と結婚しようと思った?」マギーもきき返す。

サクソンは身をかがめ、彼女の唇にやさしく触れた。低いささやき声で言う。「たとえ子供が産めなくても、君を求める。目や耳や体が不自由だったとしても」マギーを抱く腕に力がこもる。「君との子供が欲しい。だが、それが君と結婚したい理由ではない」

サクソンの口調に、マギーは息を詰めた。指を彼の胸に広げ、彼の言葉をゆっくり理解しながら、胸毛に悩ましげに指を絡ませる。

「なぜ私と結婚したいの?」マギーは尋ねた。

「きいたのは私が先だ」

マギーは身を乗り出して彼の唇にそっと唇を押しつけ、その先の展開へと誘った。舌が薄い上唇を、そして少し厚めの下唇をなぞる。サクソンの手がマギーの腰に埋まり、体の重みを悩ましく押しつける。

「何をしている、小さな魔女さん?」かすれる声でうめく。

「なぜあなたと結婚したいか教えているのよ。あなたをあがめている。あなたの体が好き。目も鼻も眉間の小さなしわも。服を脱いだ姿も、キスの仕方も……」

「はっきり言葉で伝えてくれ、マギー。私にはそれが必要なんだ!」

「愛してるわ、サクソン」彼の口元でささやいた。サクソンの大きな体に震えが走り、離すまいとするようにその腕がマギーをすっぽりと包み込んだ。

「胸が痛いくらいあなたを愛してる」

「ベイビー」サクソンはささやいて身をかがめた。開いた唇が、彼女の唇のカーブとぴったりと重なり合い、ゆっくりとやさしく自分のものにしていく。

彼が体を動かし、マギーを下にしてそこに身を重ねた。二人がこれまでにないくらい時間をかけた、やさしいキスを始めると、体が溶け合った。

「あなたはベイビーと呼んで……愛を交わすのね」マギーは彼の口元にささやいた。

「別の言葉を探すよ、そのほうがよければ」サクソンがささやき返してきた。「ダーリン、ハニー、マイハート、マイ……ラブ」

「最後のが……いい」

彼が鼻先をマギーの鼻にすり寄せる。「君も聞きたいのか？　愛してるという言葉を」

「あなたは？」見あげながら、ほとんど呼吸できなかった。待っていた。一縷《いちる》の望みをかけて。

「どうしようもないくらい」サクソンは認め、マギーの瞳を見つめながら、まわりのすべてのものが輝きだすようだった。「十五歳の少年みたいに。一年近く前、私のオフィスのドアを開けて、そこに立つ君を見たときから」

「ああ、サクソン」マギーは目を閉じて、顔を彼の喉元にうずめた。

「その日から女性と愛を交わしたことはない」耳元でささやく。「あの朝、バスタブで君と愛し合うまで。考えもしなかった。私には君しかいない。あれからずっと、君を愛してきた……」

「私もよ。でも、あなたに嫌われているとずっと思っていた。あなたがランディの義理の兄だと知ったとき、私が呼ばれたのは復讐《ふくしゅう》のためだと思い込んでいた」

「リサが君の妹だと知ったとき、君をここに呼ぶ方法を必死に考えたんだ」マギーを抱き寄せながら打ち明ける。「結局、リサと一緒に招待するようランディに仕向けることにしたんだが、あくまで何げなさを装った。その実、機会をとらえては弟をその気にしようとした。どうしても君をそばに置きたかった。そしてふと思ったんだ、復讐しようとしているふりをするのが一番の口実になると。脅したり、恥じ入らせたり、罪悪感に訴えたり……君をここから逃さないように、どんなに陰険なことをしたか！」

「誘惑もしたわ」マギーがため息まじりに言う。

「それは計画に入ってなかった」サクソンは笑った。「でもあのときはそれが自然な流れだと思えた。バージンを相手にしたのは君が初めてなんだ」

マギーは体の位置をずらし、ほほ笑んで彼を見あげた。「あなたに経験を積ませたすべての女性たちに、嫉妬すべきか感謝すべきかわからない。あなたとのあのひとときが、とてもすてきだったから」

「私にとっても」そう言って彼女の髪をなでる。「本当に愛した女性と愛を交わしたのは、あれが初めてだった」彼は小さく笑った。「用心しようと思えばできたのに、しなかった。妊娠の可能性に賭けたかった。君との子供が欲しかったんだ。だから、かまうものかと思って突進した。妊娠のリスクを口実に、君にイエスと言わせられればと思った。そしてそのとおりになった」

マギーは首を振った。「違うわ。あなたを愛していなければ、リスクがあっても断ったわ。でも、あなたは私に天国をかいま見せてくれた。どうして断れるの？」

サクソンは大きな手をマギーの腹部に大事そうに広げた。「妊娠していてもかまわないのか？」

「まだわからないわ」そう言って釘を刺す。

サクソンはマギーの唇に軽くキスをした。「でも、クリスマスまでにはわかる」そうなまめかしくささやいて、欲望のほどを示すように彼女に体を押しつける。「君の気持ちがわからないうちは我慢できたのに、今はこれまで以上に君が欲しい。もちろん拒絶は受けつけない、わかるだろう？」

彼がシャツを脱ぎ始めると、マギーは息をのんだ。

「ドアが……」

「部屋に入ったときに鍵を閉めた」マギーの唇にささやく。「力を抜いて、ダーリン。今回は完全にお互いが望んでいる。その場の勢いや衝動じゃない。君は一生私のものだ」

サクソンはささやきながら、マギーのTシャツを頭から脱がせ、上半身を裸にする。あがめるように眺めおろし、静けさの中で、あらゆる体の線を、曲線を頭に刻み込んだ。

「明かりが……」熱のこもった視線を感じ、マギーは顔を赤らめた。

「暗闇で愛し合ったことは一度もないと言っただろう」そしてゆっくりとじらすように、柔らかな胸のふくらみに唇を下ろす。マギーは彼の髪に手を差し入れ、新たな感覚に息をのんだ。こんなふうに時間をかける愛し方は、あの狂おしい朝にはありえなかった。

「私は愛し合ったことが、ただの一度もなかった」マギーはささやいた。

「待ちきれなかったんだ」サクソンはかすかに面白がるように言った。「君が欲しくて、愛しくてたまらなかったから。寝そべって、よく考えたものだ。君を抱いたらどんな感じか、どんなふうに誘い、君の初体験をすてきなものにするか……」

マギーは彼に鼻をすり寄せた。サクソンが素肌に唇や舌で模様を描く間、顎に感じる彼の豊かな髪が心地よかった。誘うように、つい体をそらす。

「すてきな気分。私は全身あざだらけだけど」

「私もそうだ」サクソンがささやく。「手伝ってくれ」

サクソンはマギーの手をベルトに導き、彼女が頬を染めながら無器用にいじるのを、いたずらっぽい目で見つめる。

「ソファで？」マギーが震える声で尋ねる。

「床よりは柔らかい。とりあえず……」暖炉の前の分厚い絨毯《じゅうたん》に目をやり、眉を片方つりあげた。「どうかな？」

素肌に柔らかな絨毯が触れるのを想像しただけで全身が熱くなり、息をのむ。サクソンはマギーの目を見て答えを知った。立ちあがり、服の残りを脱いでから彼女のも手伝う。それからマギーを絨毯のところに運んだ。

マギーは横たわり、自分を包むふんわりとしたぬくもりの中で体をくねらせ、サクソンが暖炉の火をかきたててからこちらに来るのを見守った。

サクソンはほほ笑んだ。マギーが興味津々の面持ちでこちらを眺め、潤んだ瞳に歓喜が宿るのがなんともうれしかった。

「これもまた初めての体験か？」彼女の隣で横になり、肘をついて上体を起こす。体がわずかに触れ合い、マギーはつい、もっとと思ってしまう。「全裸の男は、なじみのあるもののリストには入っていないはずだ」

「前に話したわね。ああ、サクソン、あなたみたいに完璧な男性はほかにいない……」

「君だって特別美しいギリシア彫刻として通用する」恋人として、彼女のほっそりした体を眺める。

「マギー」全身をゆっくりと愛しげに、隅々までなでていく。「言葉にできないくらい君が欲しい。君と一緒に年を取りたい。君との子供が欲しい。これから一生君を愛して生きていきたい……」

「私もあなたと同じことを思っている」マギーが脚を動かし、体を彼にそっと押しつけた。突然サクソンの力強い筋肉がこわばり、その無意識の反応を見てほほ笑む。「いつまでも……終わらせないで」彼の胸毛にやさしく手を這わせながらささやいた。

「今度は永遠に続くように」

サクソンの息が荒くなった。片脚をマギーの両脚の間に割り込ませて、下腹部に手を広げて、思いがけない動きに出た。マギーは思わず声をあげて身を震わせ、彼の体に爪を食い込ませて、驚きに見開いた目で彼を見た。

サクソンが勝ち誇ったようにほほ笑む。「これから何をするか一つ一つ話そう」身をかがめ、ゆっくりとじらすようにマギーの唇をついばむ。「どんなふうにするかも」彼女がうめいて体を弓なりにすると、サクソンは小さく笑った。「いい気持ちだろう。だが、これは手始めで、氷山の一角にすぎない」

「サクソン」マギーは両手でしがみつき、引っぱり、目で訴え、彼の狂おしい愛撫で全身が燃えあがった。

「愛してる、愛してるわ！」

「愛してる」サクソンもささやき返した。「君の体のどのラインも、どの曲線も、隅々まで愛している。この身で汝をあがめる。今ここから私たちの結婚が始まる。すでに結婚証明書に署名をすませ、指輪を交換し、誓いを終えたかのように。君は私のもので、私は君のもの。今こそ二人の時間だ」

「愛し、慈しむ」マギーは息を切らし、瞳に炎が躍っている。「病めるときも、健やかなるときも……そう、一生。ああ、愛しい人」

サクソンはマギーをなだめ、絶頂から我に返らせ、彼女が落ち着くと、また最初から始めた。熱のこもった低いゆっくりとした声、情熱と愛で漆黒にさえ見える瞳。彼はこれから何をするか、ありのままに話した。そして驚くほど辛抱強く、その手と口と体で彼女を完全な忘我の境地へと導いた。マギーは自分の体が上昇し、むきだしの太陽へと空高く舞いあがり、やがて部屋も、世界も、現実のあらゆるものが、愛し愛される強烈な喜びに粉々に砕け散った。

数分後、まだ体を震わせながら、マギーはサクソンの汗で濡《ぬ》れた温かな胸に頬を寄せて横たわっていた。その唇が、彼女の目や鼻を、ほほ笑む唇の曲線をそっとなぞり、落ち着かせようとしている。

「君と出会うまで、誰かと深く関わるとはどういうことなのかよくわからなかった。だが、今ならよくわかる。一人の女性、子供たち、家庭。それがすべてなんだ」

「健康な女性はたいてい初めてのときに妊娠するって言われてるわね？」マギーはゆっくり伸びをした。

サクソンは笑った。「君は健康な女性だ」そして彼女の上に覆いかぶさった。「ものすごく。さあ、おいで……」

「まだ無理よ……」でも彼が動きだすと、きっとまた始められると、マギーは悟った。

「君がどんな本を呼んだのか知らないが」サクソンがささやきながらキスをする。「そうなのかもしれない。そのうちわかるさ。触れてくれ……そう……そんなふうに。ああ、マギー！」彼は声をあげると、マギーに手ほどきをして彼を受け入れさせ、時間さえ忘れるほどゆっくりと愛撫し、彼女を乱れさせ、たちまち意のままにした。マギーは理性が吹き飛び、ただ彼にしがみついて悲鳴をこらえ、彼の執拗《しつよう》な唇に荒い息をもらすことしかできなくなった。そしてようやく、なぜフランス人がこれを小さな死と呼ぶかわかった――こんなに美しい死はほかにない……。

ダブルウエディングは白とレースと蝋燭の炎が躍る、まさにファンタジーだった。祭壇の右側には豪華なクリスマスツリー。そして今、マギーはサクソンの指輪をはめてそこに立っていた。横には妹と新しい義理の弟もいる。人々の前でサクソンを夫と認めたとき、涙が頬をとめどなくこぼれた。二人は手を握り合い、マギーは彼を愛しげに眺めた。

オルガンの音が響き、二人はランディとリサに続いて通路をさっそうと戻ってきた。マギーは、サンドラと一緒に座っている父に手を振り、小さな教会を後にした。

「急いで逃げ出さないと」ランディが義理の兄に告げた。お祝いに駆けつけた大勢の人々が群がり、紙テープや空き缶を手にした若者たちが進み出てきて、当然のようにライスシャワーが始まった。サクソンが笑いながらマギーをフェラーリの新車へと追いたて、助手席に座らせると、急いで運転席に体を滑り込ませた。リサとランディにかろうじて手を振ると、チャールストンに向けて車を出発させ、ハネムーンに旅立った。

州間高速道路に入り、街の交通渋滞からようやく遠く離れたとき、サクソンはマギーの手をやさしく握った。

「幸せかい？」そっと尋ねた。

「ものすごく」マギーはサクソンに目を向けた。顔も目も幸福で輝いている。「愛してるわ」

「愛してるよ、ダーリン。メリー・クリスマス」

「メリー・クリスマス」マギーは座席に体をうずめ、ほほ笑んだ。

サクソンの親指が彼女の手のひらをなでる。「マギー、六週間経《た》ったよ」笑って横目で彼女を見る。

「わかってる」

「それで？」指に力がこもる。「早く教えてくれ」

マギーは座席に座ったままサクソンのほうを向き、白いサテンのドレスの下で脚を組んだ。「ごめんなさい。本当にまだわからないの」

「女性ならすぐにわかると思っていた」

「ええ、でもあなたが言ってるのは、バスタブでの出来事から数えて六週間でしょう。私は暖炉の前の絨毯のときから数えているの」あのひとときのみだらな過ちのことを思い出し、顔を赤らめる。あのあと二人は、結婚する日まで互いに距離を置くのに苦労した。

サクソンの瞳がいたずらっぽく輝いた。「ああ、スタミナの問題だな。あの夜に、立派に証明しただろう？」

「たぶん、男としての能力もね」マギーが笑う。

「本当ならあるべきだったものがなくて心配したけれど、あなたが階段から落ちたあと、じつはちゃんとあったのよ」

「何も言わなかったじゃないか！」サクソンが非難の声をあげた。

マギーはほほ笑んだ。「女だってあらゆる武器を使わないと。私はあなたを愛していた。でも、もし事実を告げたら、あなたが結婚を取りやめるんじゃないかと思っていたの。少なくとも書斎での一夜までは……」

「やっぱり小さな魔女だ」改めて非難する。「誘惑したんだな！」

「自分を棚に上げてよく言うわね！　私にだって保険が必要だったのよ」

サクソンは彼女の手を唇に近づけた。「チャールストンに着いたら、ただではおかないからな」ふざけて脅す。

「ご期待に添えるよう最善を尽くすわ」神妙に言う。その笑顔がすべてを約束していた。「ああ、サクソン・トレメイン、信じられないほど愛している」

「信じられないほど愛しているよ、ミセス・トレメイン。今年のクリスマスはお祝いだらけだ」

「大量の贈り物ね」マギーは地平線にどこまでも続く高速道路を眺め、夫の大きな力強い手のぬくもりを感じながら、満足げにほほ笑んだ。今年は樅《もみ》の木の下にプレゼントはなくていい。最高のプレゼントをもう手に入れたから。愛という名のプレゼントを。

あなたの声が聞こえる

For the Sake of His Child

ルーシー・ゴードン

三好陽子 訳

ルーシー・ゴードン

雑誌記者として書くことを学び、ウォーレン・ベイティやリチャード・チェンバレン、ロジャー・ムーア、アレック・ギネス、ジョン・ギールグッドなど、世界の著名な俳優たちにインタビューした経験を持つ。イタリアの水都ヴェネチアでの休暇中、街で出会った地元の男性と、たった２日で婚約して結婚した逸話がある。イングランド中部在住。

主要登場人物

ジーナ・テニスン……弁護士。聴覚障害者。
フィリップ・ヘイル……ジーナの上司。
ジョージ・ウェインライト……ジーナの上司。法律事務所所長。
ダン……ジーナのボーイフレンド。
カースン・ペイジ……実業家。
ブレンダ・ペイジ……カースンの妻。女優。芸名アンジェリカ・デュヴェイン。
ジョーイ・ペイジ……カースンの息子。聴覚障害者。
ミセス・ソーンダズ……カースンの家の家政婦。

1

あなたは完璧《かんぺき》よ、ダーリン。ちょっと小さいけどサイズがすべてじゃないわ。私にとっては、あなたは完璧なの。あなたを世界でいちばん愛してる！

ジーナは幸せな夢から覚めて、実際に口に出していたのではないかと、急いであたりを見回した。でも駐車場にいる人はだれも気づいていない。ジーナはほっとして、愛《いと》しげに小さな車をぽんぽんとたたいた。車は彼女の賞賛を浴びて、いっそう輝いたように見えた。

おん年十二年の、ただみたいな値段で手に入れた車だ。みんなは見て笑うが、これは私の車。ぱすんぱすんいいながらも、忠実に命令に従ってくれる。

私はこの車を愛している。

いざ乗ろうとして、ジーナのほほえみは消えた。片側は壁で、もう一方は大きなロールス・ロイスが一台分以上の場所を占めて止めてある。ジーナの車は狭いスペースに閉じ込められていた。

これではドアも開けられない。

幸いトランクと座席の仕切りがないので、後ろから乗って運転席までたどり着けた。だけど、なぜ私がこんなぶざまな格好をしなきゃならないの？

いったいこの人は何様だと思ってるんだろう。

ジーナは息を詰めて、ゆっくりバックを始めた。すると小さな車は突然ぐいと曲がり、輝くロールス・ロイスにぶつかった。車体がこすれるいやな音がした。

ジーナは震え上がって、またも後ろから車を降り、傷を調べた。どちらの車もひどくへこんでいたが、ロールス・ロイスのほうがよりひどかった。

「みごとなもんだな」皮肉めいた男の声がした。「ちょうど塗装をし直したところなんだ。最高のタイミングだよ」

彼は巨大な男だった。豊かな黒髪の頭ははるか高くからジーナを見下ろし、広い肩は太陽光線をさえぎっている。ジーナは急いで立ち上がったが、それでもまだ二十センチは差があった。正当な憤りを表明するのに、下から見上げながらというのは腹立たしいことだ。

「私なら、みごとという言葉は使わないわ。自己中心的で傲慢《ごうまん》でしょうね、たぶん」

「だれが？」

「もちろん二台分のスペースを取ってロールスを駐車した人よ。私が出る場所も残さずに」

「この車輪つきのピーナツに、どのくらい場所がいるんだい？」

「ピーナツで悪かったわね。みんながロールスを運転してるわけじゃないわ」

「よかったよ。君がこのちびを運転するようなやり方でロールスを運転したら――」

「私はドアを開ける余裕さえなかったのよ。あなたにはあんなふうに駐車する権利はないわ」

「実際は僕じゃなく、僕の運転手なんだけどね」

「あらあら、そうなの。やっぱりね」

「なるほど。ロールスを持つのが犯罪なら、運転手を雇っているのは死罪に等しいというわけだ」

「どっちも同じことよ。運転手を雇える人は、他人のことを考える必要がないんだわ」

「僕も運転手がうまく駐車したとは思わないよ。だけど、よく見てくれ。彼はバックして出るだけのスペースはちゃんと残してる。もし、まっすぐバックすればね。急に曲がったりしてはいけなかったんだよ。だれにも教わらなかったのか？」

「もし充分なスペースがあったら、いくら急に曲が

「君の車のステアリングには問題があるよ。それがいまわかってよかったんじゃないか？　トラックとぶつかる前に」

彼の言うことは正しい。だからよけい始末が悪い。いまジーナの目の前には多額の請求書がちらついていた。

「それで、どうするかな。保険証書の交換か、それとも夜明けのピストルか」

「冗談ですませられることじゃ――」

「もし戦うんだったら、僕は君の車の頼りないステアリングについて二、三、言うことがある」

「私の車の悪口を言うのはやめてくれる？」

「僕の被害を考えれば、悪口ですめばいいほうだよ。保険会社はそのちびをぽんこつだと断定するだろうな。だから……僕が全責任を負って、両方の車の修理費を出すというのはどうだい？」

この突然の降伏に、ジーナは驚いた。怒りがたちまち引いていった。

「ほんとに……そうしてくれるの？」

「ああ。恥ずべき運転手と不埒《ふらち》なロールスを持っている僕にも少しは人間味があるんだよ」

「ありがとう」ジーナは弱々しく言った。

彼は、先ほど戻ってきて、そばでやりとりを見ていた年配の男の方を向いた。

「君のおかげでえらい目にあったよ、ハリー。どうしてこんな止め方をしたんだ？」

「すみません。反対側の車が半分ぐらいはみ出して止めてあったので、こっちも……あっ、くそ、やってしまったのか！」運転手は被害に気がついた。

「まあいい。ともかくこのレディの〝車〟とロールスをいつもの修理工場に運んでくれ」

「こいつには、どうやって乗ればいいんです？」

「後ろから」ジーナは歯を嚙《か》みしめて言った。

ハリーは危ういところでまたロールス・ロイスにかすりそうになりながら、そろそろと小さな車を出した。彼はジーナに物問いたげな視線を投げたが、賢明にも口をつぐんでいた。

「ごめんなさい」ジーナはおずおずと言った。

「今日は厄日のようだね。どこかに座って、落ち着いて話し合わないか？」

「向こうに小さな店があるわ」

金と時間のない人たちが食事に来る、狭苦しくて汚い安食堂――ボブズ・カフェでは、彼はまったく場違いに見えた。背丈はゆうに百八十五センチ以上あり、脚は長く、肩は広く、すっと伸ばした背筋が権威をにおわせる。スーツは間違いなくサヴィル・ローでロールス・ロイスの所有者にふさわしいが、自信に満ちた物腰は生来のもののようだ。

ジーナは自分の服を見下ろした。グレーのスーツは清潔だし、仕事にはふさわしかったが、買った店ではいちばん安物だった。それをスカーフやアクセサリーで変化をつけている。この人の連れは、いつも高級ブランド品で身を固めているのだろう。

鼻持ちならないいやな男だと思いたかったが、彼が修理代を全部払うと言った以上、それは難しかった。

ちょうど昼どきで、食堂は込み始めていたが、窓際にあいたテーブルを見つけた。彼は込んだ場所でもいつも窓際の席を見つけられる種類の男だ。

「私にコーヒー代を払わせて。それぐらいしかできないから」

「だめだ。僕は恨みに徳で報いるのが好きなんだよ。僕は腹がへってるし、一人で食べるのは好きじゃない。君も何か選びたまえ」

「はい、ご主人様」

彼は顔をしかめた。「すまない。命令を下すのに慣れてるものだから。習慣とは恐ろしいね」

彼は注文を終えると、カースン・ペイジだと自己紹介した。

「私はジーナ・テニスン。あなたにとても感謝してるわ、ミスター・ペイジ。ステアリングについては、おっしゃるとおりよ。修理したばかりだから、そんなはずはないいんだけど」

「修理工場を訴えろ。いい弁護士を雇って」

「実を言うと、私、弁護士なの」

「なんだって！　驚いたな」

「男の整備工相手じゃ、いくら法律の資格があってもだめだわ。彼らにとって私は、車のことなんて何も知らないばかな女にすぎないんですもの」

カースンは唇をゆがめただけで何も言わなかった。

「いいわよ。なんとでも言って」

「その必要はあるかな？」

ジーナは笑い出した。彼も一緒になって笑った。笑いは彼の厳しい表情を和らげた。でも一瞬のことだった。まるで陽気でいるのは落ち着かないとでもいうように。

ふだんの彼は、緊張した顔をしている。目は黒く陰り、口元は固く引き結ばれている。気を張りつめて生きていて、その緊張の糸が切れる寸前に来ている気がした。

年齢は三十代だろうということぐらいしかわからない。引き締まった体や身軽な動作は若さを感じさせるが、人生の重荷を背負った苦労人の風貌《ふうぼう》もある。だからよけいに、つかのまの笑顔が意外でもあり、うれしくも思えたのだろう。

「すると君は弁護士なんだね？　どこで仕事をしてるんだい？　この近く？」

「ええ。レンショー・ベインズ事務所で」

「レンショー・ベインズ？　僕もそこに仕事を依頼する予定なんだよ。今日の午後行く約束になっている」

「たいへん。私はお客様の機嫌を損ねたのね」

「僕は機嫌を損なうまいと骨折ってるよ。ともかく事故のことはだれにも言わないから心配するな。僕の担当になるフィリップ・ヘイルのことを教えてくれれば、それでおあいこにしよう。彼はどんな人物なんだい？」

「フィリップ・ヘイル。そうね……優秀だって評判の人よ。彼以上の人は望めないでしょうね」

「君は相当彼を嫌いらしいな」

ジーナはあきらめた。「ええ……いえ、どちらかというと、彼が私を気に入らないの。私を力不足と思っていて、私を雇うのにも反対したの」

「どうして君が力不足なんだ？」

「彼の標準からいくとそうなんでしょう。でも彼は私の事務能力については文句を言えないわ。私は彼のために、さすがの彼でも欠点を見つけられないほどの仕事をしてあげてるから」

「事務？　さっそうと法廷に立つんじゃなくて？」

「いいの。私は裏で働くので満足してるから」

「若い女性には退屈なんじゃないのか？」

「ちっとも。ほら、私は何年も、その……」

「うん、なんだい？」

「なんでもない。つい自分の話をしそうになって」

「僕は興味あるよ。何年も、どうしたんだ？」

「私は……病気だったの。それだけ。ふつうの生活なんてできないと思ってた。でも、いまはできているわ。いい仕事に就けたし、ささやかな成功も収めた。私にとっては夢のようなことなの。どんなことも退屈と思わない。だってそれはかつて私が望んだ以上のことだから」

カースンは彼女を見つめた。その顔を輝かせているものに魅せられていた。自分の運命に満足しているという、世にも稀《まれ》な人間がここにいる。

「どういう病気だったんだい？」彼はやさしくきい

た。

　ジーナはかぶりを振った。「私のことはもう充分。これ以上言いたくないの」

　ジーナは弁護士の資格を取るために懸命に勉強し、いい成績で合格した。レンショー・ベインズはロンドン最大手というわけではなかったが、一流として名が通り、志願者も多かった。ジーナは自分が雇い主の役に立っているのを誇らしく思っていた。

　彼女は二十六歳で、目立たないがかわいい顔をしていた。赤みがかった髪に白い肌、スリムでエレガントな体つき。チャームポイントはエメラルド色の深いスリリングな目だ。

　でも彼女がどれほど美しくなれるかを知っている者はほとんどいなかった。生活環境が彼女に慎重さと地味に生きる価値を教えた。彼女には自尊心を持てる仕事があり、古いスリッパみたいになじんだボーイフレンドがいる。それで満足だった。

　カースンの電話が鳴った。運転手からだった。

「新しいエンジンと取り替えないと、あのぼろ車にまた乗るのは無理だそうですよ。かなり金がかかります」

「必要なことは全部やらせてくれ」

「しかし社長があの女に新しいエンジンを買ってやる必要など――」

「ともかくやってくれ」カースンはぶっきらぼうに電話を切った。「いま君の車を調べてるらしい」

「だいぶひどいの？」

「直せないところはない」

「高くつくんでしょう？」

「気にするな。車は動くようになって戻ってくる。しかし君も弁護士なら、もっといい車が買えるんじゃないのか？」

「資格が取れたのは最近だから。でも、そろそろ考えてみてもいいかもしれない」

「そうすべきだよ。みんなのために」

「笑われるかもしれないけど、ピーナッツにさよならするときはつらいと思うわ。あの車は長いこといい友達だったから。私だけがいい車に乗り換えて、友達はくず鉄置き場で寂しく解体されるのを待ってるなんて、悲しいもの」

「しばらくはまだ大丈夫だよ。修理が終わって戻ってきたら、あれをどこかの、君と同じくらい酔狂なやつに売ればいいんだ」

「そうだわ。その人は私と同じくらいかわいがってくれるかもしれないものね」ジーナは単純にうれしくなって、運ばれてきたサラダを食べ始めた。

カースンはサンドイッチを食べながら、魅せられたように彼女を見つめていた。それからそんな自分に気がついて驚いた。感傷的にならないのが自慢だったのに。でもその非は甘んじて認めよう。一部しか自分に責任のない事故のための出費も。

でも、どうして？　彼女の笑顔が見たいから。それが考えつく唯一の理由だ。でも充分な説明にはならない。

そのうえ安食堂で、平凡で目立たないこの女性と時を過ごして愚かさに輪をかけている。ここで彼女のつまらないおしゃべりを聞くよりずっといいことがいくらでもあるだろうに。

そうじゃないだろうか？

突然カースンは痛みを感じたように眉を寄せ、目をこすった。

「大丈夫？　頭が痛いの？」

「いや」

頭が痛いのはほんとうだが、近ごろはよくあることなので気にしていない。

「ほんとは痛いんだと思うわ」

しつこく言われて、彼は一瞬うっとうしくなった。違うと言ったんだから、それでいいだろうと思う。

だがジーナの親切な、本気で気遣っている目を見て、怒りは消えていった。

「少しね。しなくてはいけないことを山ほど抱えているものだから」

彼女はやさしい顔をしている。一瞬、カースンはいまにも押しつぶされそうな自分の不幸を彼女に話したくなった。かつて愛した人が利己的で計算高い女だとわかったあとの孤独な人生のことを、このチャーミングな見知らぬ人に打ち明けたくなった。

息子に関するもっと深い苦悩も。かつてあんなに誇りだった息子。でもいまは哀れな、ハンディを背負った子供だ。彼に対して、同情や救いようのない苦しい愛はあるけれど、誇りはもうなかった。

カースンは我に返った。何を考えているんだ？ 人前で弱みを見せるなんて冗談じゃない。

でも、カースンはこのひとときを大事にしたかった。彼女は小生意気で、かわいくて、楽しい。

楽しい。

カースンはその言葉の意味を忘れかけていた。それはまさにこの朗らかで魅力的な女性のことだ。自分のおんぼろ車を笑い、ささやかな幸せを数え上げる。彼女と少しの時間をともに過ごしたい衝動に負けてよかった。笑顔で世界に立ち向かう人たちもいるのを思い出すのはいいことだ。

カースンは時計を見て驚いた。いつのまにか一時間たっている。「フィリップ・ヘイルと約束した時間だ。すんだかい？」

「たいへん」ジーナは急いでコーヒーを飲み込んだ。「先に出ていいかしら？ あなたと一緒にオフィスに着くと、みんな不審に思うだろうし――」

「君の暗い秘密が暴かれる。よし、五分の猶予を与えよう。これが僕の名刺だ。後ろに修理工場の電話番号を書いておいたから明日電話するといいよ」

「ありがとう。それからお昼もごちそうさま」

「どういたしまして。いい一日になるといいね」

カースンが短く彼女の手を握ったとき、ジーナは息をのみそうになった。二人のあいだを何か強く鋭い感覚が走り抜けた気がしたからだ。カースンは手を放し、うなずいた。さっさと行けというように。

ジーナは戸惑いながら早足でオフィスに向かった。こんなにたくさん混乱させる信号を送ってくる人は初めてだ。彼はハンサムで、表情豊かな黒い目をしている。もっとリラックスすればチャーミングだろう。でもきっと、そんなことはできないのだ。いまもビジネスマンとしての彼は、無駄にしている時間を意識していたはずだ。私を追い払ってほっとしているだろう。

カースン・ペイジは、ジーナの姿が見えなくなるまで見送った。まるで太陽が沈んだあとのような妙に気落ちした気分だ。カースンはもう一度目をこすった。五分ですむはずのことに一時間も費やしたのはどういうわけだろう。

カースンは気を引きしめた。楽しい幕間《まくあい》劇だった。ずっと必要だった休日みたいなものだ。現実の世界に戻らなければならない。彼女とはもう会わないほうがいいだろう。

ジーナがオフィスに戻ると、仕事に没頭していた秘書のダルシーが顔を上げた。

「ボブズ・カフェでカースン・ペイジとお昼を食べてたでしょう?」彼女はいきなり言った。

「どうして! だれにも言ってないわよね?」

「もちろん。もしフィリップ・ヘイルが、自分のお客をあなたが盗もうとしているなんて考えたらたいへんだもの」

ジーナは口外しない約束のうえで、あったことを手短に説明した。ダルシーは笑い出した。

「カースン・ペイジの車をへこませて、無事生き延びたんですって！　そのうえ彼が修理代を全部払うだなんて、秘訣《ひけつ》はなあに？」

「別に何も。彼がものをわきまえた、とてもいい人だったというだけ」

「彼はそんな人じゃないわ。彼が最近依頼した弁護士事務所に友達がいるんだけど、カースン・ペイジは最悪の依頼人だって。ペイジ・エンジニアリングのオーナー社長でしょう。猛烈じゃなきゃ、いまの地位は築けないわよ」

「ええっ！　あのカースン・ペイジなの？　夢にも思わなかった。その人なら知ってるわ」

ゼロからペイジ・エンジニアリングを興し、容赦なく競争相手をはねのけ、小さな企業を買収し、独力で市場を切り開いてきた男。彼はとどまるところを知らない。彼の手に触れるものはすべて金になる。少なくとも経済誌はそう報じている。

彼はまた、敵に回すと手強《てごわ》い男だという。反対勢力を強引にねじ伏せる。ジーナはそんな男のロールス・ロイスを傷つけてしまったのだ。

「ビジネスマンとしての彼には敬意を表するけど、気難しくて要求が厳しい顧客というのは困るわ」ダルシーは意味ありげにジーナを見た。「でも、あなたにはそうじゃないのよね？」

「やめてよ！」ジーナは少し赤くなった。「彼は確かに気難し屋だけど、いい気難し屋だわ。少なくともいい人であろうとしていた。慣れない筋肉を使っているみたいに、ぎこちなかったけど」

「わかる気がする。彼の人柄に魅了されたって話は聞かないから。きっと彼はあなたを気に入ったのよ。うまくすれば、彼のロールスに乗ってドライブできるかもしれないわ」

「ばかばかしい。もう会うこともないでしょう。それに私には愛すべきダンがいるし」

「ダンについてはいろいろ形容する言葉を思いつく

けど、〝愛すべき〟はそのなかに入ってないわ。おもしろみがなくて、偏狭で、あなたは昔からの知り合いだから彼と付き合ってるだけ。そして彼はあなたのことをあたりまえに思ってる」

「私も彼をあたりまえに思ってるわ。気楽な関係なの」

「あらまあ」ダルシーはつぶやいて仕事に戻った。

ダンを子供のころから知っていて、一緒にいると気が楽というのはほんとうだ。それがどうしていけないの？　長く障害に苦しんできたから、いまある幸せを数え上げるのが習慣になっている。

その晩は、ダンと会う約束だった。彼女はタクシーを予約するついでに修理工場に電話してみた。

「あなたは運がいいですよ。あの車に合うエンジンを見つけるのは難しかったんですが、ミスター・ペイジのために我々も精いっぱい努力しました」

「エンジンを取り替えるんですか？」

「それしか方法がないです。ステアリングも取り替えないと」

「でも、すごくお金がかかるんでしょう？」

「ミスター・ペイジが払うのに、どうして心配するんです？」

「困ります。そんなことは――」

「もう遅いですよ。修理を始めてしまいました」

ジーナは呆然《ぼうぜん》と受話器を置いた。新しいエンジンは必要だけど、知らない人にそんな負担をかけるなんて！

だけどもちろんカースン・ペイジは金持ちだから、トラブルはお金で解決するのだ。そのほうが早いから。これ以上彼のことを考える必要はない。彼も私のことはとっくに忘れているだろう。

2

ジーナは夜のデートのために、シンプルなグリーンの袖《そで》なしドレスに着替えて、ハイネックの襟元に品のいいペンダントをつけた。

髪にブラシをかけ、化粧を少し加えると、支度は終わりだった。

約束の時間に数分遅れてレストランに着いたが、ダンはまだ来ていなかった。ジーナはシェリーを注文した。あまり待たなくてすむといいのだが。

「ここに座ってもいいかな?」

見上げると、カースン・ペイジが立っていた。

「だれかと待ち合わせ?」

「ええ。ダンと。ボーイフレンドなの。少し遅れてるわ」

「それなら、ちょっとだけ」彼は座った。「君の車の修理がしあさってには終わるのを知らせたかったんだ」

「ええ、知ってるわ。電話をかけたの。ミスター・ペイジ――」

「カースンだ」

「カースン、私、エンジンを取り替えるなんて知らなかったわ。そんな必要はなかったのに」

「修理工場の者に言わせると、必要はおおいにあるそうだよ」

「そういう意味じゃないわ。あなたに支払いをしたいの。すぐには無理だけど、分割で」

「わかった。いつか払ってくれ。さてと、このことはもう忘れていいかな?」

ジーナは同意した。彼がうんざりするのではないかと心配になったのだ。「私がここにいること、どうしてわかったの？」

「オフィスに寄ろうとしたら、ちょうど君がタクシーに乗り込むところだったので、僕もタクシーで追いかけたんだよ」

ジーナは目の前にいる人と、ダルシーが描写してみせた怪物とを結びつけようと努力した。〝気難しくて要求が厳しい〟というのはわかる。親切なときでも、彼のプライドと頑固さは、ひしひしと伝わってくる。〝敵に回すと手強《てごわ》い男〟だ。物事が自分の思いどおり、すぐさま行われることを期待する人。困った人。でも心ときめく人。

ジーナはその考えを追い払おうとしたが、それは意識の底に停滞したまま動かなかった。

彼はほかの男と違う。ライオンが子猫とは違うように。ダンが早く来ればいいのに。注意深く築いてきた私の世界を脅かす何かが起こりつつある気がする。でも、いまならまだ避けられるかもしれない。

「あなたの車はどう？」

「明日までに直る」カースンは時計を見た。「七時二十分。何時の約束なんだい？」

「もうそろそろよ」ダンは七時に来ることになっていた。「彼はとても忙しい。でもレディとデートの約束があったら、時間は守るよ」

「僕も忙しいの」

「私が早く着きすぎたの。約束は七時半よ」

「君がそう言うなら」彼の黒い目は、自分はだまされないぞと言っていた。

「フィリップ・ヘイルのこと、どう思った？」

「君の言ったとおりだったよ。頭脳明晰《めいせき》で、これ以上の人材は望めない――一定の分野ではね。そしてこのうえなく退屈な男だ。何か言うのに彼は一回かぎりということはない。十回は言う」

ジーナはシェリーを喉に詰まらせて、あわててグラスを置いた。肩が震える。

「遠慮なく笑っていいよ。彼はここにいないんだから」

「彼のことをそんなふうに言う人は初めて」

「そうかな。彼と会った人間は、逃げ出すやいなや、その種のことを言ってるはずだよ」

カースンは、ジーナがずっと笑っていればいいのにと思った。彼女が笑うと、太陽がまた輝き出したような感じがした。

「ともかく、退屈であれなんであれ、彼に依頼することにしたよ。明日また会うことになってる。君は何か専門があるの？」

「財産法と商法」

「それなら、僕の仕事もやってもらえるかな」

後ろで物音がした。ジーナは眉を寄せて身を乗り出した。「もう一度言ってくれる？」

「僕の仕事をしてもらえるかなと言ったんだ」カースンはジーナがまじめな顔で見つめているのに気がついた。「なんだい？」

「私は聴覚障害なの。耳が聞こえないの」

「まさか！　そんなはずはないだろう」

ジーナは幸せそうな笑顔になった。

「ありがとう。いままで言われたなかでいちばんうれしい言葉だわ……聞こえなくなって以来」

「しかし、君はふつうに聞こえてるみたいに見える。ずっと読唇術を使ってたのか？」

「そうじゃないわ。人工内耳の装置を皮下に埋め込んであるの。ほとんどの音は聞こえるけど、後ろで騒音がすると、たまに聞き逃すことがあるのよ」

彼の表情がみるみる重くなった。「そうか。思いもしなかったよ」

「当然だわ。ふだんはふつうの人と同じだもの」

「ああ、もちろん。すまない。僕はただ……」

ジーナには、彼が何を考えているかわかった。人は〝耳が聞こえない〟と言われてひるむものだ。その考えすら扱いかねる。

　この人は違うのではないか。そう確信したから、心配もせずに口に出してしまった。でも彼も一般の人と変わらないのだ。

　傷ついたけれど、逃れられない。彼の冷たい、一歩引いた表情は、見間違いようがなかった。彼はもはや言うべき言葉も見つけられないでいる。

　ほっとしたことに、ダンがテーブルを縫って早足でやってくるのが見えた。「ダーリン、遅くなってすまない。急に用ができて……」

　カースンはすばやく立ち上がった。「僕はこれで」彼はダンに礼儀正しく会釈すると歩き去った。

「だれだい？」

「カースン・ペイジよ。ちょっとした事故があって」

「なんだって！　あのカースン・ペイジか？　なんで簡単に行かせちまったんだ。彼は大物だぞ」

「そうじゃないわ」ジーナは小さなため息をついた。「ほかの人とおんなじよ」


　翌日の午後、用があってジーナが受付にいると、カースン・ペイジがやってくるのが見えた。彼は八歳ぐらいの男の子を連れていた。男の子は色白で賢そうだったが、どこか不安げだった。

　フィリップ・ヘイルがおおげさな挨拶《あいさつ》で出迎えている。カースンは礼儀正しくはあるが、クールな態度でそれに応《こた》えている。

　おかしなことに少年は頭の上で行われている会話にまったく無関心だった。まるで……。

　まさか。考えすぎだわ。

　カースンはジーナに気づかず、少年の肩に手を置いてヘイルと一緒になかに入っていった。

「あの子、どうしたのかしらね」ジーナは受付の若い女性にきいた。

「かわいそうに、不仲な両親のあいだで板ばさみになってるらしいわ。夫婦があの子を武器に使ってるの。ミスター・ペイジは、別れた奥さんをジョーイに近づけたがらないそうよ」

「そんなのひどいわ！」

ジーナはまたもや打ちのめされた。昨日のカーンの親切は一時的なもので、ほんとうはとても陰険な性格なのかもしれない。

部屋に戻って三十分ほどしたとき、ジーナは何気なく窓の外に目をやって、椅子から飛び上がった。

「あの子、いったい何をしてるの？」

ジョーイ・ペイジが、交通量の激しい通りをふらふら歩いている。車のクラクションにも気づかない様子だ。いまも車が数センチのところを通り過ぎていった。運転手が怒鳴ったが、少年はぽかんとしている。周囲で起こっていることにまるで無関心だ。

「たいへん。あの子、わかってないんだわ」

次の瞬間、ジーナは通りに飛び出していた。どうか間に合いますように。

彼女はクラクションを鳴らされながらも車のあいだを走り、ジョーイをつかまえた。そして振りほどこうとする彼を断固として歩道に連れ戻した。

「何してるの？　危ないでしょう」

「やああ……やああ……やああ」彼は身をくねらせた。でも、その子供っぽいわがままの奥には戸惑いがあった。何を言われたのかわからないみたいに。もしやと思っていたことが確実になった。ジーナはしゃがんで、子供に唇が見えるようにした。

「あなたは耳が聞こえないのね？」

「あああああ」

彼は不機嫌な、悲しげな顔になった。ジーナはこのいたいけな子供から母親を奪った男に怒りを感じた。

「車道に出てはだめ。危ないわよ」彼女ははっきり口を動かしながら子供の肩に手を置いた。

「あああ！」少年が乱暴に身を振りほどいたので、ジーナはバランスを失って転びそうになった。

「ジョーイ！　やめろ」後ろから声がした。

見上げると、カースンが眉を寄せて立っていた。

「怒鳴る必要はないわ。聞こえないんだから」

「ああ、わかってる」

カースンが子供の腕をつかんだ。ジョーイは即座に振り返って、また叫び声を発した。彼はおかしくなった小動物のように暴れていたが、近くに立っているジーナには彼が激しく震えているのがわかった。

ジーナはジョーイが痛々しかった。戸惑いとフラストレーションを、怒りでしか発散できないのだ。カースンのげっそりした顔を見て、たくさんのつらい思い出がよみがえった。彼女は反射的にジョーイの肩に手を回した。

「僕はこの子の父親だ。僕が連れていく」

ジーナは荒々しい怒りをのみ下した。

「父親なら、どうしてちゃんと見てあげないの？　耳の聞こえない子にとって、道路がどんなに危険かわかってるでしょう」

「自分の子供について説教される必要はない」

「あると思うわ。父親なら、子供をきちんと守ってあげるのが務めでしょう」

カースンの怒りでおかしくなった顔に、ふつうの人なら怖《お》じ気づいただろう。でもジーナは自分も腹を立てていたので気にならなかった。

「この子は問題を抱えているのよ。だからふつう以上の愛と気遣いが必要なの。母親が必要なのよ」

「もういい！」彼の顔は氷のようになった。「君は何も知らないんだ。すまないが、この子をなかに連れていってくれるかね」

ジーナは子供の手を引いてオフィスに戻った。ほっとしたことに、フィリップ・ヘイルの部屋にはだれもいなかった。

「この子を助けてくれて感謝している。手間を取らせたことも――」

「手間なんかじゃないわ」厳しい口調で言った。「ジョーイにミルクとチョコレート・ビスケットを持ってきてあげましょう。いい？」ジーナはジョーイの顔を見て言った。

ジョーイはうなずいた。表情はまだ反抗的だったが、ジーナが部屋を出ようとすると、手をしっかり握って放さなかった。とうとう見つけた安全な場所を失うまいとしているかのように。だからお菓子は電話でダルシーに頼んだ。

「もうじき来るわ」ゆっくり一語一語強調して言うと、ジョーイはうなずいた。ジーナは安心させるためににっこり笑った。ずいぶんたって、彼は小さなほほえみを返してきたが、それはすぐに消えた。

父親と同じだ。

ジョーイは丸い顔に、父親に似始めてきたくっきりした目鼻立ちをしていた。その顔には年齢を超越した人格があり、よく動く眉はユーモアの可能性を暗示していた。耳が不自由だという障害の向こうに強い性格が形づくられつつあるのを感じる。

ダルシーが入ってきた。ビスケットを見て、ジョーイの目が輝いた。でも彼は手を出す前に不安げに父親を見上げ、ジーナの怒りを募らせた。

「この子はあなたを恐れているわ」

「この子はすべてを恐れている」

「もちろんよ。耳が聞こえない者にとっては世の中はとても怖い場所なんだから。でも彼はそれを切り抜けるのにあなたに頼るべきなのよ。父親なんだから、ジョーイと、彼を脅かすもののあいだに立たなければいけないんだわ」

「どうすればいいかわからないんだよ！」言ったとたん、彼の顔にシャッターが下り、表情が閉ざされた。自分の弱さを認めたことでジーナを恨んでいるかのように。

「ジョーイは交通事故にあってたかもしれないのに、あなたは肩を抱いてもあげなかった。あなたが考えついたのは、私に謝ることだけ。子供より私のほうが大事みたいに」

ジーナは口をつぐんだ。フィリップ・ヘイルが近づいてくるのが目に入ったからだ。

「仕事の話をするあいだ、ジョーイを私の部屋で預かりましょうか？」

「ありがとう」

「行きましょう。これを持ってね」ジーナはミルクとビスケットの盆を持って一緒に部屋に戻った。

「私はジーナよ。あなたの名前は？」

ジョーイは横を向き、また視線を戻した。

「教えてくれないの？」

彼は深く息を吸い込んで、〝おおおい〟と言った。

「ジョーイ？　すてきね。私はジーナよ」彼は眉を寄せて声に出そうとしたが、うまくいかなかった。

ジーナは指でゆっくりGとIをつづってみせた。ジョーイに指文字がわかるかどうか確信はなかったが、彼の目は輝いた。ジーナは残りも指で示した。

「ジーナ」彼女は言った。

ジョーイは発音しようとしたが、うまくいかなかった。ジーナは励ますようにほほえみ、もう一度指でつづった。ジョーイはじっと見て、正確にまねた。

「上手よ」彼女は言い、
ジョーイはまねをし、二度目に成功した。

「さあ、お菓子を食べましょう。続きはあとでまたしましょう」

彼が落ち着いてきたので、ジーナはゆっくり顔を見ることができた。彼の顔には、まるで世界の重みに押しつぶされているような悲しみがあった。

ジーナは長い文を試してみた。〝ビスケットはお

いしい？〃

ジョーイはうなずき、何か言おうとして、かけらを喉に詰まらせた。ジーナは彼の背中をたたき、二人は一緒に笑った。

今度はジョーイの番だった。〃あなたもビスケットを食べて〃

そのあと会話は弾んだ。少年の顔は生き生きしてきた。彼は初めてのように人とのコミュニケーションに熱中した。

〃私も耳が聞こえないの。いまは聞こえるようになったけど、どんなだかわかるわ。だれも理解してくれないのよね〃

ジョーイはうなずき、目を見開いて繰り返した。

〃だれも理解してくれない〃

〃あなたはとても賢いのね〃

ジョーイはただ見つめている。ジーナがもう一度手話をすると、彼は一言発した。

「いい《ミー》？」

ジーナは喉を詰まらせた。彼女は本能的にその悲しい質問の意味を理解した。

「そうよ、ダーリン、あなたよ。あなたはとても賢いわ。ほんとうに」

ジョーイは答えようとせず、ただ絶望的にかぶりを振った。ジーナはたまらなくなって、ジョーイを抱きしめた。彼は夢中で抱き返してきた。

見ず知らずの私にこんなにしがみつくなんて。

ジーナは目を閉じて、彼をしっかり抱き、やすらぎと安心を伝えようとした。ふたたび目を開けたとき、カースンが戸口に立っていた。その表情からはすべての感情が注意深く拭《ぬぐ》い去られている。

「帰る時間だ」彼は言った。

ジーナは体を離そうとしたが、ジョーイはますます強くしがみついて、泣くような声をあげた。

「心配しないで。私はここにいるから」

父親の前で、どうしてそんなことを言ったのかわからない。でもその瞬間ジーナは、この子のためならなんでもしてやりたい気持ちになっていた。

「連れて帰る」カースンがきっぱり言った。

「おうちに帰りましょうって」

少年は激しくかぶりを振るばかりだ。父親が腕をつかむと、手足をばたつかせて抵抗した。

「行くんだ」カースンはぐいと腕を引いた。

「放しなさい！」

「いま、なんて言った？」

「放しなさいと言ったの。あなたにはこの子をそんなふうに扱う権利はないわ」

「君はどうかしてるんじゃないか？」

「ジョーイにやさしくしてあげてほしいのよ」

「努力はしている。しかしわがままは許さない」

〝わがまま〟という言葉に、ジーナは壁に頭をぶつけたくなった。カースンの頭をぶつけるほうがもっといいが。この男にものをわからせる方法はないのだろうか。

「これはわがままじゃないわ。この子は寂しくて、怯《おび》えているのよ。あなたはその違いもわからないほど人でなしなの？」

カースンは彼女の激しい非難にショックを受けたようだ。ジーナ自身も驚いていた。こんなに激するのは私らしくない。でもジョーイの苦しみに、昔の自分の恐れやみじめさを呼び覚まされ、自制心を失ってしまったのだ。一瞬彼女は子供に戻り、理解を示さない冷酷な世界に激しく立ち向かっていた。

そのときジーナはフィリップ・ヘイルが戸口に立っているのに気がついた。

「いますぐ辞めてもらう。荷物をまとめたまえ、ミス・テニスン」ヘイルは勝ち誇って言った。

「それは困る」カースンがすぐに言った。「僕はミス・テニスンに借りがあります。彼女が職を失うのを黙って見ているわけにはいかない」

　フィリップ・ヘイルの顔は見ものだった。大切な客を怒らせたくない気持ちと、カースンの横柄さへの嫌悪感がせめぎ合っている。

「ミス・テニスン、息子を助けてくれてありがとう。息子に理解を示してくれたことにも礼を言います。あなたはこの事務所の誉れですよ。そのように所長にも手紙を書きます」彼が〝所長〟というところをこころもち強調したのに気づいて、フィリップ・ヘイルは目を細めた。

　ジーナはゆっくりと息を吐いた。カースンはぶっきらぼうで傲慢だが、公明正大ではある。

　カースンは息子に手を差し出した。ジョーイは反抗心がすっかり抜け落ちたのか、素直に父親の手を取った。一種のあきらめと絶望感からしくしく泣いている。ジーナは胸がつぶれる思いだった。

　カースンは途中で立ち止まり、息子を見下ろすとハンカチを取り出して、信じられないほどやさしく涙を拭《ふ》いてやった。それからジーナの方を向いて、珍しく自信なさげに言った。

「できればあなたも一緒に来てくれませんか」

　ジーナはすぐにでも行くと返事しそうになったが、ふいに警戒心にとらわれた。このいたいけな子供の助けになりたい。でも私にはあまりに荷が重すぎる。

「私は……その……」彼女は口ごもった。

「行って、お役に立ってくれればいい」ヘイルが歯を嚙《か》みしめて言った。「そのあとで話をしよう」

　ジーナは急いでバッグを取ってきた。ジョーイはうれしそうに彼女を見た。〝来るの？〟

「ええ、行くわ」ジーナははっきりと答えた。

「それじゃ、行こう」カースンが言った。

3

帰り道、だれもしゃべらなかった。ジョーイと一緒に後ろの座席に座ったジーナにはカースンの頭しか見えなかったが、それは近づきがたい雰囲気をかもし出していた。ジョーイのほうはジーナがそこにいるだけで満足しているようだった。ジーナ自身は二度と悩まされることはないと思っていたトラウマと戦っていた。

沈黙と誤解に満ちた子供時代――それは監獄だった。逃れることができたと思っていたが、突然また壁が立ちふさがった。ジーナはもがいていた。監獄には戻りたくない。でもジョーイは私を必要としている……。

私は何を考えているのだろう。少しのあいだ彼らの家に行くだけなのに。そのあとはジョーイとも彼の父親とも会うことはないだろう。

ジーナはカースンに失望していた。ぶっきらぼうな外面の下にあたたかみと魅力を探り当てたと思ったのに、たいへんな思い違いだった！

彼はほかの人と変わらず聴覚障害というものに偏見を持っている。そして耳の聞こえない子供を持った運命をのろっている。

ジョーイが手話で話しかけてきた。ジーナも答えた。そのあとは家に着くまで静かな会話が続いた。

やがて車は、ロンドンでも有数の住宅地に入っていった。金持ちが自分のステータスを誇示するために住む地域だ。広い並木道、奥まったところに離れて立つ大きな家々。前にこういう家を買う手続きをしたことがあるから、莫大《ばくだい》な値段だということは知っている。

車は界隈《かいわい》でいちばん大きな家の門をくぐって、なだらかな私道を進んだ。

「ふだんはミセス・ソーンダズが家事一切を取り仕切って、ジョーイの面倒も見てくれる。今日は彼女が急に休みを取ったので、僕が一緒に連れていくしかなかったんだ」

「あなたが子供の面倒を見るのにあんまり慣れてないのはわかるわ」ジーナは皮肉っぽく言った。

ホールは広々として、よく磨いたフローリングに広い階段があり、高い窓からは明るい日差しが入っていた。美しい家で、置かれた家具も一級品ばかりだが、なぜかあたたかみがない。おのおの孤独にとらわれて生きる二人にとって、それは家庭ではない感じがした。

ジーナは、まるで命綱みたいに彼女の手を握るジョーイのことが心配になってきた。私が命綱になってはいけないのに。私はただできるだけのことをして通り過ぎていくだけだ。

ジーナは、自分の子供時代に来ては去っていった人々のことを思い出した。やっとわかってくれる人に会えたと思うと、一週間後にはその人はいなくなっている。

ジョーイはジーナの手を引っ張って庭に連れていった。彼はみごとな芝生と花壇には目もくれず、ジーナを引きずるようにして大きな池に連れていった。大きな魚たちがゆうゆうと泳いでいる。ジョーイは順に指さしては、手話で説明を始めた。

「この子は魚にすごく興味を持ってるんだ」カースンが言った。彼の声には絶望的な響きがある。一生懸命努力しているのに、次に何が来るかわからないといったふうだ。

努力は認めるが、父親になって何年もたつのだから、もう少しうまく対応していいはずだと思う。

ジョーイは二人から離れて池の向こう側に行き、

水を調べている。眉を寄せて精神を集中しているさまは、小さな教授のようだ。

「どうしてフィリップ・ヘイルは君のことが嫌いなんだ？」カースンが突然きいた。「昨日話してくれた以上のことがあるんじゃないか？」

「ええ。彼は私のことを障害者と思っていて、それが不服なの。通常の標準から外れたものを受け入れられない人もいるのよ」

「僕もそうだと、君は思っているんだね。今日君は、僕に欠陥があるとすぐさま決めつけた。情状酌量なし、事情調査なし。即刻〝首をはねろ〟だ」

彼の言い分には一理あった。

「カースン、私が感謝してないなんて思わないで。あんなことを言ったあとなのに私が首にならないように配慮してくれて、ありがたく思ってるわ」

「正しいことをしたまでだ。それに君は僕の役に立ってくれそうだからね」

「そういうことだと思った」

「君は被告人を弁護してくれるんだろう？」

「もし戦いがあれば、私はジョーイの側につくわ。ずっと昔同じ戦いをしたんだもの。私の見かけにだまされないで。私は小さい茶色のねずみに見えるでしょうけど、ほんとうはとてもタフなのよ」

「小さい茶色のねずみ？　輝くとび色の髪をしていて？」

ジーナは驚いた。自分の髪は赤みがかった砂色と思っていた。赤のなかでもいちばんぱっとしない色だ。それをこんなに美しく形容してくれた人はだれもいない。

家に戻ると、ジョーイは今度はジーナの手を引っ張って二階に連れていこうとした。

「この子と一緒に行ってやってくれ」カースンが頼んだ。

ジョーイの部屋に入ったとたん、ジーナは壁いっぱいのポスターに驚かされた。見渡すかぎり、鯨に、ペンギンに、鮫《さめ》に、あしかに、魚に、珊瑚《さんご》に、貝のオンパレードだ。本棚に並んだ本も同じだった。その奥にはDVDの棚もある。

「あなたはずいぶん物知りなんでしょうね」

ジーナが言うとジョーイはうなずいた。

「前から海の生物に興味があったの？」

〝海の〟という言葉を指文字で示さなければならなかったが、ジョーイは理解してまたうなずいた。

彼が部屋のなかを案内してくれた。お金で買えるものは全部そろっている。インターネットで興味のある分野を調べられるように、パソコンもある。オンライン書店で好きなものを買うためのクレジットカードさえも与えられていた。

実際のところ、その部屋にはすべてがあった――あたたかみと、大人の関心以外は。この子は真空のなかで生きている。並んだ本を見ても頭がいいのはわかるが、知的好奇心をともに分かち合える人がいないのだ。

ベッドのそばに額に入った写真が立ててあった。二十代前半と思われる女性の写真だ。濃く化粧しているが、それでなくても非常な美人だった。豊かなブロンドの髪は、もつれて肩にかかり、唇はカメラに向かって挑発するようにすぼめられている。

その顔には見覚えがあった。女優のアンジェリカ・デュヴェインだ。準主役で出た映画をジーナも見たことがある。才能のほうはいま一つだが、美しさとグラマラスな魅力は際立っていた。彼女の写真は、こんな小さな子の部屋にそぐわない。

ジーナが写真を見ているのに気づいて、ジョーイの顔は誇らしげに輝いた。

〝僕のお母さん〟彼は手話で言った。

「でも……」言いかけて口をつぐむ。

実の母親をむごくも取り上げられた子供が、自分

を慰めるために幻想をつくり上げたのだ。どうして
それを奪ったりできるだろう。

「とてもきれいな人ね」ジーナは言った。

「いい……えいい……いいい」

〝彼女が僕にくれた《シー・ゲイブ・ミー》〟だとジーナは理解した。ファンならだれにでも送られてくる写真なのだろう。でもジョーイは自分が特別扱いされたと思っている。

「あなたにくれたの？　やさしいのね」

ジョーイは一生懸命何か言おうとした。〝彼女は僕を愛している〟だった。

「そうね、もちろんそうだわ」

「食事の用意ができたよ」カースンが顔を出した。

ローズウッドの家具に高価な絵が飾られた品のいいダイニングルームに、夕食が並んでいた。私が子供だったら、こんな重厚な部屋で食べるのはいやだろうとジーナは思った。ジョーイも同じ気持ちらしく、すっかりしゅんとしている。


料理はすばらしかった。カースンに言うと、彼は肩をすくめた。

「ミセス・ソーンダズが全部用意して、僕はレンジで温めただけだけどね」彼はほしくもなさそうに皿をながめている息子を見た。「どうした？」彼はジョーイの肩にさわった。「いったいどうしたんだ？」彼は声を高くした。

「ジョーイは少しは聞こえるの？」

「いや。まったく」

「だったら、どうして大声を出すの？　はっきり口を動かしてあげるだけでいいのに。どちらにしても料理に問題はないわ。ただ私がジョーイの年ごろなら、ハンバーガーのほうが好きでしょうけど」

「ジャンクフードなんか。このほうが体にいいだろう」

ジョーイが戸惑ったように二人の顔を見比べているのに気づいて、ジーナは手を握ってやった。とた

んに彼の顔から緊張が解けた。

「みんな、いつもいつも体にいいものばかり食べたいと思うかしら？　ジャンク・フードは楽しいわ。ジョーイに何が食べたいかきいたことはある？」

「簡単にはきけないからね」

「いいえ、簡単よ。ジョーイに唇の動きがわかるように、顔をじっと見て話すの」

「やってみたさ。この子は僕を理解しない。あるいは理解しようとしないのかもしれない。なんらかの理由で」

「話し方によると思うわ。あなたがいらだってると、ジョーイも落ち着かないでしょう」

「努力はしてるんだが。すると君は、この子がわざとやってると思うんだね？」

「わからない。でも以前、私もそうしてたわ。義務だけ果たして、できれば一緒にいたくないと思っている同情心のない大人に対しては気難しくなった」

「僕は同情心のない大人ってわけか」

「そうなの？」

カースンは長いため息をついた。「僕はベストを尽くしている」

「そのベストは、どのくらいいいもの？」

「ひどいもんだ。そう思ってるんだろう？　実際そうだよ。僕はお粗末な父親だ。自分が何をやってるのかわからない。おかげで息子は苦しんでいる」

「少なくとも、あなたは正直ね」

「正直だからって、なんになる？」

彼の声の絶望感の重さに、彼を非難する気持ちは消えた。カースンも苦しんでいる。息子と同じぐらいうまく適応できないでいる。

昨夜私が聴覚障害と知ったとき、カースンはみんなと同じ拒絶反応を示したのだと決めつけたが、実際は、自分が扱いかねている問題を突きつけられて、みじめな敗北を認めざるを得なかった。それゆえの苦悩だったのだろう。

「僕はどうすればいい？」カースンは弱々しく言った。「知ってたら教えてくれ！」

「ジョーイにとって外の世界がどんなふうかは教えてあげられるわ。それがわかれば、二人とも、もっと楽になるでしょう」ジーナはジョーイが自分たちを見ているのに気がついて、静かに言った。「いまじゃなくてね」

ジーナは、そのあと食事が終わるまで、ジョーイが仲間外れにならないように気を遣った。カースンは何一つ見逃すまいと二人の様子をじっと見ていた。

そのあとジーナは電話を借りて、ダンの携帯電話にかけた。ダンは少しいらだっていた。

「今夜出かけるなんて言ってなかったじゃないか。ボスから家に招待されたんだ。君も一緒にって。一人で行って、間が抜けてたよ」

「ごめんなさい。知らなかったから」

「急げば、まだこっちに来る時間はあるだろう」

「わかった。行ってみるわ――」

そのとき彼女はジョーイがドアからこちらを見ているのに気がついた。

彼にはいきさつがわかるらしい。耳が聞こえないと、言葉は理解できなくても、人が自分を見捨てて出ていくときは感覚でわかるのだ。

見捨てる？　そんなばかなこと。私はジョーイになんの責任もない。

いいや、そうじゃない。ジョーイは、私がかつていた恐ろしい沈黙の世界に閉じ込められている。耳の聞こえない者はお互いに責任がある。ほかのだれも知らない秘密を分かち合っているのだから。

「ごめんなさい。やっぱり行けないわ。今日の午後ちょっと失敗をしてしまって、その償いをしないといけないの」彼女は手短にいきさつを説明した。

「カースン・ペイジの家にいるんだって？　ベルミ

ア・アベニューの豪邸に？」

「ええ」

「そうか。わかった。また連絡するよ」

電話が切れた。

カースンは会話の一部を聞いていたようだ。

「君にデートを断ってくれなんて頼んでないよ」彼は皮肉めいた顔をした。

「いいの。別に問題ないから。私はまだ帰らないわよ」ジョーイに言うと、うれしげなほほえみが返ってきた。

食事が終わると、ジョーイは父親の許可を得て、字幕のついたお気に入りのテレビ番組を見始めた。大人二人はワインを注《つ》いで、テーブルに座った。

「君にまだきちんと礼を言ってなかったね。学校は今日から休みに入ったし、ミセス・ソーンダズはいないしで、ジョーイを仕事に連れていくほかなかったんだ。仕事の話に没頭していたから、あの子が外にさまよい出たのに気づかなかった。君がいなかったら、あの子を失ってたかもしれない。そうなったら耐えられなかっただろう。僕にはあの子がすべてだから」

「私に預けてくれればよかったのに」

「それも考えたんだが、僕らが前に会っているのを黙っておく約束だったし、それに君の事情を雇い主たちが知っているかどうか確信がなかったんだ。世の中にはフィリップ・ヘイルのような人間がいるからね」

「あなたも彼と同類だと思った。ゆうべ――」

「僕の反応はよくなかった。わかってる。僕自身、まだ戸惑ってるんだよ。それがよけいジョーイを不安定にさせると自分に言い聞かせているんだが」

「ええ。かわいそうにね。部外者には想像できないのよ。言葉が頭のなかに形づくられるのに、それを口に出せないフラストレーションを。みんなからは、おかしいんじゃないかという顔で見られるし」

「自分が、息子の必要とすることをまったくわかっていない救いがたい父親だということは自覚してるよ」

「ジョーイのいちばん必要としているものは知ってるでしょう？　お母さんよ。たとえあなたが奥さんと別れたとしても、彼女はジョーイを理解できる可能性のいちばん高い人だわ。お母さんさえいれば、ジョーイも映画スターに幻想を持ったりしないでしょう」

「幻想？」カースンは唇をゆがめた。

「ジョーイのベッドの横にアンジェリカ・デュヴェインの写真が飾ってあるのを見たわ。あの人はまだ二十歳ぐらいでしょう」

「それを聞いたら喜ぶだろうな。彼女は二十八だよ。あの写真はうまく修正してあるんだ。まあ実際、実年齢よりずっと若く見えるけどね。彼女は外見を磨くのにたいへんな労力を費やしているんだ。ダイエットに、マッサージに、体操に。次に来るのは胸を上げることだろうな。それについての言い合いがもとで彼女は出ていってしまった。いずれにしろそのころにはもう、あまり家にいなかったけどね」

「アンジェリカ・デュヴェインがほんとうにジョーイのお母さんだって言うの？」

「本名はブレンダ・ペイジというんだが、その名前に応《こた》えなくなって久しい。数週間後に離婚が正式になれば、もうその名前でもなくなる。僕は母親と子供を引き離す極悪非道な男に見えるんだろうが、もし彼女が少しでも子供に関心を示していればそんなことはしなかったよ。ブレンダのインタビュー記事を読んでみるといい。彼女は息子がいるなんて世間に公表してないよ。ジョーイが聴覚障害だとわかった瞬間から、息子は存在しなくなった。彼は汚点であり、恥ずべきものなんだ。ブレンダは肉体的完成度に何より価値を置いているからね」

「なんてことなの！　かわいそうなジョーイ」

「ジョーイは母親を崇拝している。あれだけぞんざいに扱われて、なぜなのかは神にしかわからない。ブレンダは息子をほったらかしてどこかへ行ってしまう。そして五分だけ戻ってきて、また行ってしまう。息子の心をひどく傷つける。なのに息子は決して母親を非難しない。どんなにひどく扱われても」

「もちろんそうでしょう。だって全部自分のせいだと思っているんだもの」

「君もそうだったのか？」

「そんな感じよ。母に関しては私は運がよかったの。とてもやさしい人で。でも早くに亡くなってしまった。父は……そうね、父は私を毛嫌いしたわ。私は、父が愛してくれないのは自分が何かひどいことをしたからだと信じていた」

「ジョーイもそう思ってると？」

「ジョーイは、お母さんは僕を愛していると言ったわ。お母さんがいないのを、自分を責めることで納得しているんだと思う。推察だけどね」

「じゃあどうすればいい？　母親は自分しか愛せない利己主義者だと説明するのか？　自分の都合に合わせておまえのことを思い出したり、ほっぽり出したりするんだと？　僕がどうして最終的にあの子を母親から引き離したと思う？　母親が出ていくたびに見せるあの子の表情に耐えられないからだよ」

「でも彼女は母親よ。ジョーイを愛しているはずだわ――彼女なりのやり方で」

「それならどうして一緒に連れていかなかったんだ？　本気で連れていきたがったら、僕は止めなかったよ。君のお母さんを基準にして母親全般を判断するな。全部が全部すばらしいとはかぎらないんだから」

「ごめんなさい。事情を知らずにあなたを批判する権利なんかなかったのに」

　カースンは髪に手を入れてくしゃくしゃにした。いつのまにかタイを取って襟元のボタンを外している。自制した男は姿を消した。いまの彼は、自分の理解できない力に混乱させられている。

「君を責められないよ。自分でもしてることだから。事情を全部知るなんてどだい無理なんだ」

「ミセス・ソーンダズのことを教えて。彼女はジョーイの面倒を見るのに適任なの？」

「そうだと思っていたが。ブレンダが雇ったんだ。特別養護学校で働いていた人らしい。だがジョーイは彼女を嫌っていて、ひどくかんしゃくを起こす。昨日もわめいたり叫んだりでたいへんだった」

「それはフラストレーションのせいよ。かんしゃくと言ってはかわいそうだわ」

「たぶん。しかしミセス・ソーンダズが今日休暇を取ったのはそのせいだと思うんだよ」


　ドアベルが鳴った。カースンは眉を寄せて出ていき、ダンとともに戻ってきた。

「車がまだ修理中だと聞いていたから、家まで送ろうと思って」ダンが言った。

「それはどうも。ミス・テニスンはタクシーでお送りしようと思っていたんですよ」カースンはジーナの方を見た。「もう帰りたいんだろうね？」

「息子さんを寝かしつけてあげたらどうだい？　きっと喜ぶよ」ダンが言った。

　ダンのほほえみは親切で明るかったが、ジーナはどことなく虚偽のにおいを感じ取った。でもこだわっている暇はなかった。ジョーイに寝る時間だと教えると、彼は飛び上がって駆け寄ってきた。

「すぐ戻ります」彼女は二人の男性に言った。

「急がなくていいよ、ダーリン」ダンはこっそりささやいた。「ずっと前からカースン・ペイジに会いたかったんだ」

ああ、そういうことだったのね。もちろんダンを責めることはできない。ダンは一生懸命働いているし、彼には彼のやり方がある。それでも、今夜はジョーイのために残ったのに、その機会をダンが利用するのは、やはり気分のいいものではなかった。

ジョーイがシャワーを使っているあいだに手すりからのぞくと、ダンとカースンが座って話をしているのが見えた。もっぱらダンがしゃべっているようだ。肩のこわばりから見て、カースンがダンの独演に内心うんざりしているのは明らかだった。

ジョーイはシャワーを止めて、ジーナが広げて持っているガウンのなかにまっすぐ飛び込んできた。

「あん……ううう!」彼はかろうじて言った。〝サンキュー〟だろう。

ジーナは彼をベッドに入れて、手話で本を読みたいかと尋ねた。ジョーイはかぶりを振り、寝たまま彼女を見上げてほほえんだ。リラックスしていて、幸せそうで、今日の午後の気を張りつめた神経質な子供とは全然違っていた。ジーナは衝動的に身をかがめてキスをした。

「眠りそうかい?」カースンが顔を出した。

「あなたが来て、おやすみを言ってくれるのを待っていたところよ」

父と息子が抱き合うかとジーナは一歩下がったが、カースンはぎこちなく「おやすみ」と言っただけだった。

ジョーイもおやすみを言おうと努力し、かなりうまく言えた。

ジョーイは出ていこうとするジーナを引き止め、自分を指さし、親指と小指を立ててYの形をつくった。その手をゆっくり振ってから、ジーナを指さす。

はにかんだ笑みが浮かんだ。

「なんて言ったんだい?」カースンがきいた。

「私のことが好きだって」ジーナはほほえんで、自分もYの字をつくってジョーイを指さした。

あなたが好き。

突然ジョーイがジーナの首に抱きついた。彼女も抱き返したが、ジョーイはしばらく放してくれなかった。

ジーナは身を引き裂かれる思いだった。ここにとどまって、ジョーイの望むことをすべてやってあげたい。でも、多くの苦痛を思い出させるこの家から逃げたい思いも強かった。

とうとうジョーイは手を放したが、ジーナがドアを閉めるまで、目を輝かせて姿を追っていた。

「ありがとう。あの子にとっては何より貴重な時間だったと思う。今度はいつ来てくれる？」

「私が来るのはほんとにいいことかしら？　私はジョーイの父親でも母親でもないわ。彼と波長を合わせるべきなのはあなたよ。彼のことを最優先に考えてあげて」

「わかった」しばらくしてカースンは言った。

ダンはもっと長居したかったようだが、カースンがうまく話をそらし、二人をドアまで見送った。

「おやすみ、ミス・テニスン。君の言ったことを考えてみるよ」

車のなかでダンは有頂天だった。「もしうちの点火プラグがペイジ・エンジニアリングに売れたら、すごい業績になる。彼には会えないものとあきらめてたんだよ。彼にプラグのことを話したら、いい感触だった。客がこっちの言うことにくらいついてくるときの、うまくいく感じがしたんだ」

「よかったわね、ダン」

「君のおかげでもある」ダンは寛大に言った。「よくやってくれたよ、ダーリン。君のいちばんの長所の一つだな。君はいつだって頼りになる」

「ありがとう。そう言ってもらうとうれしいわ」

ダンはこれでもほめているつもりなのだ。ジーナはカースンに言われた〝輝くとび色の髪〟という言葉を思い出していた。

あのとき彼は私をほめる気なんて少しもなかったけれど。

ジーナはダンが何か飲もうと言うのを断った。一日の疲れがこたえ始めていた。ダンは彼女をフラットで降ろして走り去った。頭は点火プラグのことでいっぱいのようだ。

ベッドに入る前、ジーナは鏡に自分の顔を映してみた。髪をゆっくりと顔のまわりに集めてみる。やがて彼女は信じられない喜びに長い息を吐いた。

ほんとに輝くとび色だ。

いままでそんなことに気がつかなかった。

4

「ほんとのところ、ちょっと難しい状況になってるんだ。困ったことにフィリップが強硬でね」所長のジョージ・ウェインライトが言った。

翌朝のことだった。心配していたとおり、所長はすでにフィリップ・ヘイルから昨日のことについて嫌悪感で粉飾された報告を受け取っていた。

「幸いミスター・ペイジが君をほめちぎった手紙を朝一番で届けてくれたので、助けにはなる。だが顧客に対して度を失うのはよくないよ」

ジョージ・ウェインライトは見た目には人のいい老紳士だが、ジーナはだまされなかった。彼は厳しくて妥協を許さない男だ。

「ともかく、いまはしばらくこのままにしておこう。いい仕事を続けてくれ。そうすればまもなく騒ぎも収まるだろう」

午後をだいぶ過ぎたころ、受付から来客だと電話がかかった。その口調から、だれなのかはだいたい見当がついた。

ジョーイが不安げな、それでいて決意に満ちた面持ちで立っていた。

〝あなたに会いたかった〟とジョーイは手話で言った。

「だれかと一緒?」

〝違う。あなたに会いたかったの〟

「何かあったの?」

ジョーイは答えず、肩をすくめて床に視線を落とした。やっぱり何かあったのだ。でもジーナはジョーイを問いつめることはせず、代わりにペイジ・エンジニアリングに電話をした。

部下やら秘書やらの関門が多くて、なかなかカースンまでつながらなかったが、ジーナが息子さんのことだと言うと、それが魔法のように効いた。

聞こえてきたカースンの声に、彼女は衝撃を受けた。こんなに深い響きのある、魅力的な声だったなんて忘れていた。

「ミスター・ペイジ、ジョーイが一人でここに来たの。何かあったみたいなのよ」

「一人で? ミセス・ソーンダズは?」

「待って。きいてみるから」

ジョーイの答えは彼女を驚かせた。

「どこかに行ったと言ってるわ」

「子供を残して?」

「そうだと言ってる。こちらに迎えに来られる?ジョーイは不安みたいよ。安心させてあげないと」

「いま緊急会議の最中なんだ。それにジョーイが求めているのは君だ。僕のところでなく、君のところに行ったんだからね」

「だけどあなたは父親でしょう。ジョーイのことを最優先させて」

「五分だけ待ってくれ。またかけ直す」

受話器を置くと、ジョーイがこちらを見ていた。その表情は悲しげではなかった。むしろ彼女に、いったい何を期待してたんだと問いかけていた。それは子供の表情としては痛ましすぎた。

ジーナはお菓子を出して、しばらく話をした。ミセス・ソーンダズは昼前にすぐ帰ると言って出ていったが、三時間たっても戻らなかったらしい。

沈黙のなかに取り残されて、彼は唯一安心できる相手を目指した。父親でなくジーナを。

「どうやってここまで来たの？」

〝ここの住所を紙に書いて、駅まで行ったらタクシーが並んでいた〟

八歳の無防備な子供が、置き去りにされて、一人で通りを歩いてきたのだ。

ようやくカースンが電話をしてきた。

「悪いが、もう少し君の厚意にすがらなければならなくなった。僕の代わりにジョーイを家に連れて帰って、僕が戻るまで待っててくれないか？　君のボスには話をつけた。もう車は戻ってきたかい？」

「ええ、でも、どうやって家に入ればいいの？」

「ポーチのそばのばらの木の下にスペアキーが隠してある。ジョーイが知ってるよ。なるべく早く帰る。面倒かけて申し訳ない」

「私には選択の余地が――」最後まで聞かずカースンは電話を切った。

ジョージ・ウェインライトがにこにこしながらやってきた。

「フィリップと僕で話し合って、君を必要なあいだだけ解放してあげようということになったんだよ」

「カースン・ペイジが、私を必要なあいだだけ解放しろと言ったんでしょう」

「まあ、そんなところだ。君が彼に親切にすれば、事務所全体がうるおう」

ジョーイはジーナと二人で帰れると知ると、緊張を解き、うれしそうな顔をした。

駐車場でジョーイは〝ピーナツ〟を見て目を丸くした。生来の礼儀正しさと茶目っ気がせめぎ合っている。

「ブルータス、おまえもか」ジーナはつぶやいた。

〝それなあに？〟

「みんなが私のかわいそうな小さな車を笑う――あなたもなの、という意味よ」

礼儀が負けた。〝だっておかしいんだもの〟

ジーナがこの前の事故の説明をし、後ろから車に乗った話をすると、ジョーイは笑い転げた。

「やってみる？」ジーナがトランクを開けると、ジョーイは喜んでよつんばいになって入っていった。

家に着くとだれもいなかった。まもなく電話が鳴った。病院からだった。

「ミセス・ソーンダズからこの番号の留守番電話にメッセージを入れてくれと頼まれたんです。彼女は事故にあって……怪我《けが》はたいしたことありませんが、二、三日入院が必要になりました」

これでわけがわかった。ジーナはジョーイに事情を説明した。ミセス・ソーンダズが彼を置き去りにしたのではないと強調する。でも彼は、ジーナと二人だけになれると大喜びだった。ジーナは心を動かされたが、戸惑いもした。

「いいわ。じゃあ、二人で楽しくやりましょう」

夕食にはたまごとベーコンと、冷凍庫にアイスクリームもあった。二人は食べながら手話でたくさん話をした。ジョーイは突然何かから解き放たれでもしたようにひっきりなしに話しかけてきた。

ジーナには理解できた。義務ではなく、楽しんで話す相手を見つけたら、人は会話に夢中になるものだ。

ジョーイの性格もわかってきた。彼は活発で、勇敢で、頭がよくて、適度なユーモアの持ち主だった。大好きな海の生物の話になると、もう止まらない。それは子供の関心の範囲を超えていた。

食器を片づけたとき、電話が鳴った。きっとカースンが遅くなると言いにかけてきたのだろう。

ところが、聞こえてきたのはハスキーで魅力的な女性の声だった。「聞き慣れない声ね。どなたかしら」

「ジーナ・テニスンといいます。ジョーイのお世話をしています」

「私はアンジェリカ・デュヴェイン。カースンを呼んでくれる？」

「まだ帰っていません。会議で遅くなるようです」

「またなの？　まったく会議、会議で！　妻のための時間はなくても、ばかばかしい会議のためならいくらでも時間を割くのよね」

「ジョーイならいます。あなたから電話があったと知ったら大喜びしますわ。いま呼んできます」

「なんのために？　つまりその……あの子には私の声が聞こえないでしょう？」

「ええ、でも私が手話で通訳できますけど」

「ねえ、カースンに伝言だけしてくれない？」

「ジョーイとのお話が終わったら、うかがいます。いま連れてきますわ」

電話の向こうで女性が鋭く息をのむのがわかった。この人は反抗されるのに慣れていないのだ。ジーナは母親から電話があったと知って、ぱっと顔を輝かせた。彼は受話器をつかんで何か声を発した。ジーナは〝こんにちは、マミー〞と通訳した。

「ジョーイになんて伝えましょう？」

「ああ……そうね……こんにちはと言って。あと、いい子でいなさいって」

「愛してるって伝えましょうか?」ジーナはジョーイを思って込み上げる怒りを押し隠して言った。

「ああ、ええ……ええ、そうね」

ジーナは手話をした。〝マミーはあなたにいい子でいてほしいって。そしてとっても愛してるって〟

「ジョーイが、どこにいるのときいています」

「いまはロサンゼルスよ」

「彼がいなくて寂しいか知りたがってます」

「もちろん寂しいわ。ジョーイは私のかわいい小さな息子ですもの」

ジーナが手話で伝えると、ジョーイはまた、うれしそうに顔を輝かせた。

困難ではあったけれど、アンジェリカが言葉に詰まったときはジーナが助け船を出して、会話は続いていった。いったん自分に求められている役割をのみ込むと、アンジェリカはなかなかうまく演じ、およそ言うべきことを言った。時にはジーナが彼女のしどろもどろの言葉をうまくつくろって伝えた。ジョーイは有頂天だった。

そのときドアが開いてカースンが入ってきた。

「待って。いまアンジェリカと電話してるの」ジーナは受話器に向かった。「ジョーイはこう言っています……」

カースンはことのなりゆきを理解したようだった。ジーナがアンジェリカの言葉をそれらしく直してジョーイに伝えるのを見て、彼はかすかに眉を寄せた。

「マミーはもう行かなくてはならないんですって。でもあなたを愛してるそうよ……ジョーイもあなたをとっても愛してると言っています。いつか――」

カースンがいきなり受話器をもぎ取った。「ブレンダ、いったいなんのまねだ?」

ジーナはジョーイをうながしてその場を離れた。

幸いジョーイは無上の喜びに浸っていて父親の行動

に気づかない。

「弁護士を通して話をしようと言ったはずだ。それから愛情ある母親のふりなんかするな。僕はもうだまされないぞ！」

彼はがちゃりと電話を切り、ジーナの方を向いた。

「いったい何をしようとしてるのか教えてほしいね。僕がばかげた道化芝居を見抜けないと思ってるのか？　ブレンダが息子に愛情あふれるメッセージを送るだと？　彼女自身も生涯でこれほど驚いたことはないだろうよ」

「だけどジョーイにとっては何にも代えられない宝物に……」

「希望を持たせることが、という意味だろうね。もし彼女が一貫した態度を続けなかったらどうする？　考えてみたことはあるのか？」

「ないわ」ジーナは戸惑って答えた。「ただジョーイに小さな幸せをあげたかっただけ。あとのことは考えなかった。ごめんなさい」

「まったく、愚かな――」

そのときカースンは息子がこちらを見ていることに気がついた。

「ただいま、ジョーイ」カースンの態度はぎこちなかったが、子供の髪をくしゃくしゃにするしぐさは愛情にあふれていた。ジョーイが腕を回すと、カースンも強く抱き返した。

カースンの顔には不幸せと同時に、息子へのどうしようもない愛があった。もし彼がその愛を伝える方法を見つけることさえできたら。

「私たちはもう食事をしたの。でも、何かつくるわ」

「ミセス・ソーンダズは？」

「入院してるのよ。買い物か何かに出かけて、交通事故にあったんですって。たいしたことはないけど、二、三日は入院が必要なの」

「二、三日だって？　もちろん怪我をしたのは気の毒だが、そもそもジョーイを一人置いて出かけたというのがふに落ちない」

「私もそう思う。でもジョーイはとってもうまく切り抜けたわ。一人で私のオフィスまで来たんだもの。彼はほんとに賢い子よ」

「そうだな。だれに頼っていくべきか、はっきりわかってたんだからね」

カースンは息子が自分のところに来なかったことに傷ついている。

「あなたが忙しいのを知っているから……」

「その話はもういいよ。問題は、ミセス・ソーンダズがいなくなって、これからどうするかだ」

「彼女が戻ってくるまで私がここにいるんでしょう。もう決めてるんじゃないの？」

「しばらく力を貸してほしいと頼むつもりだった。君はどんなことにもうまく対応できるから」

「あなたとジョーイには対応できそう」彼女はほほえんだ。

「ありがとう。君がいなかったら、どうしていたかわからない」

ジーナは紙に番号を書きつけて彼に渡した。

「これがジョージ・ウェインライトの家の電話番号。私がジョーイをベッドに寝かせているあいだに話をつけて」

彼は疑わしげにジーナを見た。「君は僕の性格をつかんだつもりでいるようだな」

「難しくはなかったわ。あなたがその怪物的な威力を私たちみんなに振りかざすのを受け入れて、その都度正せばいいんだから」

「すると君は僕を怪物だと思ってるわけだ」

いいえ、そうじゃないとジーナは思った。初めて会った日、私は彼に何か別のものを見た。彼は事故のユーモラスな面を見、寛大にふるまい、おそるおそる私の方に手を差し伸べて、急いで引っ込めた。彼には私がもっと知りたいと思う何かがあった。

「あなたは、自分に都合のいい場合だけ怪物になるんだと思うわ」

「そういう場合がとても多いと思うんだろう」

「いまは事実上あなたが私のボスだから、その質問に答えるのは妥当ではないでしょう」

「君はいつも妥当なことをするのか？」

「そうじゃないのは知っているでしょう。おかげで職場でトラブルを抱えてしまったわ。あなたを叱《しか》りつけたりして」

突然、彼はいつもの魅力的なほほえみを浮かべた。

「好きなことを言っていいよ。僕は告げ口しないから」

ジーナもつられて笑った。「ジョーイを寝かせてくるわ。そのあいだに例の電話をしておいて」

「おおせのとおりに」


彼女は三十分後に下りてきた。当分ここにいるなら、いったん自分のフラットに戻って着替えを取ってこなくてはならない。

「長くかかるのか？」

「二、三時間で帰るわ。遅かれ早かれ、ジョーイと二人きりになることに慣れないとね」

「そうだね。どうもあまりうまくいかなくて」カースンは顔をしかめた。

「あなたはベストを尽くしているわ」

「僕のベストは君におんぶすることらしい。君の手を握っているのはジョーイだけじゃなさそうだ」

「私の手は頑丈だから大丈夫。すぐ戻るわ」

ジーナの小さなフラットはカースンの贅沢《ぜいたく》な邸宅とは天と地ほども違った。でも自分の家だ。ジーナは名残を惜しんで部屋を見回した。

「二、三日したら帰れるんだから」彼女は自分に言い聞かせた。

道路はすいていたので、わりあい早く戻れた。それでも、家に着くとカースンがポーチに立って、彼女をいまかいまかと待っていた。

「ジョーイが起きて君がいないと気づくと、見捨てられたと思ったらしいんだ。僕が安心させようとしたんだが……だめだった」

後ろから泣き声が聞こえてくる。ジョーイが階段に座って膝を抱え、悲しげに前に後ろに体を揺らしていた。涙が滝のように流れている。最初はジーナさえ手出しができなかった。

ジーナが肩を抱くと、ようやくジョーイが彼女を見た。

「私はここよ」ジーナははっきり言った。「ジョーイ、私はここにいるわ。どこにも行かないから」

ジョーイは手話を始めたが、気持ちがうわずってうまくいかない。だから言葉で伝えようとした。ジーナは彼が何度も繰り返すのをじっと聞いた。

「なんて言ってるんだ？」カースンが手も足も出ないというようにきく。

「起きたら私がいなかったって」

「僕がいたじゃないか」カースンは叫んだ。

〝お父さんがいたでしょ〟

ジョーイは激しくかぶりを振って、ジーナを指さした。

「いまのは教えてくれなくてもわかるよ」カースンは憂鬱《ゆううつ》そうに言った。

「ジョーイを寝かせてくるわ」

彼を落ち着かせるのには時間がかかったが、とうとうジーナの説明に注意を向けてくれた。泊まるために着替えを取りに行ったのだと知ると、顔を輝かせた。

〝泊まって〟彼はうれしがって言った。

〝二、三日だけね〟

〝泊まって〟

ジーナはため息をついて、それ以上何も言わなかった。しばらくはジョーイを喜ばせておこう。ジーナは彼が眠るまで待ち、キスをして部屋を出た。

「君には隣の部屋で寝てもらうよ。小さいが、ジョーイの部屋に通じるドアがあるんだ」

「理想的だわ」

カースンは戸棚からシーツと毛布を出し、意外なことにベッドメーキングを手伝ってくれた。

「上手ね。才能があるわ」

「母に教え込まれたんだ。コーヒーのいれ方もだよ。階下《した》に用意してあるから、すんだら来てくれ」

数分後に彼女が下りていくと、カースンは居間でいれたてのコーヒーを前に座っていた。

「申し分ないわ」ジーナは一口飲んで言った。

「言っただろう、仕込まれたって」

落ち着かない沈黙が漂った。

「僕はどんなときでも事態を完全に把握していた。ビジネスでは難しくなかったんだが、これは……お手上げだよ」彼はため息をついた。

「どうしてこうなったの？　あなたはなぜ、ジョーイのことをよく知らないの？」

「悪いのは僕だと言われても仕方がないが――」

「だれが悪いという問題じゃないわ。ジョーイのために、ただ知りたいの。彼は私が答えを知っていると思ってるけど、実のところそうでもないのよ」

「あの子が生まれたとき、僕らはとても誇らしかった」カースンは回想にふけった。「聞こえなくなり始めたのは、二、三年してからだ」

「最初は聞こえていたのね？」

「そう。医者に連れていくと、補聴器を渡された。それでうまくいくと信じていたよ。事態が悪くなるまでブレンダはいい母親だったと思う。仕事がうまくいき出したところだったからジョーイと過ごす時間はあまりなかったが、家にいるときはかわいがっていた。いい養育係《ナニー》もいたしね」

「あなたは？」

「僕もちょうど仕事の基盤を築くのに忙しい時期で出張が多かった。帰ってきたら、あの子は成長が早くて……強くて賢い子供だったよ。みんなが僕らをうらやんだ」

カースンはふいに目を閉じた。惨禍が降りかかる前の、世界が希望に輝いていたころを思い出したのだろう。

「仕事から帰るときもジョーイのことを考えていた。あの子は僕の顔を見て笑ってくれた。僕たちのあいだには無言の理解があった――未来の約束が。それからしばらくは順調だったよ。あの子は声を出し始めた。そのうちいくつかは言葉のようにも聞こえた。あの子は戦った。でも負けた。再検査で聴力が衰えてきているとわかった。対策はもっと強力な補聴器だった。そのあとは同じことの繰り返しだ。とうとう一年前、彼の聴力は完全に失われた。いまのあの子は何も聞こえない。それまでの進歩も忘れてしまったみたいに見える」

「それであなたは彼を未来の約束と見るのをやめて、恥じるようになったのね」

「とんでもない！　あの子を恥じたことなんか一度もないよ」

「誇りにしてる？」

「誇りには……できない。かわいそうだと思っているよ」

「やめて。どうしてかわいそうに思うの？　彼はとっても賢いのよ。指でつづりを書くとき、決して間違わないわ。難しい単語も完璧《かんぺき》につづるのよ。あの子はいくつ？　八つ？」

「あと二、三週間で八歳になる」

「読書年齢は十二歳ぐらいだわ」

「教師たちもそう言う。彼らはみんな、あの子がいかに賢いかを保護者ぶって言う。まるでそれですべてが解決するとでもいうように。それがもっと悪いことだとはだれも気づかないんだ。外の世界は厳しい。彼はそこで生き延びていかなければならないんだ。どうやってか、見当もつかないよ！」

ジーナは彼の困惑がわかった。カースンは自分の意思を世の中に押しつけるべく戦ってきた。そしておおむね成功した。でも運命は彼に、人生の戦いに装備不完全で生まれてきた息子を与えた。彼はその事実にうまく適応できずにいる。

「ジョーイは近くの障害児学級に通って、手話と読唇術を習っている。話すことも習うが、あの子はあまり進歩しない」

「彼は人の声を聞いたことがないように話すわね」

「それが不思議なんだ。小さいころ、何か聞いていたはずなのに」

「小さすぎてわからなかったんでしょう。人とコミュニケーションを取る年齢になると音は消えていた。いまでは記憶がないんでしょうね」

個人的には、ほかに理由があるのではないかと思っていた。年齢より大人びているジョーイが、母親の不在と父親の無理解に、話す努力を放棄し、海の生物という自分の世界に引きこもることで対応したのだと。そこでは彼は王様になれるのだから。

でも、口には出さなかった。少しでも努力しようとしているカースンにそれをぶつけるのは酷というものだ。それにジョーイが、友達とみなす人間には心を開くこともわかっていたから。

「時間と励ましが必要でしょうね。もしあなたがジョーイの話し方をおかしいと思っていたら、それが伝わって、彼はやる気を失うわ。ジョーイはあなたが彼のことを知っている以上に、あなたのことを知っているのよ。あなたがもっとあの子に関心を持ってあげなければ」

「僕があの子に関心を持ってないなんて、どうして思うんだ？　あの子はなんでも、いちばん上等のものを持ってる――」

「お金で買えるものはね。親をお金で買えないのは残念だわ。そうすれば、いちばんいいのを買えるのに」言ったとたん彼女は後悔した。

カースンは怒りもせず、苦笑を浮かべている。

「ごめんなさい。こんなこと言ってはいけなかったわね」

「気にするな。僕は率直なもの言い方のほうが好きだよ。君のその美しい髪に免じて許そう」

「そんな！」ジーナは赤くなって言った。「これはただの髪よ。なんの意味もないわ」

「ブロンドやブルネットの女性には、君のように僕の姿勢を正してくれる人はいない。それに、ただの髪じゃないよ。輝くのろしだ。とても美しい」

「もうこの話はやめない？」

「美しいと言われるのはいやなんだね」

「私には縁がないことだから」

「点火プラグのボーイフレンドはどうなんだい？　君を美しいと言ってくれる？」

「いいえ。彼は……私が頼りになるって」

「おやおや。彼はほんとうに女性をうっとりさせる話術に長《た》けてるね」

ジーナは唇をゆがめた。「私は実際頼りになるもの」

「もちろん。でも恋人の賛辞としては、何かが不足してると思わないか？」

「ダンは仕事のことで頭がいっぱいなの。そういうところ、あなたに似ているわ」

「全然似てない」カースンはつぶやいた。「君は彼を愛しているの？」

「私……私、よくわからない。ダンとは長い付き合いなの。子供のころ彼のお母さんに歌を習ってたから、自然に彼とも友達になって。彼は私の障害も気にしない。そういう人に慣れてるの」

「君は彼のことをまるで習慣みたいに言うね」

「習慣には、とってもいいものもあるわ」

「もちろん。だけど、それ以上のものがほしくないか?」

それ以上。退屈で、親切で、偏狭で、愛すべきダン以上のもの?

カースンがじっと見ている。彼の目には前にはなかった何かがあった。謎《なぞ》めいた、コントロール不能な何か。それはジーナがこれまでの人生で注意深く築いてきた抑制心を脅かした。無謀で、摩訶不思議《まかふしぎ》なそれは、彼女の血を騒がせ、胸をときめかせた。

それ以上のもの。

「私は人生にあまり多くを期待しないの。そうすれば失望もしないから」

「ばかな! それは臆病《おくびょう》者の哲学だよ。危険を冒せ。失望しろ。そこから立ち上がって、次のものを目指すんだ」

「それはあなたの哲学でしょう。みんながあなたのようには生きられないわ」

「生きられるとも。自分で自分にはめている以外の枷《かせ》なんてないんだよ」カースンは突然黙った。「僕は何も知らないくせにいい気になってしゃべってるな。そうだろう?」

「少しね」ジーナはほほえんだ。

「ジョーイにも、君にも、自分がはめたんじゃない枷があるのにな。どうして僕の無駄話を止めなかったんだ?」

「止められたかしら」彼女は気軽に言った。

「無理だっただろうね。今日はそろそろお開きにしようか。これ以上まずいことを言う前に」

5

ジョーイがなかなかのやんちゃ坊主であることに、ジーナはまもなく気づいた。聴覚障害で自信が揺らがなければ、手に余る腕白になっていただろう。いまでも時に腕白ぶりを発揮するが、愛らしさに負けてつい許したくなってしまう。

ジーナがミセス・ソーンダズのお見舞いに行こうと言うと、ジョーイは下唇を突き出し、椅子に座り込んで反抗した。

「病院に行くのよ。いますぐ！」

ジョーイはジーナの意思の固さを推し量るように顔をうかがった。

「どうしてミセス・ソーンダズのことが好きじゃないの？」

〝彼女が僕を好きじゃないから〟

好きに決まってるとは、さすがにジーナも言えなかった。「さっさと義務をすませてしまいましょう」

ジョーイは顔をしかめた。ジーナは即座に同じ顔をしてみせ、二人は声を合わせて笑った。

ミセス・ソーンダズはきつい顔つきの中年の女性で、ジョーイを敵意のある目でぎろりと見た。彼も同じように見返した。

「ここでかんしゃくを起こされては困るのよね」彼女の第一声だった。

「ジョーイはかんしゃくなんか――」

「知らないんでしょ。ひどいものよ。叫んだり、わめいたり――」

「それは自分の意思を伝えられないからです。あなたが戻ってきたら――」

「戻らないわよ。退院したら仕事を変えるから」

「なんですって？」

「先週面接に行ったの。昨日が二度目で、その帰りに事故にあったのよ」

「それで、ジョーイを置いて出たんですね？」

「まさか連れていくわけにはいかないでしょう。ともかく、その仕事が決まったの。そういうことだから」彼女は顎を引きしめた。

ジーナは引き下がるほかなかった。うれしそうな顔をしているところを見ると、ジョーイは会話の内容を理解したらしい。

そのあとずっと、ジーナは考えていた。ある計画が彼女のなかで形づくられつつあった。カースンから遅くなると電話があったときは、心配しなくていい、万事うまくいっているからと答えた。

だから十時に帰宅して、ジーナのスーツケースがリビングに置いてあるのを見たときの彼の驚きはひととおりではなかった。

「まさか帰るんじゃないだろうね？」

「いますぐ帰るわ。ボスとあなたがどんな取り決めをしたかなんて気にしない。首になったら、なったときだわ。もう決めたの」

「ジーナ、せめてミセス・ソーンダズが帰ってくるまでは――」

「彼女は帰らないわ。ほかに仕事を見つけたんですって」

カースンは口のなかで毒づいた。「わかった。だれか別の人を見つけよう。それまでは――」

「ジョーイにはほかの人なんかいらないわ。あの子に必要なのは父親よ。私でも、ミセス・ソーンダズでも、あなたが雇うだれかでもない。あなたなの」

「僕には仕事がある」

「仕事は、ジョーイと二人きりで向き合わないための言い訳にすぎないわ」

「僕はあの子のなんの役にも立たないからだよ」

「役に立てるように努力すべきでしょう。まずは手話を覚えて。もっと早くに覚えるべきだったのよ」

「僕にそんな時間があると思うか？」

「あなたには失望したわ、カースン。あなたは正直な人だと思ってた。人にも自分にも。手話を覚えなかったほんとうの理由を、なぜ認めないの？」

「君はそれを知っているわけだ」

「知ってるわ。あなたが、真実と向き合えないからよ。手話を覚えるのは、息子が聴覚障害だと認めることでしょう。おそらくあなたはずっと昔に、認めるのをやめたんだわ。心を閉ざせば、真実を見ないですむ。そうなんでしょう？」

「そうかもしれない」彼は唇を引き結んだ。

「でもジョーイはそうはいかない。彼にとって、毎日、毎晩、ひとときも逃げるわけにはいかない真実なの。あの子は鳥かごに閉じ込められているわ。あなたのお金も成功も、ドアを壊して彼を外に連れ出すことはできない。彼と一緒になかに入って、出口に導いてあげるしかないのよ。あなたができないというなら、私はいますぐ出ていきます」

二人はにらみ合った。「まるで脅迫だな」

「ええ、そうよ。私の要求は簡単だわ。あなたにいくつか約束をしてもらいたいの。ジョーイはこれから六週間の夏休みに入るから、あなたにその時間を活用してほしい。手話を覚えて、彼と話をするの。あの子はとてもおもしろい子よ。仕事は早く切り上げて。十時に帰るなんて今後はなし。それから少なくとも一週間は休みを取って、ジョーイを遊びに連れていってほしいの。本気で約束して。だめなら、私はいますぐ家に帰るわ。明日ジョーイが起きたら、私のいない理由をどうにでも説明して」

「そうなったら、あの子はどうなる？　君はあの子を助けたいんじゃなかったのか？」

「最善の方法で助けたいの。約束してくれる？　それとも私がコートを取ってくる？」

沈黙が二人を包んだ。

「君は自分をタフだと言ってたよな」

「タフでなければやってこられなかったわ。ジョーイもタフよ、同じ理由で」

「君がどっちの側についているかは、考えなくてもわかる」

「カースン、私は小さなあの子がユーモアと勇気をもって障害と向き合っているのを見ている。そして彼の父親は逃げよう逃げようとしている。私がどっちの側につくかは明白だわ」

「もし僕が約束したら、君も、六週間ずっとここにいると約束してくれるかい？　僕は約束を守れるよ。でも君がいなくてはだめだ」

「ボスがいいと言えばね」

「言うさ」

ジーナはほほえんだ。勝ったと思った。「いいわ、あなたが約束するなら私もする」

カースンは手を出した。「握手だ」

「握手」

それは最初の握手を思い出させた。ほんの数日前のことなのに、二人とも何百万キロも旅してきたような気分だった。

「夕食が用意してあるのよ」

ジーナは幸福感に酔っていた。彼女はワインのグラスを上げた。勝利の乾杯だった。

「君とは会議室で顔を合わせたくないな。君はまたたくまに僕を破産させるだろう」

「私たち、基本的なルールを決めなければね。家の掃除をしているのはだれ？」

「これまではミセス・ソーンダズだった。でも君に頼むつもりはないよ」

「ええ。私の時間はジョーイのためのものだから。

私が家政婦会に電話して、だれかに来てもらうわ」

二杯目のワインを口にしたとき、カースンが言った。「手話のことを教えてくれないか」

「いいわよ。二種類あって、指文字は、アルファベットの各文字に一つずつサインがあるの。ただ、そうして全部の単語をつづっていると時間がかかるので、単語全体を表すサインもあるの。たとえばこんなふうに」

ジーナは指を合わせて親指を離し、胸の上に置いてから、その手をすべらせて丸く円を描《か》いた。

「いまのが〝どうぞ〟のサイン。やってみて」

カースンは不器用にまねた。

「だめよ、親指は離しておかなきゃ」

彼は今度はうまくやった。

「あなたの最初の言葉だわ。指文字でつづれば、こうなるの」彼女はやってみせた。「速く話すために、ほとんどの言葉にはサインがあるのよ」

「すると覚えるサインは恐ろしくたくさんあるということだな」

「ペイジ・エンジニアリングを創設した人に、小さな子供にできたことができないはずはないわ」

「なるほど。ジョーイにもその手を使うのか？」

「ジョーイにはほとんど手がかからないわ。とても頭がいいし、自分に何かできないかもしれないなんて疑ったことがないの。それで戦いの半分はすんだようなものよ」

「わかったよ、先生。レッスンを続けて」

ジーナは笑った。「考えるより簡単よ。ジョーイも助けてくれるしね」

「ジョーイにぶざまなところを見せるのは――」

「何言ってるの。ジョーイはあなたが自分のために努力してくれるのを見てどんなに感激するか。それにあなたに教えることができれば大喜びだわ」

「そうだろうか」

彼はまだ割り切れないのだろう。だからジーナはそれ以上追及しなかった。

それからは指文字の練習をした。カースンも懸命に覚えようとした。一晩ではMまでが精いっぱいだったが、ジーナはうれしかった。

「もし途中で僕が約束を破ったらどうする？　たとえば休暇のこととか」

「どういうわけか、あなたが約束を撤回するなんて考えもしなかったわ。私、間違ってる？」

「いや、間違ってないよ。君がそこまで僕のことをわかっているのがむしろ脅威だね」カースンはしばらく考えた。「ディズニーランドを予約するのはもう遅いだろうが、旅行会社を持ってる友達がいるから、彼なら……ディズニーランドじゃだめかい？」

「だめ。ケニンガムがいいわ」

「西海岸の小さなリゾートだろう。さびれたところだよ」

「でも国内一の水族館があるわ。そこに二日いたら、次は国内で二番目の水族館に行くの。ジョーイが何に関心があるか、知っているでしょう。というよりそれにしか関心がないわ。彼がいつの日か海洋科学に真の貢献をしてもおかしくないわよ」

「ああ、そうだな」

「カースン、私は本気よ。ジョーイは聴覚障害だけど、ばかじゃないのよ。問題は、彼がしゃべろうとすると、そう聞こえてしまうこと。でも第一級の頭脳を持っているわ。なんといってもカースン・ペイジの息子ですものね」彼女は気軽に言った。

「賢い子じゃないと僕が愛せないと思ってるんじゃないだろうね？」

「そうなの？」

「いや。そう見えないかもしれないが、僕は息子をとても愛している。ワインをもっとどう？」

彼は明らかに話題を変えたがっている。カースンは息子を愛しているが、そのことに触れようとする人間にはぴしゃりと門を閉ざす。

「べらのこと、何か知ってる?」

「なんだい、それ?」

「ジョーイはべらのことならなんでも知ってるわ。何時間でも話すのよ。あなたも知るべきだわ」

「海の生物なんだな。調べてみるよ」

「いいえ、やめて。ジョーイはエキスパートだから、彼からいろいろ教わるといいわ」

「そうすると……あの子は喜ぶのか?」

カースンはジーナの顔を見つめた。どちらの方向に飛び出すのか予想もつかない生物を見るように。

「大喜びするわ」

「だったら、そうするよ」

ジーナがテーブルにグラスを置いたとき、髪がふわりと頬にかかった。カースンはやさしくその髪を払った。そのとき手が耳の後ろの小さな器具に触れた。

「これが君の話していた装置?」

「ええ。皮膚の下にも埋め込んであるの。取りつけるには手術が必要なのよ」

「それで聴覚障害が治るのか?」

「いいえ、治りはしないわ。スイッチが入ってないと、私はジョーイと同様まったく聞こえないの。でも入っていれば、音を識別して理解できるわ。ふだんの生活には不自由しないぐらいに」

「理解できないな。聞こえるのに、まだ聴覚障害というのは」

「人の声を聞くとき、音は外耳から入って、内耳を通って、聴神経に届く。でも、もし内耳の細毛が働かなかったら、それは音を拾って神経に伝えない。人工内耳は、細毛を電気で刺激するから、音は伝わっていく。ジョーイの主治医がこれまで装置の説明をしなかったのは不思議だわ」

「ジョーイが完全に聴覚を失ったとき、そんな話を聞いたかもしれない。でもあまり関心を持たなかった。絶望のあまり、何もかも締め出していたんだろう。それに、頭の骨に穴をあけるなんて、恐ろしい手術に思えた。それからジョーイが肺炎にかかり、そのあと次々にいろんな病気になった。かぜ、インフルエンザ、気管支炎。一つ終わると次という感じだった。医者はそういうのが全部治らないと手術のことは考えられないと言った」

「そしていまは？」

「いまは丈夫になったから、もしかしたら……ほんとにそう思うかい？」彼の顔が突然熱を帯びた。何かうれしいことがあったときのジョーイのように。親子が似ているのがジーナにはほほえましかった。

「そろそろ専門医に連れていって検査してもらってもいいかもしれないわね。でもカースン、あまり期待しすぎないで。みんながみんな適性があるとはかぎらないから。ただ試してみる価値はあるわ」

「あの子は聞こえるようになるかもしれない。しゃべることも――」

「そのうちにね。まずは赤ん坊みたいに、片言でしゃべる練習をして。ただジョーイはもう大きいから、なかなか難しいかもしれない。私は聞こえなくなる前に話すことを覚えていたから運がよかったの。また音が聞こえ出したとき、それが意味することを思い出せたから。でもジョーイはほとんど音を聞く機会がなかったから、最初から全部学ぶ必要があるわ。言語療法を受けなければならないでしょうね。時間がかかるわよ。一年か、それ以上。だから、そのあいだ彼とコミュニケーションを取るために、やっぱり手話は覚えなきゃ」

「君の言うとおりにするよ」

「それからジョーイの主治医の連絡先を教えてね。私が予約を取るわ」

「わかった。僕は君の手中にある」しばらくして彼は付け加えた。「たぶん最善の場所なんだろうな」

自分の部屋に引き取ったあとも、ジーナのことが頭から離れなかった。でも、どの彼女かわからない。ジーナにはたくさんの面があるから。

初めて会ったときジーナは、かわいくて、おもしろくて、ちょっとおかしな娘だった。魅力的だと思ったが、それは一時間ばかりの、あっというまに過ぎ去った楽しみだった。

再会したときは違っていた。カースンが糾弾すべき父親だとわかって、ジーナは復讐《ふくしゆう》の女神に変貌《へんぼう》した。頭上に輝く太陽は消え、雷と稲妻がそれに代わった。

そしていま、また別のジーナがいる。彼にああしろ、こうしろと指図する女教師だ！

ジョーイのためなら、彼女は世界と対決するだろう。カースン・ペイジとは難なく対決した。これがどういう結末を迎えるかはわからないが、最後はうまくいくだろうという気がする。ただそれがジョーイのためだけなのか、それともカースン自身にとってもなのかは、わからない。

さすがはカースン・ペイジだけあって、翌日手話と指文字の図表を持ち帰った。

「まず始めることが肝心だと思ってね。オフィスでも練習してみた。秘書が入ってきて妙な顔をしていたよ」

「息子のためにしてるんだと思わなかったの？」

「彼女は知らないよ。だれも知らない」ジーナが黙っているので、カースンは怒って、挑戦するように言った。「言いたいことがあるなら言えよ」

「カースン・ペイジが完璧《かんぺき》でないことを、だれにも知られてはならないのね」

カースンはかっとした。僕はベストを尽くしている。それなのに彼女は少しも信用してくれない。

「君は厳しい、非難がましい人間だな！」

カースンは足音高く出ていった。前を見ていなかったので、ドアのところで勢いよくジョーイにぶつかった。ジョーイは転び、カースンもバランスを失って倒れそうになった。

ジョーイはすばやく立ち上がって、親指を立ててほかの指を折り、胸に当てて円を描いた。

「なんて言ってるんだ？」

「ごめんなさいって」

「悪いのは僕だよ」

「だったら、あなたもごめんなさいと言ったら？難しくないわよ」

ジョーイがまた謝ろうとしたので、カースンは彼の手を握って止めた。そしてゆっくりと指を折り、親指を立て、胸に当てて円を描いた。ジョーイがわけのわからない顔をした。カースンはがっかりし、もう一度〝ごめんなさい〟のサインをした。

ジョーイは眉を寄せ、小首をかしげた。父親が謝ること自体が、彼には理解できないのだ。

「いままで彼に謝ったことがないの？」

「たぶん……ないと思う」彼はジョーイの〝沈黙〟に傷ついていた。

だが、ついに沈黙が破られた。少年はうれしそうな笑顔になり、父親の手をじっと押さえた。さっきカースンがしたように。〝大丈夫だよ〟

カースンは長い息を吸い込んだ。たったいま感動的な何かが起こった。少しのあいだ役割は逆転し、少年が大人になり、父親に、自分たちはなんとかやっていけると確信させた。

でもそのとき、ジョーイが父親から身を引いた。親しくすることに慣れていないのだ。ジョーイはふつうの小さな男の子になった。

「夕食にしましょう」ジーナは急いで言った。

ジョーイは手話のプリントに興味を引かれて、物問いたげに父を見上げた。

「ジョーイにいま勉強中だと言ってあげたら？　口で言えばいいわ。ジョーイは読唇術が得意よ。彼に口が見えるように、ゆっくり話すの」

カースンは言われたとおりにした。「父さんはおまえと話すために、手話を勉強している」

ジョーイは眉を寄せた。

「もっとゆっくり」ジーナはアドバイスした。

こんどはうまくいった。ジョーイは指を合わせ、親指だけ離して顎にちょっと触れた。

「これは、〝いいね〟のしるし。あなたもやってみて。簡単よ」

「信任投票をありがとう」彼はほほえみ、〝いいね〟のサインを出した。

「いままでジョーイと話したことはないの？」食卓でジーナがきいた。

「やってみたが、彼がわかってくれなかった」

「たぶん一生懸命さが足りなかったのよ」

「まるで先生だな。はい、もっとがんばります」

「わかればいいの」彼女もふざけて言った。

「ジョーイの返事も、僕にはわからなかった」

「彼の発する声が聞くに堪えなかったんでしょう」

ジーナは無慈悲に言った。

「君はほんとに強烈なパンチをくらわせるね」

「ギブアップする？」

「ギブアップしてたら、いまの地位まで来られなかったよ」

「いまの地位って？」

カースンはペイジ・エンジニアリングと、それが経済界に占める地位について講義を始めかけたが、すんでのところで思いとどまった。もちろんジーナもそんな話を続けようとはしていなかった。

彼の成し遂げたことにジーナは少しも感心してい

ない。息子の扱いの失敗に比べたら、輝かしい業績など何ほどのものでもないのだ。

ジョーイは、父が努力をしてくれていると知ったうれしさで興奮気味だった。食事をしながら、父に話しかけた。とてもついていけないほどのスピードだった。

「ゆっくりやってくれ。僕は初心者だから」とうとうカースンが音をあげた。

ジョーイはうなずき、もう一度やり直した。複雑で、カースンは意味を取り違えた。今度は答えようとして眉を寄せ、いらだちの声をあげた。カースンは下手にしかできないなんてことに慣れていないのだ。するとジョーイが父親の手に自分の手を重ね、やさしく指を正しい位置に動かした。

「ありがとう」ジョーイがわからないようだったので、カースンは繰り返した。「ありがとう」

ジョーイは理解した。彼は手を平たくして顎にさわり、そして離した。カースンはジーナを見たが、彼女は助け船を出さなかった。

「〝ありがとう〟の意味かい？」カースンはおぼつかなげにきいた。ジーナはうなずいた。

父と息子がためらいがちに、互いを知り合う初めての試みに奮闘しているあいだ、ジーナは一歩引いていた。うまくいった。ジョーイがベッドに行くころには、カースンもずっと楽しい気分になっていたようだ。

その晩遅く、ドアの前で別れるとき、カースンが言った。「最初の晩、ジョーイが君を好きだと言ったときのサイン、あれはどんなだった？」

ジーナは手でYの字をつくった。

「これが〝好き〟という意味。あとは、自分を指さして、相手を指さすの」

カースンはやってみた。

「それでいいのよ」ジーナは励ました。

カースンは自分を指さし、Yの字をつくり、それからジーナを指さした。

「うまくなったわ」ジーナも同じサインを返した。

「私は……あなたが……好き」

カースンはもう一度やった。「私は……あなたが……好き」と言いながら。

そのとき何かに打たれたように、カースンは急に落ち着かなくなった。彼はおやすみを言うと、急いで歩き去った。

6

ジーナは、注意深く準備をしながら、話を持ち出すのに最適の時を待った。最終的にジョーイがそのきっかけをつくった。

ある晩ジョーイの部屋に入っていったジーナは、いきなり頭から冷たい水を浴びせられた。ジョーイがドアの上に花瓶を置いていたのだ。

「ジョーイ！」すぐ後ろにいたカースンが叱《しか》った。

ジーナはすばやく彼を制した。少年は、いたずらの成功がうれしくて、きゃっきゃと笑っている。ジーナも笑いながら、彼を抱いてぐるぐる回した。

「このいたずらっ子！　手のつけられない腕白小僧ね！」

それが愛情表現であることをちゃんと理解していたジョーイはさらに声高に笑い続けた。

「君がいままでジョーイにしてやったことを考えると、あんまりじゃないか？」カースンは花瓶を拾い上げながら言った。

「これはいたずらなのよ。小さな子供はいたずらをするものだわ。でもね、ダーリン――」

カースンはびくりとした。それから〝ダーリン〟が息子に向けられた言葉だと気がついた。

「でもね、ダーリン、次のときは水を使わないで。ほら見て」ジーナは耳のスピーチ・プロセッサーを見せた。「これは、音を聞くための道具。動かなくなるから、濡《ぬ》らしてはいけないのよ」

ジョーイはまたたくまにまじめな顔つきになった。

〝補聴器〟と彼は手話で言った。

「いいえ、それ以上のものよ。補聴器は、少し聞こえる人のもの。音を大きくするの。これは、まったく聞こえない人用。私たちみたいに」

私たちという言葉に、ジョーイはジーナを見つめた。彼には最初に自分は耳が聞こえないと言ってある。だがジーナは明らかに聞こえていたから、ジョーイは漠然と、過去の話だと思っていたようだ。

〝だけど、いまは聞こえるんでしょう？〟

「いいえ、聞こえないわ。あなたと同じよ。でもこれのおかげで、聞くことができるの」

〝僕が壊しちゃった？〟

「大丈夫、運よく濡れなかったわ。濡れても、いつでも取り替えられるの。でも、花瓶の水はもうやめてね」

ジョーイは激しくうなずいた。〝約束する〟

それから眉を寄せ、物ほしげに器具を見た。

〝それ、僕もつけられる？〟

「調べてみる？」

〝うん、そうして〟ジョーイの目が輝いた。彼にとって、これは夢の実現だ。ジーナにもその気持ちが痛いほどわかる。彼女はジョーイをしっかりと抱いて、彼の夢がほんとうに実現するように祈った。

「医者には連絡を取ったのか？」カースンが尋ねた。

「今日、手紙を書いたわ」

「電話のほうが早くないか？」

「電話は聞き取りにくいことがあるの。一度聞いたことのある人の声ならまだいいけど、初めての人の場合は、手紙のほうが簡単。仕事のときはダルシーが助けてくれるの」

「ブレンダのときは、どうしたんだい？」

「なぜか彼女の声は聞き取りやすかったのよ。声によって違うの」

返事はすぐに来た。予約を取るのは簡単だった。ジーナはジョーイに、適性があるか診断する前にたくさんの検査をしなければならないと説明した。時間もかかるし、疲れる検査だと。ジョーイはうなずき、たいしたことではないというふうに肩をすくめた。彼は実験を正しく行うことに専心している、決意の固い小さな科学者のようだった。

カースンも一緒に病院についてきた。息子より彼のほうが緊張していた。ジョーイはうれしそうだった。検査の結果に疑いを持っていないようだ。結局彼は正しかった。手術は二日後と決められた。

入院する朝、ジョーイは興奮していて、ジーナに自分の体験を話してくれとせがんだ。

「もう何べんも話したでしょう」

〝もう一度、お願い〞彼は熱を込めて〝お願い〞のサインをする。まさに子供が何かをねだるときの口調だ。ジーナはほほえんで、ジョーイが大好きな彼女の経験談を話し始めた。

「私の耳は、あなたの年ぐらいまでは聞こえたの。それからひどい熱病にかかって、回復したときには、まったく聞こえなくなっていたの。当時は人工内耳がなかったから、十年間は、そのままでいたわ。そのあいだに技術が進歩して、とうとう私は、あなたが明日受ける手術を受けることができたの。そのあと四週間傷が癒《い》えるのを待って、外側にスピーチ・プロセッサーを取りつけたのよ」

〝四週間も！〟

「大丈夫。日はすぐにたつわ」

ジョーイはその日の夕方入院した。ジーナも付き添って隣の部屋に泊まった。カースンがその夜遅くに訪ねると、二人はテレビの字幕つきのコメディを見ながら笑っていた。ジョーイは主にアイスクリームからなる栄養たっぷりの夕食を食べている。

「今夜十二時以降は何も食べられないから、いまのうちなのよ」ジーナが説明した。

彼女は父と子を二人だけにするために、そっと部屋を出た。カースンの手話は非常に進歩していて、いまでは基本的な会話は充分こなせる。彼が息子に何を言うかを思いつけばの話だが。

三十分ほどしてカースンが出てきた。「看護師が来て、もう寝る時間だと言われた。ジョーイは君がいないと眠れないらしいよ」

「すぐに行くわ。あなたのお食事は——」

「必要ない。これから仕事に戻って、軽く食べるよ。明日手術が終わったら電話してくれるかい？」

「でも——」

「ジョーイのところに行ってやってくれ。待ちくたびれてるから」

カースンは振り返りもせず、廊下をずんずん歩いていった。ジーナは胸に小さな寂しさを抱いて一人残された。カースンが一刻も早く病院を出たがっているのは明らかだった。ここに来てからの彼はずっと緊張していて、居心地悪そうだった。

もちろん、病院というと拒否反応を起こす人もいるが、それではジョーイのためにならない。どうしていまになってカースンは私を失望させるのだろう。やっと希望を持ち始めたというのに。

　次の朝、ジョーイは平静で、機嫌もよかった。彼はジーナに手を振って手術室に運ばれていった。

　あとは待つほかなかった。目の前に広がる時間は果てしなく思われた。カースンは何をしているのだろう。会議に出て、命令をし、利益を増やしているのだろうか。息子を最善の病院に入れ、最高の治療費を出したから、必要なことはすべてやったつもりで？　ジーナは彼のことが憎らしくなった。

「ジーナ」静かな声がした。

　カースンが彼女の部屋の入口に立っていた。顔は青ざめ、目の下にはくまができている。

「入ってもいいかな」彼はおずおずときいた。

「ええ、もちろん。手術はもう始まってるわ。大丈夫？　あなたのほうが具合が悪く見えるわよ」

　カースンはどさりとソファに座った。「少しましになった。仕事をしてても集中できなくてね。補佐役のシモンズが、どうやって問題を解決するつもりかときくんだが、僕はその問題というのがなんなのかさえ思い出せないんだよ」

「そうなの？」ジーナはやさしくきいた。

「まったく重要でない気がしたんだ。どうして彼らはどうでもいいことをまくしたてるんだ？　息子がたいへんな目にあっているというのに」

　カースンの手は震えていた。ジーナがその手を握ると、カースンが痛いほど強く握り返してきた。

「とうとう僕はシモンズに、好きなようにやれ、僕は帰るからと言ってやった。みんな、頭でもおかしくなったかという顔で僕を見ていたよ」

「いいことをしたわ」

　カースンは震える笑い声をあげた。「君がほめてくれたのはこれが初めてだな。昨日の夜はここにいるのに耐えられなかった。これはジョーイにとっての大きなチャンス――彼の全人生――すべてだ。僕はあの子のためならなんでもする。でも大事なのは……君だけだ。僕はわけのわからないことを言ってるな。そうだろう？」

「いいのよ。私は行間を読むのが得意だから」

「そうだね、ありがたいことに。ゆうべは眠れなかったよ。君のことやジョーイのことを考えて。君はとても勇敢で、ここにも泊まってくれた。ところが僕は逃げ出すことしかできなかった。僕がいないほうがうまくいくと、僕は自分に言い聞かせた」

「それは違うわ。ジョーイは、私が同じ経験をしているから、少し私にすがりついているだけ。あなたはあの子のお父さんなのよ。来てくれてよかったわ」

「ほんとか？　嘘《うそ》じゃないね？」

「嘘じゃないわ」ジーナはたじろいだ。

「どうした？」

「私の手。つぶれそうよ」

「すまない」彼はジーナの手をはさんでさすり始めた。「ましになった？」

「少しね。もっとさすって」彼の大きな手に包まれていると安心できた。獲物をとらえて放さないパワフルな手。実際ビジネスの世界で、彼は狙《ねら》った獲物を逃さないのだろう。でもいまは慰めを求め、与える一人の無防備な父親にすぎない。

「長くかかるんだろうか」カースンはさするのをやめた。急に肩をがっくりと落とした。

「そう思うわ。とてもデリケートな手術だから」

彼は頭を抱えた。「僕はあの子のために何ができるんだろう？」

「ここに来ただけで充分よ。ただ待って、彼が目を覚ますときそばにいてあげて」

「ただ待つだって？　どうやって？　実際僕は、命令を出すか手紙を書く以外はまったく役立たずなんだ」カースンは短く笑った。「君はもとから僕を役立たずだと思ってたんだよな」

「少しのあいだ、あなたのことを誤解してたから」

「そうじゃない。あれが僕の実像なんだよ」

「カースン、そんなに自分を責めるのはやめて。あなたが倒れたら、ジョーイはどうなるの？」

「僕は倒れたりしないよ。僕は強いので有名なんだ。一撃のもとに敵をやっつけるパワフルなカースン・ペイジ。だけどほんとうに強いのは、父親の助けもなく一人で戦っている僕の息子だったんだ。僕はあの子に愛しているとすら言えない。あの子は僕が愛していようといまいと、どっちでもいいんだ」

「そうじゃないわ」

「そうか？　僕が謝ろうとしたとき、あの子が身を引こうとしたのを見ただろう？」

「彼にとってもまったく新しい世界なのよ。あなたたち二人はまだ、お互いをよく知る必要があるの。急がないで。彼のペースに合わせてあげて」

「君は世界でいちばん賢い女性だよ。君が現れる前、僕はどうしてやっていけたんだろうね。いや、何もやってなかったんだろうな」

「あなたは立派な企業を興したじゃない」

「そんなものは、なんの価値もない。ああ、なんてことだ！」

カースンは、また頭を抱えた。ジーナは彼の肩に手を回して、頭をもたせかけた。

「私がここにいるわ」彼女はやさしく言った。

カースンが彼女の手を探る。二人はじっと動かずにいた。ジーナはこのままいつまでも彼のあたたかさと重みを感じていたかった。自分が彼に必要とされているのを意識しながら。そのことがあまりにうれしくて、怖いほどだった。

しばらくすると、彼の息遣いが変わってきた。いつのまにか眠っている。ジーナは彼が恐れと悲しみだけを抱えて独りぼっちで過ごした夜のことを思った。私を必要としていたのはジョーイだけではなかった。カースンが部屋に入ってきたとき、彼の苦悩はくっきりと顔に刻まれていた。いま彼は恐れと不眠で疲れ果ててしまったのだ。

ジーナもうとうとしたらしい。ジョーイの部屋のドアが開けられ、ストレッチャーが運び込まれる音に、彼女ははっと目を覚ました。彼女はカースンをそっと揺り動かした。

「帰ってきたわ。終わったみたいよ」

二人はドアのところに立って、看護師たちがジョーイをベッドに寝かせるのを見ていた。立ち働く人々のあいだから、ベッドの上の、頭に包帯をぐるぐる巻かれた小さな体が見える。カースンは前に出ようとしたが、ジーナが押しとどめた。

白衣を着た若い女性が近づいてきた。「私が担当のヘンダースンです。すべて、うまくいきました。お子さんは一時間もすれば目が覚めるでしょう」

カースンは目を閉じた。「ありがたい！」

二人はベッドに近づいた。ジョーイは規則正しく息をしながら眠っている。彼は小さく、弱々しく見えたが、顔色はよかった。ジーナは彼に軽くキスして後ろに下がった。カースンを息子と二人にしたかったから。

カースンは身をかがめて息子の頬を撫《な》でた。ジーナは彼の唇が動くのを見て、目をそらした。カースンが何を言ったか、わかった気がした。

三日してジョーイは退院してきた。最初の音が聞こえるまでにはあと何週間か待たなければならない。包帯は取れて、左耳の下の小さく剃《そ》った部分とガーゼ以外、見た目は以前と変わらない。

表面上、生活は手術前と同じパターンになった。病院であんなふうに心を通じ合わせたのだから、カースンとの関係は何か変わったに違いないとジーナは思ったが、カースンは少しのあいだ殻から出てきただけで、また引っ込んでしまった。たぶん内面をさらけ出しすぎたと思い、ジーナから離れることでそれを否定したいのだろう。理由はなんであれ、ジーナは悲しかった。

同じ家に住んでいるのに、あまりカースンと顔を合わせなかった。彼は早く帰宅し、三人で夕食を食べる。そのあとジーナはジョーイをベッドに連れていき、カースンは息子におやすみを言いにやってくる。親子の関係がだんだん気の置けないものになってきているのが、ジーナにはうれしかった。

それからカースンは書斎で仕事をする。ジーナが寝るときもまだ仕事をしていることが多かった。

でも、ある晩ジーナが長い映画を見て遅くまで起きていると、カースンがブランデーとグラスを持って訪れた。彼はソファに座って長い息を吐いた。

「世界一ばかな男と電話するのに一時間もかかった。一つ要点をクリアしたと思うと、また初めに戻る。それを三回も繰り返せば、生きる意欲も失うよ」

カースンはグラスをあけた。彼が昼間は、たとえ昼食のときでも酒を飲まないのは、自制心のなせるわざだ。頭がぼんやりして失敗するのはほかの人間で、カースン・ペイジは常に沈着冷静で彼らの上をいく。でも夜自宅では、ときどき酒を楽しむ。

ジーナもブランデーを飲んだ。とても上等でまろやかな味だ。「今日はついてなかったのね」

「もう思い出させないでくれ」

カースンは友達同士で愚痴を言い合っているように唇をゆがめた。

〝世界一ばかな男〟の相手をしているうちに、彼はタイを取り、シャツのボタンを外し、髪をくしゃくしゃにしている。十歳は若く見えた。「君のほうはどうだった？　夕食のとき、ジョーイは上機嫌だったね」

「ええ、楽しかったわよ。公園に行って、湖でボートに乗ったの。偶然ジョーイの学校のハンリー先生に会ったわ。いい先生みたいね」

「僕も会ったことがあるよ。ジョーイの反応はどうだった？」

「少し変だった。礼儀正しいんだけど、二人の意思の疎通はうまくいってないみたい」

「秘訣《ひけつ》はなんだい？」

「何が？」

「ジョーイは専門家に習ってる。そのうち何人かは聴覚障害者だから、彼の問題も理解できるはずだ。なのにジョーイは、君を心通わせる唯一の相手に選んだ。君にあってほかの人にないものはなんだろう」

「私にもわからない。共感なんてものは説明できないわ」

「そうだね。愛と同じで、それはどこからともなくやってくる。説明は不可能だ」

「そして、人がいくら壊そうとしても生き残るのよね」

「どういう意味だ？」

「ジョーイは今日お母さんの話をしていたわ。手術のことは彼女に知らせたの？」

「知らせてなんになる？」

「そうね。でもジョーイはお母さんをとても愛しているわ。驚くほどよ。私は煽《あお》っていいのか、牽制《けんせい》していいのか、わからない」

「どちらにしても、あの子は傷つくだろうよ」カースンはソファに頭をもたせかけて遠くを見るように言った。会話がその方向に向いたとき、彼がいつもするしぐさだ。それは目を覆うために引き下ろされるブラインドの効果を持っていた。

「彼女が天から与えられた最大の贈り物は、人を引きつける力だ。美貌《びぼう》なんてものは二の次だよ。彼女の魅力は鳥をも木から落とす。彼女がそれを水道の栓みたいに開けたり閉めたりできるのだとわかっていても、人は引き寄せられてしまう。今度こそ引っかかるまいと自分に言い聞かせても……」

「あなたもそうだったの？」

カースンは最初答えなかった。でもやがて、自分自身に言い聞かせるように話し始めた。

「最初は自分にだけ向けられているのだと思った。まるで生涯僕と出会うことだけを待っていたと言わんばかりの熱いまなざしや、信じられないほど魅惑的なほほえみは、自分にだけ与えられた特権だと。たったの十九歳で手練手管を身につけているはずがないからね。僕は若くて愚かで、恋に目がくらんでいた。そんなすばらしいものが手に入るのは、自分にそれだけの価値があるからだと思うのは傲慢《ごうまん》だね。でも若いとき、人は傲慢なものだよ。特別なほほえみを浮かべて彼女が言う言葉を、すべて信じようとした。あなただけを愛してる、ほかにはだれもいない――」

「でも彼女はあなたを愛していたんでしょう。でなければ結婚するはずがないわ」

「彼女は欲求の強い人で、僕は彼女の欲求を満足させることができたんだ」カースンは率直に言った。「そういう情熱に支配されているとき、未熟で無知な人間は、それで充分だと考える。そうでないとわかったときはもう遅いんだ」

カースンは黙った。彼のひそかな苦しみを垣間見て、胸が激しく打った。ほんとうは、私に話すつもりなんてなかったのだろう。きっとあとで後悔するに違いない。

もう寝る時間だと言おう。彼がかつて愛し、いまも取りつかれている女性についての打ち明け話など、これ以上聞かないほうがいい。

だがジーナは動かなかった。ジョーイのためだと自分に言い聞かせる。彼の家庭環境を知れば、手助けもしやすくなるから。

でもカースンがブレンダについて語るときのあらゆる声の抑揚を聞き逃すまいと緊張するのは、ジョーイのためではなかった。

「結婚したとき、彼女が有名になりたがっているのは知っていた。でもどれほどその野心に取りつかれているかは知らなかった。妻や母の立場を楽しんでいるようだったから、そんな日々が続くと思っていた。彼女には、一つのステップにすぎなかったんだけどね。新しい役と同じで、単にやってみたかっただけなんだ。ジョーイに障害があるとわかると、彼女は役に飽きてほかのものがほしくなった。僕は理解しようとしたよ。いい養育係《ナニー》がいたから、彼女は家をあけることもできた。僕は出かけてほしくなかったが、僕たち夫婦は強い絆《きずな》で結ばれているから、どんなことにも耐えられると思っていた。あのころは僕もずいぶん純朴な考えを持ってたものだよ。愛はすべてを征服するとか、乗り越えられない山はないとか、歌詞にでもありそうなことをね」

「いまは信じてないの？」ジーナは感情をまじえずにきいた。

「もし男と女が愛し合えるなら、僕たちは確かにそうだった。そしてすべてが安物のおもちゃのように壊れてしまった。のぼせ上がってした結婚はよくない。いちばんいいのは、二人が共通の何かを持っていて、互いを好ましく思っていることだ。その場合でも、あまり好きになりすぎるのはよくない。あのときわかっていたら、僕は夢中になっている女とは結婚しなかったろう。そうすればたくさんの不幸が避けられたんだ。ブレンダが家をあける期間は、どんどん長くなった。映画のロケで海外に行くこともあった。彼女にはずいぶん早くいい役がつくようになったよ。男と寝ることで階段を上がっていったんだ。最初ブレンダは否定した。彼女はとても説得力があったから、もしかして僕が間違っているのかと思ったほどだった。それから僕は、彼女がほかの男といるところをつかまえた。ブレンダは許してくれと懇願した——もう二度としないと」

「あなたは彼女を信じたの?」

「さぞかしばかだと思うだろうね。でも自分の正気を保つために、信じる必要があったんだよ。そのうちブレンダは取りつくろいもしなくなった。僕は彼女を自分の人生から切り離さなければおかしくなってしまうと知った。だからそうした」

最後の言葉には、まるでページに斜めの線を引くような最終的な響きがあった。それきりカースンは口をつぐんだ。

ジーナは呆然《ぼうぜん》として座っていた。カースンの静かな言葉の陰に、激しい苦しみと怒りを感じる。彼は人がめったに巡り合わないほどの情熱を知り、それを破壊されて抜け殻になった。ブレンダを切り離して残ったものは空虚さだけだ。なぜなら彼女を切り離す唯一の方法は、自分の心をも切り離すことだから。

ジーナはかすかな物音に顔を上げた。グラスが彼の手から落ちて転がっている。彼は眠っていた。

スタンドの柔らかな光のなかで、彼の顔はリラックスして見えた。眠りによって悩みを拭《ぬぐ》い去られた顔は、子供っぽく、無防備だった。

彼の唇を意識したことはなかったが、いま見ると、幅が広くてくっきりしている。残酷な経験によって情熱への不信を教えられる前は、さぞかしセクシーだったことだろう。

苦い心から発せられた苦い言葉。彼はもう愛を信じていない。そのことを、私がなぜ気にするんだろう?

カースンは世の中に対して身構えている。ふたたび圧倒されることを恐れているから。でもかつては彼も、喜んで愛に身を捧《ささ》げたのだ。そう考えるとなぜか苦しかった。

ジーナはソファの前に膝をついた。彼の顔が間近になり、息がかすかに唇をくすぐった。電気に打たれたような感じがした。彼と触れてもいないのに、体に電流が流れ、全身を溶かした。欲望で力が抜けていく。体が震える。

この世のどこかに、この人の情熱を受け取りながら、捨ててしまった人がいる。その人はどうかしている。

もしカースンが私を愛してくれたら、私は決して彼から離れない。それは自分の心臓を切り離すようなものだから。彼の愛は人生最高のものとなり、あらゆる夢を満たし、あらゆる欲望を満足させるだろう。

別の意思が彼女を支配しているかのようだった。ジーナはそこに釘《くぎ》づけになって、思慕の情をあらわに彼を見つめた。そっと唇を重ねたいという衝動に負けそうになる。結果なんてもうどうでもいい！

カースンが身動きして、何かつぶやきながら手を差し出した。それが顔に触れて、ジーナは凍りついた。カースンが目を覚まして、私がここにいるのに気づいたら？　彼の指が唇にさわり、ジーナの胸は激しくとどろいた。

ジーナは彼の手をそっとはさんでソファに戻した。そして立ち上がり、すばやく部屋を出た。

カースンははっとして目を開けた。眠っていたのか起きていたのかわからない。ぼんやりしたなかで、自分はもう少しで彼女に……。

でも、そこにはだれもいなかった。

7

　ダンは定期的に連絡をよこして、デートに誘ってきたが、ジーナはジョーイを言い訳にして断り続けた。でもジョーイが退院して十日たったとき、カースンが言った。「ダンがまた電話してきたよ。君を独占していては申し訳ない。こっちは気にせず出かけてくれ」

「ジョーイと二人だけで大丈夫？」

「うまくやれるよ。手話の練習をして、ジョーイは僕の覚えの悪さをおおいに笑えばいい。君が見られないのは残念だな」

「ご心配なく。ジョーイがあとで一部始終話してくれるから」

「そうだろうな」彼はにっと笑った。

　彼のほほえみはあたたかだったが、ジーナは誘い込まれまいとした。近ごろはいつもそうだ。

　二人で話した日の翌朝、カースンが気軽に言った。

「ゆうべは酒を飲みすぎた。そういうとき僕はいつもくだらないことをべらべらしゃべるんだ。だからあんまり飲まないようにしているんだが、いろいろ言ったかな？」

「ほとんど何も。あなたは半分眠ってたから」

「よかった」それでその話はおしまいになった。

　レンショー・ベインズからの給料のほかにカースンが払ってくれる気前のいい手当に気をよくして、ジーナは新しいドレスを買った。でも家に持って帰ったとたんに後悔した。それは薄黄色のシフォンの、ふわっとした魅惑的なドレスだったが、ダンがこれを着ていけるところに連れていってくれるとは考えられない。

これはダンのためのドレスではない。ジーナは、ホールの鏡に姿を映しながら思った。自分の部屋では狭すぎて映してみることもできないからだ。ドレスは瞳の色の深さと、とび色の髪の輝きをうまく引き出しているが、ダンは慣れすぎて、そのどちらにも気がつかない。これは、男性にほかの女性を忘れるほど注目してほしいときのドレスだ。

ジョーイが階段に座ってこちらを見ている。ジーナは笑ってくるりと回ってみせた。ジョーイは手話で〝きれい〟と言った。

「ご親切に」ジーナは気取っておじぎをした。

「ジョーイはなんて言ったんだい？」カースンがドアのところに立ってこちらを見ていた。彼のまなざしに、体が熱くなった。それは彼が妻のことを話した夜以来、いや、もっと前、彼が病院で苦しい胸の内を告白した夜以来、よくあることだ。

「ああ……ドレスが気に入ったって」ジーナはあいまいに答えた。

ジョーイはもう一度手話をした。

「指でつづってくれ」カースンが頼んだ。「きれい？　ああ、そうだね。ジーナはとてもきれいだ」

ジョーイは熱心につづり続ける。「とても、とても、きれい。ああ、父さんもそう思うよ」

「ありがとう」ジーナはほほえんだ。いま彼女は自分がこのきれいなドレスを買った理由を知った。

真実は鏡のなかにあった。エレガントな髪。念入りな化粧。それはダンと彼の点火プラグのためではなかった。実際のところ、ダンはジーナが何を着ていても気づかない。でもカースンは気づいた。

ドアベルが鳴って、彼女は飛び上がった。どうかダンではないといいけれど。

やはりダンだった。ジーナは気を落ち着かせようとした。もちろんカースンは大事だ。私は彼と起居をともにし、彼の生活と、悲しい秘密にかかわっている。それ以上のものかもしれないという幻想は、ダンと数時間外の空気を吸えば消えるだろう。

ダンは美しいドレスを見て目を丸くした。珍しくジーナの着ているものに気づいたらしい。彼は感動のあまり、感想まで言った。

「ちょっとめかしすぎじゃないか？　今日はドッグ・レースに行くんだから」

「ドッグ・レース？」カースンが罪のない顔できく。

「ディナーだと思ってた」ジーナは戸惑った。

「コースを見下ろす場所にレストランがあるから、簡単にすませられるよ」

「着替えてくるわ」ジーナは即座に言った。

「いいよ。時間がない。最初のレースを見逃したくないんだ。コートを取っておいで」

ダンがドアを閉めたあと、カースンとジョーイは顔を見合わせた。率直な男同士の話に、言葉も手話もいらなかった。


いったいジーナは彼のどこがいいんだろう？

「君はすばらしい仕事をしてるよ」ダンは鷹揚《おうよう》に言った。「パイと豆をもっと食べなよ。うまいぞ」

ジーナは被害を受けないよう、ふわりとしたスカートを引き寄せた。パイと豆。

彼らはレストランの、コースを見下ろす窓際の席に陣取っていた。ダンはレースごとに賭《か》け、二勝一敗で上機嫌だった。

「どうして私がいい仕事をしてるってわかるの？」

「カースン・ペイジだよ。彼は今日、プラグの注文を二倍にしてくれた」

「そう」

「君が考えてること、わかるよ。彼が僕に好意的なのは、君にいまの仕事を続けてもらいたいからだと思うんだろう」

そのとおりだったので、ジーナは黙った。今夜のダンは洞察力がある。点火プラグに関してはいつも勘が鋭い。

「うちのはいいプラグなんだよ、ジーナ。僕がほしかったのはそれを証明するチャンスだ。君はそのチャンスを与えてくれた。感謝してるよ。無給の子守なんて楽じゃないもんな」

「無給じゃない。会社の給料以上に払ってもらってるわ。でないとこんなドレス、買えないわ」

下ではまたレースが始まろうとしていた。ダンは無理やりレースから目を離し、ドレスをながめた。

「うん、ずいぶん高そうだ。でも金を無駄に使ったのは惜しかったな。それだったら……おっと、始まったぞ！」

「ダン――」

「ちょっと待って、ダーリン！　シルバー・ラッドに賭けてるんだ」

続く数分間、ダンは完全にジーナのことを忘れていた。シルバー・ラッドが楽勝したあとは、自分の勝利以外の話をさせるのは無理だった。やっと話を元に戻しかけたときにはもう、次のレースに出る犬たちが連れてこられていた。

「今日はついてるな。今度はスライブーツに賭けたんだ。いちばん向こうの黒いやつだ。本命だから配当率は四―五だけどな」

「ダン、あなたって、ほんとにいい人ね」

「そうかい、ダーリン？　それはうれしいな」

「ほかの人なら、私が別の男と暮らしていたら騒ぎたてるけど、あなたは顔色一つ変えないものね」

「別に何もないんだろう？」

「ないわ。でもどうしてそんなに確信があるの？」

「君を知ってるから。君は彼のことを決してそんなふうに考えない。僕らのためにしてくれてることだからね。僕らはすばらしいチームだ。会社も僕が大きな魚を釣り上げたことをとても喜んでいる。特別手当も出そうなんだ。だからそろそろ将来の計画を立ててもいいと思う」

「将来？」

「僕らの将来だよ。家庭の団欒《だんらん》ってやつさ。おっと、始まったぞ」

「ダン、それ、プロポーズ？」

「なんだって？」

「それは、プ、ロ、ポーズ？」

騒音がうるさいので、ジーナは彼の唇を読まなければならなかった。「そう思ってくれていいよ」

思いたくもない。私はパイと豆を前に、本命が四一五で勝てるかどうかに半分注意が向いている男からプロポーズされたくない。

でもこれがダンなのだ。知り合ったころから少しも変わらない。いまも同じ気のいい、細やかな感情の機微には無頓着《むとんちゃく》な、のっそりした人だ。変わったのは私のほうだ。以前は充分だったものが、いまではそうでなくなった。

帰り道、ダンは四勝したことで有頂天になっていた。ジーナがプロポーズの返事をしなかったことにも気づいていない。たぶん答えは必要ないと思っているのだろう。

家が近くなると、ジーナは身構えた。ダンはおやすみのキスをするだろうけど、私は彼と唇を合わせたくない。ほかのだれとも。ただ……。

「電気がついてる。彼はまだ起きてるぞ」ダンが言った。「家に入ったら、コーヒーをいれてきてくれるかい？　彼とちゃんと話がしたいんだ」

家に入っていくと、書斎にいたカースンがホールに出てきた。ひととおりの挨拶《あいさつ》をしているとき、ジーナは、ジョーイが階段の手すりからこちらをのぞいているのに気がついた。

「君が帰ったかどうか、あの子が見に来たのはこれで五回目だよ」カースンが言った。

「ジョーイを寝かせてきてあげたらどうだい、ダーリン？」ダンが即座に言った。

そうしたらゆっくりカースンと話ができるものねと思ったが、ジョーイのうれしそうな顔には勝てなかった。

決意の固いダンと残されて、カースンは観念し、コーヒーを飲もうと彼を台所に誘った。

「それで、楽しいゆうべを過ごされましたか？」

「そりゃもう。大勝ちしたんですよ」

「ジーナは？」

「彼女も二回ほど勝ちました」

「いえ、彼女も楽しんだのかということです」

「ええ、それは。そこがジーナのいいところなんですよ。なんでも喜ぶ。決して面倒を起こさない」

「ああ、確かにそういう女性はいいですね」

「僕が言いたいのはそこですよ。ジーナと僕はいいチームです。彼女にも今夜言ったんですよ。そろそろきちんとすべき時期だって」

「というと？」

「いつかは結婚しないとね。もう何年も、ありそうでなかったんです。ほかには目がいきませんでしたよ。彼女はかわいい女性だから」

「ええ」

カースンはカップを二つテーブルに置いた。何かすることがあってよかった。それから砂糖、ミルク。コーヒーを注ぐ。何かをしていろ。ひどく動揺していることを隠すためならなんでもいい。

「指輪を買いに行こうと思うんです。私はそういうつまらないものには興味がないんだが、女性というのはね。明日の晩は大丈夫ですか？」

「いいですとも」カースンは冷静に言った。

ジーナが下りていったとき、二人の男は台所で話をしていた。

「ジーナがここにいることに理解を示してくださっ

て感謝しています。息子がどうしてもと――」

「かわいそうな坊ちゃんがジーナを必要としてるなら、彼女はもちろんいてあげるべきですよ」

「ええ。ジーナは息子を完璧《かんぺき》に理解して面倒を見てくれるんです。ちょうど彼女のお母さんが彼女にしたように」

ダンは笑い出した。「ジーナの母親が？　どうしてまたそんなことを思うんです？」

「お母さんはジーナが小さいころ亡くなったのは知ってますが――」

「亡くなる前も役立たずでしたよ。娘の耳が聞こえなくなってからは、娘に興味を失ったんです。そうだよな、ダーリン？」

「さ、さあ、覚えてないけど」

「僕は覚えてるよ。おふくろは君のために怒ってた。理解できないと言ってたよ。母親なら――」

「ごめんなさい」ジーナは部屋を飛び出した。

どこに向かっているのかわからなかった。涙で目の前がぼやけている。ナイフで切られたように心が痛い。どうしてダンはあんなに無神経なことが言えるのだろう。あの記憶が私にとっていかにつらいものか、気づいてもいいはずなのに。

もちろん、彼は気づかない。ダンは人が何をどう感じるか理解できないのだ。

ジーナは努めて気持ちを立て直した。ダンが戸惑い、心配してあとをついてきていた。

「どうしたんだ、ダーリン？　君らしくないよ」

「そうね。私はいつも頼りになるのにね」つい苦い口調になる。

「なんだって？」

「なんでもないの。ちょっと疲れただけ。楽しい夜をありがとう、ダン」

「悪くなかったよな？　ああいうのも、たまには」

「率直な人ですね。僕の好きなタイプだ」カースンが後ろから言った。「そのうち時間をつくって、新型プラグについて話し合いましょう」

カースンはしゃべりながらダンを容赦なくドアから押し出した。ダンはいつのまにかジーナにおやすみのキスをすることなく外に出ていた。

カースンが台所に戻ると、ジーナはコーヒーカップを洗っていた。

「そんなのほうっておけよ」

「いいの。寝る前にきれいにするのが好きだから」

「ほうっておけと言ってるだろう。話をしよう」

「何も話すことなんかないわ」

「あんなことがあったあとで？」

「あなたをだましてたことなら……ごめんなさい。私は、母が完璧だったという印象を与えたと思う。母からジョーイに必要なことを学んだって」

「もう気にするな、ジーナ」

「そうね。さあ、終わった。もう寝るわ」

「まだだ。ブランデーを飲もう。ずいぶんショックを受けてるようだから」

「大丈夫よ、ほんとに」

カースンが腕をつかんだ。「それなら、どうして震えてるんだ？」

「別に……疲れてるだけよ」

ジーナは逃げ出したかったが、彼はまだしっかりと腕をつかんでいる。彼の手が素肌に触れていると落ち着かなかった。でも彼の口調のやさしさはもっとジーナを落ち着かなくさせた。

「話してみろよ、ジーナ」

「何も話すことはないわ。母はもう死んだのよ。ずっと昔のことだわ」

彼は手を放した。「わかった」

「何がわかったの？」

「僕の悩みは聞く。でも僕が君のを聞こうとしたら、立ち入るなというわけだ。僕は君に、ほかのだれにも見せたことのない一面を見せた。そのあとで近づくなと言うのは親切じゃないよ。むしろ横柄だ」

「私はそんな――」

「僕は君を当然のように信用している。でも君は僕を信用していない。僕らは友達だと思っていたよ。でもでなければあそこまで気持ちを打ち明けない。でも一方通行だったみたいだね」カースンは思いがけず傷ついた心を隠そうと鋭い口調になった。

ジーナの声は震えた。「何も言うことはないの。ほんとになんにも。私、もう寝るわ」

彼女は身を振り切るようにして階段を駆け上がった。カースンはその後ろ姿を見ながら苦い思いを噛《か》みしめていた。

ちくしょう！　彼女はいったいなんの権利があってジョーイの心に入り込んで、それからさっさと出ていって、あのでくのぼうと結婚してしまうんだ？

ジーナが笑いとあたたかさで満たしてくれて以来、この家は変わった。それなのにいま、彼女は出ていこうとしている。空白だけを残して。自分にとってもジョーイにとっても大打撃だ。ジーナが来る前なら耐えられた。でもいまでは耐えられないだろう。こんなふうに苦しむなら、彼女を知らないほうがよかった。

仕事は山ほどあった。カースンは一時間ばかり奮闘してみたが、まるで集中できなかった。これでまた一つ減点だ。ジーナなんか早く出ていってくれればいい。そうすれば、自分たちの立場がはっきりする。

とうとうカースンはあきらめた。頭も痛み始めている。彼は電気もつけず階段を上がっていった。そしていちばん上の段で、何かにつまずいた。

「ジーナ、こんなところで何をしてるんだ？」

「わからない」ジーナははなをすすった。「飲み物を取りに行こうとして気が変わったの。というか、変わりそうになったの。そのうちどうしたいのかわからなくなって、座って考えようとしたの。それが十分ぐらい前だった……と思う」

カースンは彼女の横に座った。窓からの薄明かりで、ジーナがきれいなドレスを脱いで安物のコットンのガウンを着ているのがわかった。彼女が自分の幸運を数えるタイプでよかったと、怒りにも似た感情にとらわれながら思う。ダンと結婚したら、彼女はこの先一生安物のガウンを着ることになるだろう。

そのときジーナがまたはなをすすり上げた。彼の怒りは消えた。「泣いてたのか？」

「違うと言ったら信じる？」

「いや」

「それなら、泣いてたわ」

「僕のせいか？　僕が意地悪だったから？　いろいろ言ったこと、謝るよ」

「いいえ、あなたじゃないわ……何もかもよ」

「ダンが不幸な記憶を引きずり出したからか？　彼は配慮がなさすぎるよ」

「悪気はないのよ。ただ頭に浮かんだことをそのまま言うだけ」

「たとえそれが人を傷つけても？」

「たぶん私が過敏に反応しすぎたのね。もうずっと昔のことなのに」

「しかし自分の母親のことだろう」

「ええ、そうよ」ジーナはかすれ声で言った。「私はなぜ母が急に私を見るのもいやになったのかわからなかった。私は病気になって、治ったら耳が聞こえなくなっていたの。まるで別の人間になったようだったわ。私は考え続けた。いつかはゆがんだこの世界が元どおりになるだろう。そうすれば母は喜ぶだろうって。でもその前に、母は死んでしまった」

ジーナは泣くまいとしてきた。でも突然、長い年月にわたる悲しみが彼女を圧倒した。彼女は頭を垂れ、れてすすり泣いた。カースンは彼女の肩を抱いて毒づいた。それがダンに対してか、ジーナの母親に対してか、ジョーイの母親に対してかはわからなかった。なんの慰めにもなれない自分に対してかはわからなかった。わかっているのはジーナが不幸せだということ、だれかがその償いをしなければならないことだった。

「でも、もう取り返しがつかないの。母の最後の記憶は、私が母の思うようにできなくて母が怒っていたことだけ。母はいつも私を怒鳴っていたわ。聞こえないけど、雰囲気でわかるの。それに母の目には恐ろしい敵意がみなぎっていた。まるで私がわざとへまをしているみたいに。お客さんが来たらいつも、目につかないところにいるように言われた」

「なんてことだ！」

「ある日私が十歳のとき、母はものすごくいらいらしていた。母がいらだてばいらだつほど、私はうまくできなくて。最後には母は家から飛び出してしまったわ。私は落ち込んだけど、自分が何をしたのかわからなかった。それで私は階段に座って、母が帰ったら何をしようかと計画を立てたの。今度こそうまくいくように、もう一回やり直そうと。でも、母は帰ってこなかった。トラックに衝突して、即死したの。私は自分のせいだと思ったわ」

カースンは言うべきことが見つからず、肩に回した手に力を込めた。

「こんなこと、もう何年も思い出したことがなかったわ。記憶にふたをして、見ないようにしてきたの。父も私によくしてくれなかったとき、私は頭のなかで母の像をつくり上げて、精神のバランスを取ったんだと思う。もういない人については、精神安定のためにあらゆる嘘《うそ》をつけるものでしょう」

「そうだね。ほんとうにそうだ」カースンは半ば自分に言い聞かせるように言った。

「必ずしも母の落ち度というわけでもないの。彼女は屈託のない人で、楽しく暮らすのが好き。そうはいかなくなって、途方に暮れたのよ」

「多くの母親たちが、なんとか折り合いをつけてるのに。どうして彼女を許すんだ？」

「そのほうが少しでも傷つかないですむからなんだと思うわ。私はもう大丈夫。どうしてこんなふうに反応したのかわからない」

「癒《い》えない傷というのはあるものだよ。癒えたふりをしようとすると、よけいに悪くなる」

「そうね」ジーナは、彼を傷つけて出ていった女性のことを思った。

「君はジョーイのためにも僕のためにも強くいてくれた。でもだれが君のために強くいてくれるんだろう？」

「手助けしてくれた人たちはいたわ。ダンのお母さんは私に歌を教えてくれたし、とても親切で、子供のころはよく面倒を見てくれたのよ」

　ダンのことを思って、カースンの目は厳しくなった。ジーナの選んだ夫。彼はこの先何度も何度もジーナの期待に背くだろう。カースンはより強く彼女を抱きながら、何も言えないでいた。自分だって、彼女を悲しませてきた人々とどう変わりがあるだろう。彼らの失敗は、ジーナが彼のなかにあると認めたことそのものではないか。

　ジーナが彼に腕をからませてきた。彼の体のあたたかさに一種の慰めを見出《みいだ》したかのように。カースンは彼女の髪を撫《な》でた。彼女はなんて華奢《きゃしゃ》なんだろう。強いのはその精神だけなのだ。

　タフだと彼女は言った。でもその言葉はふさわしくない。彼女には引き伸ばした鋼の強さがある。それでも一つの言葉で傷つき、壊れることもあるのだ。

「泣いてもかまわないと思うよ」彼は言った。

「もう泣かないわ。ずっと前に終わったことだもの」

カースンは彼女の顎を持ち上げて、頬についた一粒の涙を拭《ぬぐ》った。「いまの君は、ほかの人間の涙を乾かしてやってるんだね」

彼女は震えるほほえみを浮かべた。それを見てカースンは鋭く息を吸い込んだ。

「大丈夫だ。すべてうまくいく」

ジーナは全身で彼の言葉を聞いた。その言葉がもたらす慰めと安堵《あんど》に、あらゆる部分が呼応する。いつまでもこんなふうに彼の腕に抱かれて、心地いいあたたかさを感じていたい。

カースンはじっと彼女の顔を見つめた。今日はジーナが別の男と婚約した日だ。自分には彼女にキスする権利はない。でも意識が戦っているうちに、唇が自然に引き寄せられていった。

ジーナの唇は人柄のままに豊かだった。そしてカースンの唇にちょうどぴったりの形をしていた。彼の生活はかくも長らく冬だったから、春の訪れはショックだった。それは彼の血を騒がせ、理詰めの頭にしばしの休息を与えた。

ダンしか比べるもののないジーナにとっては、カースンのキスは新しい発見だった。男性の唇がこんなに繊細で巧みだなんて知らなかった。その感覚に我を忘れることがあるとも。

ジーナは、カースンがソファで眠ってしまった晩から、ずっと焦がれていた。それは禁断の木の実であり、それゆえにいっそう甘かった。

彼女は新しい生の目覚めに震えていた。カースンの唇は胸ときめかせるものだったが、それだけでは充分でなかった。彼の手も、いま押しつけられている体も、全部ほしい。

ジーナは彼の首に抱きついて、さらに親密なキスを誘った。そして濃密で輝かしい感覚に身をゆだねた。心臓がおかしくなったように打っている。彼の腕に力がこもり、その体からパワーが流れ込んでくる。

彼の唇が動くたびに新しい感覚の炎が燃え上がった。彼を自分のものにするためならなんでもする――どんなルールも破ると思わせる。

カースンは経験に長《た》けていたから、ジーナがいまにも全面降伏しそうなことに気づかないわけがなかった。彼の脈は躍り上がり、キスはより性急に、濃密になった。いますぐにでもジーナをベッドに運びたかった。彼女も許してくれるだろう。

ダンのことなど知ったことか！　もし自分のもとに引き止めておけないなら、男は女に対して権利などない。

だがダンのことを考えたのは致命的だった。カースンにはでくのぼうに見えても、彼はジーナの選んだ男だ――理由は神しか知らないが！

自分との戦いは苦しかったが、カースンは勝った。ジーナは彼に貴重な贈り物をくれた。それなのに、彼女がもっとも無防備なときに征服するような形でそれに報いることはできない。

ジーナは、カースンが手をゆるめ、身を引くのを感じた。彼女は自分の喜びの投影を見たくて、カースンの顔を見上げた。

でもそこにあったのは警戒心と戸惑いだけだった。自分の愚かさが信じられないとでもいう表情だ。冷たい戦慄《せんりつ》がジーナの全身を走った。

「たぶんいまのはよくないことだったと思う。僕は君の気分をよくしてあげたいと思ったんだが、間違った方法を選んだようだ」

カースンはいま二人のあいだで起こったことを否定しようとしている。そんなことはできないはずだ。それは否定するにはあまりにも美しく、感動的だったから。

「心配するな。君はこの家では無防備だ。僕は決して君を力ずくでどうこうしようなんて思わないよ」

「カースン、私は——」

「君とダンのことは、わかってる。だから心配しないでくれ」

「心配はしてないわ」ジーナは感情のない声で言った。「あなたは私を慰めようとしてくれただけだとわかっているから」

「そう。そうなんだ。でも少しいきすぎた。どうか悪く思わないでくれ」

「もちろん」自分でも驚いたことに、とても冷静な声が出た。「私……私、もう寝るわ」

「そうだな。僕もそうするよ」

彼は一刻も早く私から離れたがっている。少し前の夢が、いまはいかにばかげて見えることか。ジーナは急いでおやすみを言うと、自分の部屋に逃げ込んだ。

8

翌朝カースンは、ジーナの顔を見ずに言った。

「今夜は早く帰るよ。君が出かけられるように」

「出かける？　私はどこにも行かないわよ」

「ダンと婚約指輪を買いに行くんじゃないのか？」

「婚約……？　ダンは何を言ったの？」

「ゆうべ言ってた——いや、ほのめかした。君にプロポーズしたと。そして——」

「確かにしたわ。でも私は返事をしてないわよ。だって彼はレースに釘《くぎ》づけだったんだもの。ダンは私が当然承諾すると思って、あなたに言ったのね？」

ジーナは深く息を吸った。「もしダンがここにいたら、私……いなくて彼にとっては幸運だったわ」

「彼と結婚しないのか？」

「絶対しない。ああ、ほんとにもう！」

カースンはうれしそうに彼女を見た。また太陽が昇ってきた。

ジョーイが心配してきいた。〝父さんとジーナはけんかしたの？〟

「いいや。その反対だ。大の仲よしだよ」

怒りが収まってから、ジーナはダンに電話した。

「私が悪かったの。あなたとは結婚できないとはっきり言うべきだったのに、つい言いそびれて」

「だけど全部決まったことだろう」

「何も決まってないわ。レースのあいだ、ほとんど結婚の話はできなかった。こんなに大事なことを決めるのに」

「ジーナ、僕らはずっと前から結婚するつもりだったじゃないか。大騒ぎはしなかったけど、当然のように考えてたじゃないか」

「たぶん、だからこそ、結婚すべきじゃないんだと思う。私たちはいい友達だったわ。これからも、このままでいましょう」

ダンはしばらく抵抗したが、ジーナはもう戻れないと知っていた。電話を切ったとき、ダンは傷ついたというより戸惑っていた。ダンにはだれか別の人が見つかるだろう。彼の長所を認め、足りない部分を気にしない人が。かつては私自身だった。でも、いまはどうしようもない不満にとらわれている。

ゆうべカースンはやさしい指で私の顔に触れ、愛《いと》しげにキスしてくれた。でも突然彼は身を引いた。

なぜだろう？　私がダンと婚約したと思ったから？

そうよ、きっとそうだわ。

ほんとうかしら？　私がそう信じたいだけじゃないの？

ダンは私がカースンのことを決してそんなふうに考えないと言った。でも最初の日から、その思いは心の底にあった。カースンがボブズ・カフェに座るや、まわりのすべてを色褪《あ》せてみせたときから。

〝どうして笑ってるの？〟ジョーイがきいた。

ジーナは自分が笑っているとは知らなかった。

「幸せだからよ」

〝どうして幸せなの？〟

「説明するには長くかかりすぎるわ。それよりドライブに行きましょう」

〝ピーナツで？〟

「お望みなら」

カースンはジーナの日常用にスマートな高級車を用意してくれた。でもジョーイはピーナツのほうが好きなので、高級車はガレージのなかでほこりをかぶっている。

二人は近くの水族館に行って、一日ボートに乗って遊んだ。

帰ってみると、カースンから遅くなるという留守番電話が入っていた。たいていの場合、彼は早く帰るという約束を守ったが、たまに遅くなるのは仕方がない。

ジョーイは一日外で過ごしてすっかり疲れ、夕食のテーブルでうとうとしていた。でも、いざ寝る段になると、カースンが帰るまで起きていると言って聞かなかった。最後は手話をやめて、激しくかぶりを振って抵抗した。ジーナも説得をあきらめ、ジョーイを肩にかついで階段を上がっていった。

彼女は三十分後疲れ果て、でもほほえみながら下りてきた。グラスにワインを注《つ》ぎ、テレビの前に座る。見たい番組はなかった。彼女はカースンのDVDコレクションに目をやった。

ほとんどはビジネス関係の番組をテレビから録画したものだ。なかに内容を示すラベルがないものが一本あったので、試しにセットしてみた。

明るい夏の日差しのなかの教会の庭が映し出され

た。蔦《つた》のからまる美しい灰色の石造りの教会だ。やがてポーチから庭へ、花嫁と花婿が出てきた。

流れるような白いドレスの花嫁は、うっとりするほど美しかった。すべてが完璧《かんぺき》だった。顔もスタイルも髪も、そばにいる若い男性に向けるまなざしも。男性のほうも花嫁から目を離さない。彼にとって、花嫁はこの世に存在する唯一の女性なのだろう。

そのときジーナはそれがカースンであることに気がついた。

若いカースン・ペイジとブレンダの結婚式の映像だ。ジーナは思わず身を乗り出して、あらゆる細部まで見ようと目をこらした。

こんなカースンを見るとは想像もしていなかった。人生の希望と喜びにあふれ、輝かしく、全身で恋をしている青年。

花嫁を――間違いなくこの世でいちばん愛らしい花嫁を見る彼の目でわかった。彼らはあふれる陽光のなかを歩いてくる。その陽光が永遠に続くものと確信して。

カメラは笑いながら紙吹雪を避けて歩いてくるカップルを追う。やがて彼らは黒いリムジンに乗り込んだ。カースンはすぐに花嫁の肩を抱いてキスをした。彼らにはまわりが目に入っていない。お互いがいさえすればいいのだ。

ジーナの胸に小さな痛みが走った。映像を止めて、二人だけの世界に浸っている若いカップルの姿を消してしまいたかった。自分のほしいものすべてを手にしていると信じ、何ものも自分を傷つけられないと思っているハンサムな青年を。何より、花嫁を見つめる彼の愛と憧憬《しょうけい》のまなざしを消し去りたかった。

でも、ジーナは動けなかった。画面が披露パーティへと移る。彼はなんと誇らしげに花嫁を正面のテーブルにエスコートし、なんとやさしく椅子を引いてやることか。それからすばやくキスして自分の席に座る。彼は機会さえあればキスしていた。

スピーチが始まった。喝采《かっさい》、そして笑い声。カースンはとても若く、自意識が強く見えた。たぶん二十五歳そこそこだろう。自信に満ち、幸せそうだ。いまの辛辣《しんらつ》で肩肘張った彼とは全然違う。

新たな画面が始まった。数カ月後だ。ブレンダは大きなおなかをしてはいるが、変わらず美しい。彼らは庭にいる。カースンは妻を椅子に連れていってクッションを直し、手を取って、やさしく誇らしげに彼女を見つめている。画面がまた消えた。

次はブレンダがベッドに起き上がって生まれたばかりの赤ん坊を抱いているシーンだ。かわいくてたまらないという顔をしているが、それでもいちばんいいアングルから撮られることに気を配っている。病院でも彼女は完璧に化粧し、あらゆる動きを計算している。いまでははっきりわかる。カースンが気づいたのはいつのことだろう。

一歳ぐらいになった息子を腕に抱いたカースンがいる。彼は息子を高く抱き上げて笑いかけている。父親の誇りにあふれた姿だ。ジョーイはきゃっきゃと笑いながら、少しも怖がらず、たくましい腕でしっかり支えてくれる父親を見下ろしている。

父親はやさしく子供を下ろし、腕に抱いた。二人は見つめ合った。それは感動的なシーンだったが、そのあとどうなったかを知っている人間にとっては心の痛む光景でもあった。

物音に振り返ると、ジョーイが立っていた。目が画面に釘づけになっている。ジーナは手を差し出して、彼を自分の隣に座らせた。

この映像を前に見たことがあるかときくと、ジョーイはかぶりを振った。

「だれかわかる？」

〝父さん……〟しばらく間があった。〝それと僕〟

画面がアップになった。息子を見下ろす、誇りと喜びにあふれるカースンの顔が大写しされる。ジョーイは身動きせずに父親を見つめている。その焦がれるようなまなざしは涙を誘った。ジョーイは何を考えているのだろう。近ごろはこういう父の顔を見たことがないのだろうか。

画面が暗くなった。

「さあ終わりよ。もう寝ましょう」ジーナは彼を抱きしめた。

ジョーイはかぶりを振った。〝もう一回〟

懇願の目を向けられると断れなかった。ジーナはそのシーンの最初まで巻き戻した。ジョーイは小さくほほえみながらじっと見つめている。

〝もう一回〟

「もう一回だけね。そしたら寝るのよ」

ジョーイはリモコンを取って、止めるまもなく、いちばん最初の結婚式のシーンまで巻き戻した。ジーナは時間も巻き戻せたらと思った。こんな映像を見なければ、生涯の恋人を見つめるカースンの顔を見ないですんだのに。

ブレンダが彼にとって唯一無二の女性であることは疑いようがなかった。なぜなら男性があんなふうに見つめるのは生涯でただ一人だけだから。それに、彼はあの晩告白した。あのころは愛がすべてを征服すると思っていた。〝もし男と女が愛し合えるなら、僕たちは確かにそうだった〟と。

ブレンダが彼の愛の容量を使い果たし、抜け殻だけを残した。彼が私から身を引いた理由がいまわかった。ダンのせいではなかったのだ。カースンは公正な人だから、自分には与える愛がないのに、私が彼を愛してしまってはいけないと思ったのだろう。彼は事実上警告を発していたのだ！

ジーナは目を閉じた。彼が花嫁に向けるまなざしを見たら激しい嫉妬《しっと》に襲われるに決まっていたから。

でも、無駄だった。彼の姿はまぶたに焼きついていた。そしてブレンダも。彼女の愛らしい顔は、彼が永久に自分のものだと主張していた。たとえ、もうほしくないとしても。

カースンは人生に向かって猛烈に突進していく、頑固で厳しい人間だ。そしてほかのだれよりひどく傷つく。彼はすべてが仕事上の契約のようにまっすぐであることを期待し、そうでないと途方に暮れてしまう。でも荒っぽい外観の下には繊細で傷つきやすい心がある。彼はジーナに彼なりのぎこちないやり方で手を差し伸べ、容易には開かない私の心をつかんだ。

カースンは、少なくともいまは、私を必要としている。愛情に近いものも感じているかもしれない。でも、ブレンダに対して抱いた情熱と憧憬をもって私を見ることは決してない。

それこそが私のほしいものなのに。これまでの人生でほしかった何よりも。聴力を失ってからの長い年月、私はまた聞こえるようになりたいと願い続けた。でもそんな願いは、決して手に入らないものに対するいまのこの渇望に比べたら、何ほどのものでもない。

玄関で、カースンが鍵《かぎ》を開ける音がした。ジーナはほっとして彼を出迎えた。

「どうかしたのか？」彼はジーナの心配げな顔を見てきいた。

「あなたのホームビデオを見ていたら、ジョーイが映った入ってきたの。赤ちゃんのころのジョーイが映ったものよ。ジョーイはとても幸せな気分になっているから、気をつけて台なしにしないでね」ジーナはカースンが眉を寄せるのを見て、急いで言った。「あなたのプライベートな映像を見てはいけなかったんでしょうけど――」

「いいよ、別に。どこかにしまおうと思って忘れてたんだ」

二人は静かに入っていった。カースンがすっと息をのんだ。ジョーイが赤ん坊にほほえみかける母親の映像を見つめていたからだ。

ジョーイは二人に気づいて、いまではほとんど傷の癒《い》えた耳の後ろをさわって手を動かした。

「なんて言ったんだ？」

ジーナは言いにくそうに答えた。「耳が聞こえるようになったら、マミーは帰ってくるかって」

ジーナは、あなたの耳が聞こえないからマミーは行ってしまったのではないと言おうとしたが、ジョーイは聡明《そうめい》な悲しみをたたえた目で見るばかりだった。そしてそのあとはもう何もきかなかった。

彼は何度も繰り返して映像を見、最後にはブレンダが腕に抱いたジョーイの額にキスするシーンで画面を止めて、食い入るように見つめた。

ジーナは目をそらし、急いで台所に入っていった。

しばらくしてカースンも追ってきた。

「なんてことだ、まったく！」

「かわいそうにね」

「あの子が母親をあんなに慕っているなんて知らなかったよ。たぶん僕が言う機会を与えなかったんだろうな」

「私はジョーイのためにできるかぎりのことをしているつもりだけど、彼のほんとうの苦しみには手出しもできないんだわ。ブレンダはあの子のお母さんなんだものね」

「ひどい母親だ――」

「でも母親には違いないのよ。そしてジョーイはお母さんに帰ってほしがってる」

「あの子は自分の想像力がつくり上げた虚像を求めてるんだ。現実を知ったら、また傷つくだけだ」

「あの子を抱いているブレンダは虚像じゃないわ。本物よ」

「しかし、あの子に障害があると知ったとたんに本物ではなくなった。あの子はどうしてそれを直視できないんだろう？」

「だってまだ八歳にもならないのよ。そんな小さい子に、母親に愛されてない事実を直視しろなんてどうして言えるの？」

「特に父親が役立たずの場合はね。父親も頼りにできないとわかったとき、あの子は何かにしがみつかずにはいられなかったんだろう。その場にいない母親の理想像をつくり上げるのは簡単だものな。君にはそのあたりがよく理解できるだろうね」

「ええ。でも自分を責めるのはやめて。いまは少なくともあなたは努力しているでしょう」

「あの子に僕から話をしたらどうだろう……いまならそれも可能だから」

「なぜお母さんが手紙も書かなければEメールさえくれないのか、説明できる？　メールなら、その気になればすぐにできるのに」

「二人はメールのやりとりはしてると思うよ」

「私も思ってた。彼女のメールをいくつか読むまではね。ブレンダは自分で書いてないわ、カースン。マスコミ向けの広報文書だと思う。たぶん彼女の秘書がとても有能なんでしょう」

「なんてやつだ！」

「戻りましょう。ジョーイに何か言ってあげて」

ほっとしたことに、ジョーイはもう母親を見ていなかった。彼は自分と父親の映像を見ていた。

〝あれは僕？〟ジョーイがきいた。

「そうだ、おまえだよ。おまえはすばらしい子だった。いまもそうだ」カースンはゆっくり言った。

息子がうれしそうに顔を輝かせるのを見て、カースンはショックだった。こんなにちょっとしたほめ言葉でも彼にはうれしいのだ。ふだん、おまえには価値があると言われつけてないから。

ジョーイは画面を指さしてから、指をすばやく動かした。

「どこに……？　マミーはどこかって？　マミーはカメラでこの映像を撮っている」

ジョーイがさらに手話をする。

「わからない」カースンがジーナの方を向いた。「僕たちは幸せだったのかときいてるわ」

カースンの表情が陰った。彼はしばらくして言った。「ああ、僕たちは幸せだったよ」

ジョーイが別の質問をする前にジーナが彼の肩をたたいた。〝おなか、すかない？〟

幸い彼は気をそらされて立ち上がった。ピザの軽食が終わってジョーイがベッドに行くまでの時間、ジーナは意識して父と子を二人きりにした。ジョーイは幸せそうだった。その幸せが父親の心臓をナイフでえぐったとも知らずに。

子供部屋を出てドアを閉めたとき、カースンは言った。「ロサンゼルスとは八時間の時差だ。いま電話すれば彼女をつかまえられるかもしれない」カースンは書斎に行って、ブレンダの番号をダイヤルした。ジーナは聞くまいとしたが、カースンのいらだった声は自然に耳に入った。「ともかく彼女を電話口に出してください。待ってますから」ブレンダは、自分の地位に見合うだけ長く待たせてから電話に出たようだ。「ブレンダ……大事な話があるんだ」

ジーナは声が聞こえないように台所に行った。カースンはブレンダに、彼女のいるべき場所は息子のそばだと説得しているのだろう。二人はよりを戻すかもしれない。ジョーイにとってはそれがいちばんだ。私もそう望んでいる。

少なくとも、そう思おうと努力はできる。

でもカースンが戻ってきたとき、彼の顔には敗北感がにじんでいた。

「彼女は近々テレビで番組を持つらしい。だからジョーイと会う時間はないそうだ。引き離したがっていたくせにいまさらなんだと言われたが、事実だから仕方がないな。ジョーイをそっちへ連れていこうかと提案したら、ヒステリーを起こしかけたよ。彼女に耳の聞こえない息子がいるなんてだれも知らないし、知られてはならないんだ。なんて母親だ！」

「手術のことは話したの？」

「話そうとはしたんだ。でもブレンダは十のうち一つぐらいしか聞かない。半分も話さないうちに、それじゃ、あの子はもう治ったのかときいてくる。治るものではないし、たとえ聞こえるようになっても、話せるまでには時間も訓練もいると説明した。だれも魔法の杖《つえ》を振ったのではないとわかると、彼女はたちまち興味を失った」

「たとえ親が片方いなくても、もう一人がいるわ。あなたは最高の父親になれるし、ジョーイもあなたといて幸せであれば、お母さんを恋しく思わなくなるでしょう。私もできるだけ力になるし」

カースンは突然目を閉じた。

「僕を導いてくれ、ジーナ。これは世界でいちばん大切なことだ。僕は君の助けなしにはできない」

彼の疲れた様子にジーナは心を打たれた。彼女はカースンを腕に抱いて力づけたかった。でもそんなことをしたらキスを誘う形になってしまう。それはできない。カースンに対する自分の立場も、彼がほんとうは何を求めているかも、確信がないのだから。

でもいったんその考えが浮かぶと、ジーナは彼の唇から目を離せなくなった。キスの感触がいまも生々しい。つい昨夜のことだもの、彼もきっと覚えているに違いないわ。もしかしたらまた……？

「ジーナ、今夜は遅く帰ってごめん。約束したのにな」

「いいのよ」ジーナは失望を押し隠した。「でも日はどんどんたっていくし、夏休みはもうじき終わるわよ。旅行に行く約束はどうなったの？」

「大丈夫なのかな……こういう状態で」

「飛行機もだめだし、泳ぎもだけど、最初の計画どおりなら平気よ」

「それなら仕事を整理して来週行こう。計画は君とジョーイに任せるよ。国中の水族館を訪ねることになってもいい」

「それはないわ」ジーナはまじめに答えた。「ジョーイのレベルに合うのは一つか二つよ。彼にきいてみましょう」

9

出発は次の月曜の朝九時と決まった。ジーナが忘れ物はないかと部屋を見回していると、カースンがドアから顔をのぞかせた。

「準備はいいかい？」

「すべて完了」ジーナは朗らかに答えた。

ジョーイの部屋に通じるドアを開けたとき、彼女は突然立ち止まった。カースンも何事かと見に来た。

ジョーイは、母親の写真の前に立って手話をしていた。これから出かけるけど、すぐに帰ってくるからと。言い終わると後ろに下がり、手を握って手首のところで交差させ、胸に当てた。

「あれはどういう意味だ？」

「愛のサインよ。あなたを愛してるって言ってるの」ジーナは重い口調で答えた。

「くそ！」カースンは毒づいた。

ジーナが無理にほほえみを浮かべて部屋に入っていくと、ジョーイは彼女の手をぐいぐい引っ張って階段を下りていった。外へ出ると、ジョーイはふざけてジーナの小さい車の方に近づいていった。

「こっちだよ」父親が言う。いまではジョーイも、父親の唇の動きを読むのに慣れてきている。

〝ピーナツで行くんじゃないの？〟

三人とスーツケース四つが小さい車に詰め込まれた図を想像して、みんな笑った。

「ピーナツなんて呼んじゃ悪いぞ」

〝父さんも呼んでるくせに〟彼が言い返す。

「生意気な子だ！」

カースンが息子と軽口をたたき合うのを見るのは楽しかった。

〝僕が生意気なら、ジーナは何？〟

「ジーナは何かって？　ジーナは……」

彼女は待った。わけもなく胸がどきどきした。

「わからない」カースンはとうとう言った。「ジーナはなんだろうな。おまえはどう思う？」

ジョーイは片手を上げ、指をそろえて親指だけ離し、顔の横に短く二回つけた。

ジーナは胸が詰まった。ジョーイは〝お母さん〟というサインをしたのだ。

「そろそろ行きましょう。渋滞につかまるわ」彼女は急いで言った。

小さな海岸のリゾート地ケニンガムまでは五百キロほどの道程だった。かつては毎夏ごとににぎわっていたのだが、だんだんさびれてきていた。遊園地と最大級の水族館ができて、最近また人気を盛り返しているが。

ジーナはホテル・ザ・グランドの見晴らしのいい部屋を二つ予約していた。一つはカースン、もう一つは自分とジョーイのためだ。荷物を解くあいだも、ジョーイは海辺に来た子供らしく大はしゃぎだった。

〝いつ水族館に行けるの？〟

「もうじきよ。少し待ってね。お父さんは長い時間運転してきたから、少し休まなきゃ」

〝そのあと？〟

「ええ、なるべく早くね」

〝でも今日でしょう？　今日！　今日！〟

「水族館は何時に閉まるのかしら」

〝間に合わないよ。いますぐ行こうよ！〟

話はまた振り出しに戻った。

ホテルには高級レストランもあったが、覚えの早いカースンは、近くのハンバーガー・ショップを選んだ。

「今回は間違えなかっただろう？」彼は息子がハンバーガーとポテトを詰め込むのを見ながら言った。

「ええ、それに早く食べられるしね。きっと閉館前に水族館に行けるわ」

「そうだね。時間を調べたら、まだ三時間あったよ」ジーナが感心すると、彼は照れたように言った。

「組織力さ。それが企業を成功させる鍵《かぎ》だ」

「すごいわ。ジョーイに教えてあげたら？」

ジョーイは食べながら、カラフルなパンフレットを振ってみせた。みんな顔を見合わせて笑った。

そこには閉館時間もちゃんと書いてあったのだ。

「さすが、あなたの息子ね。きっとロビーに置いてあったのを取ったのよ。これこそ組織力だわ」

「そうだな」カースンは好ましげに息子を見た。

「べらのことをきいたら？　まさかもう調べたってことはないわよね？」

「いや。つづりさえ知らないよ」

ジーナが指でつづってみせると、カースンは息子の方を向いた。「べらのことを教えてくれ」

ジョーイは戸惑い顔だった。どのくらい本気に取っていいのかわからないようだ。

「ほら、頼むよ」

それ以上うながす必要はなかった。ジョーイがあまりの勢いで手話や指文字を始めたので、とうとうカースンは音をあげた。

「もっとゆっくり。父さんには速すぎるよ」

ジョーイはうなずいて、初めからやり直した。カースンは眉を寄せ、集中して彼の指を見つめた。

「なんだって？　そんなはずがないよ」

ジョーイはかぶりを振った。〝ほんとだよ〟

ジョーイはもう一度始めた。カースンの眉間《みけん》のしわはますます深くなった。

「冗談だろう！　べらは全部雌で生まれるなんて。一匹の雄と二十四の雌で群れをつくっていて、雄が死んだら、雌のうちの一匹が雄になる？　そんなことが、ほんとにあるのか？」

ジョーイはうなずき、指でつづった。〝水族館。待って〟

そのあとはカースンもかつがれたのか知りたくて、水族館に行くのが待ちきれない様子だった。

水族館では、ジョーイは明らかにほかの子供と違っていた。カラフルで変わった形の魚の前はさっさと通り過ぎて、一見地味でつまらなく見えるものの前に長いことじっとしている。

「まるで小さな教授だな」

「ほんと。関心のあることについては、年齢よりずっと大人だわ」

ジョーイは夢中で次から次へと専門家向けの展示を見ていく。カースンとジーナはもう少しわかりやすいものを見て時間を過ごすしかなかった。

「まるで僕のほうが子供になった気分だよ」カースンはまんざらでもなさそうだった。「ジョーイ」彼は息子の肩をたたいたが、ジョーイは振り返りもせず、手を小さく振っただけだった。いまはだめ。忙しいんだ。

「いまのを見たかい？」

「怒らないで」

「怒ってない。どういうことかと思って」

「あなたの息子はほんとに頭がいいのよ」

「君の言うことが信じられる気がしてきたよ」

ジョーイは幸せな陶酔の時間から覚め、我に返ると、二人にほほえみかけた。

「次はべらだ」カースンは断固として言った。

ジョーイは、生徒たちに〝いよいよだぞ〟と告げる教師みたいに、二人に合図してついてこさせた。べらがいた。横についている解説を読むと、すべてジョーイの言ったとおりだった。カースンは言葉を失った。ジョーイは〝ほらね〟と言うように首をかしげて父親を見た。

カースンは手を差し出し、ジョーイはその手に小さな手を重ねた。男と男の握手だった。

全部を見る時間はなかったが、ジョーイは次の日もまた来るという約束のもとに、しぶしぶ水族館をあとにした。帰りはみんなで本屋に立ち寄り、カースンは夜を楽しく過ごすための小説と、魚に関する基本的な入門書を手に入れた。サバイバル作戦だよと、彼はジーナに説明した。

三人は楽しい夜を過ごした。休暇中だというのでジョーイは遅くまで起きていることを許された。彼が寝るころには大人たちもすっかりくたびれて、早々とベッドに入った。

次の朝も真っ先に水族館に足を向けた。ジーナとカースンは全部見たつもりでも、エキスパートとしては、まだほんの序の口だったのだ。

けれどもとうとう彼は、みんながみんな銅貨ほどの大きさの軟体動物に魅せられるとはかぎらないことに気づき、二人をかわいそうに思ったようだ。彼らは階下に下りて、この水族館の主たる呼び物の水中トンネルに入った。鮫《さめ》が横を泳ぎ、頭上を鰈《かれい》がゆらゆら漂い、足の下ではロブスターががさごそと走る。ジョーイが二人の気づかなかったものを指さした。じっと動かず、隠れ場から邪悪な目でこちらをうかがうあなごだ。

ハンバーガーとオレンジ・スカッシュを前に相談した結果、大人たちにも息抜きが必要だということになり、みんなは遊園地に向かった。ジョーイは小さな教授から興奮した少年に戻った。彼はあちこち走り回り、何もかも試したがった。射撃ゲームでは、ジョーイが鋭く確かな目を持っているのがわかった。負けてなるものかとカースンもチャレンジしたが、ジョーイの三つに対し、一つしか的を落とすことができなかった。

競争は続き、最後にはジーナの腕はぬいぐるみやプラスチックのアクセサリーでいっぱいになり、エスコートの二人は大満足だった。

やがてジョーイはお化け列車の前で立ち止まった。どくろがにらみ、骸骨《がいこつ》がぶら下がり、気味の悪い生き物がのぞいている。ジーナがいままで見たなかでいちばん恐ろしいお化け列車だった。ジョーイは心底うれしそうに息をついた。

「これがいいの？　ほんとに？」ジーナは弱々しくきいた。

ジョーイはうなずいた。

「どうも選択の余地はないみたいだね」

カースンは券を買い、三人は列車に乗り込んだ。ジョーイがいちばん内側、次がジーナ、カースンの順だ。

「もともとこういうのは苦手なの」

「僕らがついてるから大丈夫だよ」

カースンの声を不気味な叫びがのみ込んだ。列車が急に動き出し、前面にある黒い幕に突っ込んだ。車は激しく右に左に揺れながら進んでいく。四方八方から響く不気味な叫びは、ますます大きくなる。

ネオンサインの骸骨が現れては消えた。身の毛もよだつお化けがのしかかってくる。ジーナは心配になってジョーイの方を見たが、彼は一瞬一瞬を楽しんでいた。

私も楽しめてると言えたらいいのに。もちろん理性では単なる仕掛けと特殊効果だとわかっている。でも理性的でない部分では、警告なしに暗闇《くらやみ》から舞い降りるものたちに震え上がってしまう。何かが顔を撫《な》でた。ジーナは悲鳴をあげた。

「大丈夫？」カースンが彼女の肩を抱いた。

何を言ってるかわからない。効果音が人工内耳に混乱を引き起こしているのだ。カースンはそれを察して、ライトが光る短いあいだに、はっきり口を動かした。ジーナも今度は読み取れた。

「もちろん平気よ」威厳をもって言ったが、目の前に現れた、にやにや笑うしゃれこうべが急に大きく迫ってきたときには、その威厳も保てなくなった。

列車はしゃれこうべ目がけて突進し、ふたたびあたりが真っ暗になった。

「もういや！」

肩を抱くカースンの腕に力がこもった。彼はジーナの頬に指を当てて、やさしく顔を自分の方に向けた。

「あなたが骸骨に変身しなければいいんだけど」

赤い光が当たり、また消えて、彼の目を陰にし、悪魔のような様相を与える。もし私が手管に長《た》けた伝統的な女だったら、この状況を利用するのだろうと、ちらりと思う。悲鳴をあげ、卒倒しかけて、カースンのたくましい胸にすがりつく。あとは自然にことが運んでいくだろう。たぶんビクトリア時代の女性は、そんな技の一つや二つを知っていたのじゃないかしら。

残念ながら私はそういうふうに育ってこなかった。

そのとき助っ人《すけっと》が来た。屋根から冷たい骸骨が下りてきてジーナの顔を撫でていったのだ。ジーナは本物の悲鳴をあげ、カースンの肩に顔を埋《うず》めた。カースンの体が笑いで震えているのがわかる。

「ひどいわ！」ジーナはくぐもった声で言った。

「大丈夫。もういなくなったよ」

「顔を上げたくない。怖いんだもの」

「平気だ。約束するよ」

ジーナはそろそろと目を上げた。あたりは完全な闇だった。不気味なうなり声はまた始まったが、閃光《せんこう》はもうない。ジーナはまた何かが顔にさわったらすぐにも頭を下げようと待ち構えた。

でも最初に唇がそっと触れたのを感じたときは、頭を下げなかった。起こっていることから顔を背けたくなかった。むしろこのままで、ほんとうに起こっているのか確かめたかった。

羽根のように軽い感触、唇と唇の軽い愛撫《あいぶ》だった。たぶん本物？　たぶん想像？　暗闇のなかでは確かめようがない。

そのとき、ふたたび唇が触れた。今度はもう少し明確で確固としていた。

あたたかな唇が彼女の唇の上を動いて、無言の問いを投げかけ、無言の答えを受け取る。それは正しい答えだったのだろう。肩に回された腕に力がこもり、唇がさらに強く押しつけられたから。

ジーナは長く待ち望んだキスに熱く応《こた》えた。今度は彼は身を引かなかった。ジーナを強く抱き、激しく唇を奪い、求め欲する気持ちを伝えた。

暗闇がプライバシーを守り、あらゆる感覚をいやおうなく高めるこの空間では、ジーナも彼に自身の欲望と、愛と、憧《あこが》れを伝えることができた。唇を触れ合わせ、言葉で言えない思いを知らせる。彼らはいま、感情が高まり、すべてが可能になる場所に二人きりでいた。まわりの騒音のせいでカースンも彼女と同じぐらいしか聞こえないから、ジーナは、自由に彼の名前をささやくことができた。彼の舌が探ってきたときには息をのみ、燃え上がるような強烈な感覚に身を任せた。

邪悪な光と亡霊たちに閉ざされた世界では、ジーナは何をしようと輝くばかりに自由だった。骸骨たちの阿鼻叫喚《あびきょうかん》のなかで、喜びがじわじわと体に浸透してくる。

ジーナは肩を抱く彼の腕がゆるむのを感じて、コースが終わりに来たことをぼんやり意識した。危ういところで体を離し、自分を落ち着かせる。次の瞬間、彼らは幕を突っ切って光のなかに出た。

カースンは何事もなかったように楽しげに笑っている。

ほんとうにあったのだろうか？　それとも熱に浮かされた私の想像にすぎないの？　いまも唇は燃え、心臓は早鐘のように打っている。でもカースンは動揺のかけらも見せない。彼女を降ろすとき、手が少し震えていた以外は。

〝もう一回〟とジョーイは熱心に頼んだ。

「ちょっと待ってくれ。回復する時間が必要だ」カースンは突然くすっと笑った。

「なあに？」

「今日の午後ここにいなかったら何をしてただろうと思ったんだよ。たぶん貸借対照表をチェックしてただろうな。僕はやっぱり、プラスチックのあひるを釣ってるほうがいいよ」

カースンは係員に料金を払って釣竿《つりざお》を借り、流れてきたあひるを釣り始めた。そして魚のような形をしたおもちゃを釣り上げた。

「これは何かな？」

「ジョーイにききましょうよ」ジーナはあたりを見回した。「ジョーイ！　カースン、たいへん！　ジョーイがいないわ」

「心配するな。あそこにいるよ」

彼の指さす方向を見ると、ジョーイはお化け列車に乗り込むところだった。列車が動き出すと、彼は二人に向かって陽気に手を振った。そして黒い幕にのみ込まれていった。

「なんて子だ」

「私たちを待つのに飽きたんでしょう。それだけ自信が持てたのはいいことだわ」

「そうだな。でももう少しで心臓発作を起こすところだったよ。紅茶を飲んで気持ちを立て直そう。向こうに小さいカフェがある。あそこならお化け列車が見えるよ」

カースンが紅茶を取りに行くあいだ、ジーナはテーブルに座って待っていた。やがてジョーイの乗った列車が出てきた。彼はにこにこしてジーナに手を振ったが、降りようとしなかった。また係員に料金を渡し、体をずらして、赤い服を着た小さな女の子を隣に乗せた。

係員は料金を受け取ろうと女の子に手を出したが、彼女は動かない。係員が何か言っている。料金を払わなければ乗れないと説明しているのだろう。するとジョーイが彼の腕をたたいて、お金を渡した。列車は動き出した。

「何を見てるんだい？」カースンが紅茶を持って戻ってきた。

「ジョーイが女性にナイトぶりを発揮してるところよ」

ジーナが説明すると、カースンは笑った。「早熟だな。父親と同じだ」

「あなたも初恋は八歳？」

「そんなに待たなかったよ。七歳のとき、隣のティリーとアイスクリームを分け合った。名字は忘れたし、顔もうろ覚えだけど、彼女のラズベリー・アイスの食べっぷりだけは一生忘れない」

カースンがリラックスしているのを見るのはうれしかった。顔から緊張が取れ、彼はハンサムで生気みなぎるただの男性になった。

背後で、小さな騒動が持ち上がった。振り返ると中年の夫婦が何か言い合っている。どちらも感じのいい顔立ちだが、心配で表情を陰らせていた。

「どうしましょう?」

「心配するな、ヘレン。きっと無事だよ」

「どうして無事なの? 独りぼっちで、助けもないのに。すみません……」女性がジーナに話しかけた。「八歳ぐらいの、赤い服を着た女の子を見かけませんでしたか。迷子になってしまって」

「ご心配なく。そのお嬢ちゃんなら、お化け列車に乗ってましたよ。すぐに出てきますわ」

「でも、お金を持たせてないのに……」

「うちのジョーイが立て替えたようですよ」

夫婦は座ってヘレンとピーター・レイトンだと名乗った。

「サリーはダウン症なんです。それでよけいに心配で」

そのとき列車が出てきて止まった。ジョーイと少女は同じ冒険をした子供同士で楽しげに笑い合っている。ヘレンは立ち上がって手を振ったが、サリーの注意を引くことはできなかった。

走り寄ろうとするヘレンを、ジーナが止めた。

「少し様子を見てみましょうよ。ジョーイと一緒なら心配ありませんわ」

「ジーナ……」カースンが心配そうに言いかけた。

「大丈夫よ。ほら、ちゃんとやってるわ」

ジョーイがまた料金を渡した。堂々として自信ありげだ。大人たちが見守るなか、ジョーイは保護するようにサリーの手を握り、列車はふたたび出発した。

「やれやれ！」ピーターは頭をかきむしり、にんまりした。「ほんとにいい坊っちゃんですね、ミセス……？」

「ジョーイはミスター・ペイジの子供です。私はジョーイのお世話をしてるんですよ」

「だれかが立派なお仕事をなさったのね。彼は輝く鎧《よろい》に身を固めた小さなナイトですわ。さぞかしご自慢でしょう」ヘレンはカースンの方を向いた。

「ええ、自慢に思ってます」彼は静かに答えた。

「サリーがふつうの子と友達になるのはうれしいことだ。たいていの子は彼女を避けるんです。でもあなたの息子さんはふつうに接してくれる。それこそあの子に必要なことなんです」ピーターはカースンの妙な表情に気がついた。「どうかしましたか？」

「いいえ、なんでもありません」カースンは言った。

ジーナは、カースンが、息子をふつうの子と言われて、うれしいショックを受けているのがわかった。ジョーイの行動を見ていたらだれでもふつうだと思うだろう。彼は犠牲者ではない。確固とした信念のある小さな男の子なのだ。

「サリーはいい子なんですが、鉄のように意志が固いんです。いったん何かしたいと思ったら、どんどん出かけてしまって。私たちはいつもあの子を捜し回っているんですよ」

「それにあの子はしゃべることに問題がありまして」ピーターが付け加える。「思ったとおりに話ができないし、人には理解してもらえない。だから、かんしゃくを起こすんです」

「あの子との暮らしは長くないんですよ。私たちは里親で、障害を持つ子を専門に預かっているんです。自分たちの子が三人とも腹が立つほど健康なので、これは一種の恩返しなんですよ」

列車が戻ってきたとき、ちょっとした争いが起きた。サリーが降りたがらないのだ。ジョーイは彼女の腕を取って降ろそうとするが、彼女は動かない。とうとうジョーイは彼女の足にまたがり、手をしっかりと握って、カフェを指さした。力を見せつけられて、とうとうサリーも譲り、手を引かれたままおとなしく彼についてきた。

ジーナはカースンの驚いた顔を見て笑った。「隣のティリーは、あんなふうにあなたの言うことを聞かなかったんでしょうね」

「ああ。一度無理に聞かせようとしたら、顔にアイスクリームをぶちまけられた」

ジョーイは新しい友達とともにテーブルに現れ、彼女のために椅子を引いてやった。サリーはかわいい顔に分厚い近眼鏡をかけた女の子だ。笑顔がとても愛らしい。

「この子の面倒を見てくれてありがとう」ヘレンが言った。

まっすぐ向き合っていたので、ジョーイは簡単に唇の動きを読むことができた。

「サリーの言うこと、わかった？　ほとんどの人がわからないのよ」

ジョーイはいたずらっぽくほほえみ、ジョークを共有しようというようにジーナからカースンへ視線を移した。

「なんですの？　私、何か言いました？」

「ジョーイは耳が聞こえないんです。だからサリーの話し方は関係ないんですよ」

「なんと！」ピーターはのけぞり、また髪をかきむしった。「聴覚障害の子は何人か預かったことがあるのに、気づきませんでしたよ！」

「息子には風格があるんです」カースンがぽつんと言った。

「そう。まさにそのとおりね」ジーナは熱を込めてうなずいた。

ピーターが手話で自分とヘレンとサリーの紹介をした。ジョーイはうなずいて返事をしようとしたが、途中でサリーが彼のシャツを引っ張った。

〝アイスクリームを買ってくれる？　サリーにはいちご、僕にはチョコレートね〟

「どうしてサリーはいちごが好きってわかるの？」

〝僕があげたらサリーは好きになるよ〟

そのとおりだとジーナは思った。サリーはジョーイがくれるものならなんでも好きになるだろう。ジョーイは、いままさに彼の必要とするものを見つけた。自分より大きな問題を抱えただれか。大人たちの目の前で、彼は試練に立ち向かうべく成長している。

カースンと目が合い、ジーナはそこに望んでいたものを見た――純粋な父親としての誇りを。彼の笑顔は少し照れくさそうだったが、間違いなく誇らしげだった。

彼らは次の日も会う約束をして別れた。ジョーイは疲れて夕食後すぐにベッドに入った。ジーナはおやすみを言う父と子を残して一人でロビーに下り、芸能雑誌を買ってぱらぱらめくった。そのときある見出しが目に飛び込んできた。

〝岐路に立つかアンジェリカ・デュヴェイン〟

記事は同情口調ではあったが辛辣《しんらつ》だった。大作に出演したあと、アンジェリカのキャリアは思ったほど伸びなかった。テレビ番組は中止になったし、有名なプロデューサーとのロマンスも終わりになった。

ジーナは急に不安な気持ちに襲われて、雑誌をごみ箱に捨てた。

10

　そのあと、二家族は一日一回顔を合わせるようになった。朝はまず水族館通いから始まる。ジョーイはスタッフの人気者になった。彼らもジョーイにわかりやすい話し方をするのに慣れてきた。カースンとジーナは、必要とされないかぎりは、後ろでうろうろしているほかなかった。

　ある朝カースンが言った。「ジョーイをレイトン夫妻に預けてもいいかな」

「いいと思うわ。私たちと同じぐらいよく面倒を見てくれるもの。どうして？」

「サリーと一緒に遊園地に行って、そのあとピザを食べるそうなんだが、ジョーイも一緒にどうかと言ってくれてるんだ。君と僕で食事ができるよ」

「すてきね」

　夕方カースンがレストランの食事のために着替えていると、ジョーイがそばに来た。

「今夜は楽しみかい？」

　ジョーイはうなずいた。

〝僕がサリーをお化け列車に乗せてあげるんだ〟

「そうか。じゃあ、これでアイスクリームも買ってあげるといい。女の子はアイスクリームが好きだからね」カースンは息子に小遣いを与え、ウィンクした。

　ジョーイはまだ何か気になっているふうに床に視線を落とし、それから父親を見上げた。

「なんだい？」

〝父さんはジーナが好き？〟

「もちろんだ」

　ジョーイは指を広げ、手を交互に出したり引いたりした。〝とっても？〟

「ああ、とってもだよ」

ジョーイは指を広げたまま平たくして、父親の目を見つめながら今度は上下に動かした。

「うん、とっても、とってもだ」

動きがだんだん激しくなった。〝とっても、とっても、とっても？〟

「わかった、わかった。父さんはジーナが好きだよ。おまえはどうなんだ？」

〝とっても、とっても、とっても〟

ほっとしたことにそのときドアがノックされて、ジーナがレイトン夫妻と一緒に入ってきた。

ジーナはダンのプロポーズの日に着ていたドレスを着てくるのだろうと思っていたが、今夜のはいままで見たことのないソフトなダークブルーのドレスだった。そのとき初めてカースンは、彼女が別の男のために着たドレスを着ていたらうれしくなかっただろうと気がついた。

あたたかな夜だった。彼らは海べりを歩き、防波堤にもたれて、潮が引いては、小さな波が砂に当たって砕けるのを見ていた。

「さっきはジョーイと何を話してたの？」

カースンは答えようとして、ありのままには言いにくいことに気がついた。

「あれやこれやとね。さあ、食事に行こう」

彼は騒音のない、静かなレストランを選んでいた。

「ここでいいかい？」

「ええ。音のことを配慮してくれて、とても助かるわ」

「最初の日、ボブズ・カフェではどうしてたんだ？あそこはうるさかっただろう」

「あの場所は慣れてるから、騒音に対してシャッターを下ろせるのよ。わからないところは読唇術で補って」

「君がどうしてそんなにクールでいられるのか不思議だな」

「こつは、必要以上に大きな問題だととらえないこと」ジーナはまじめに言い、突然くすくす笑った。「たまには便利なこともあるわよ。以前友達とスペイン旅行に行ったとき、隣のホテルが工事中で、みんな一晩中うるさくて眠れなかったらしいけど、私は朝までぐっすり」

カースンは笑い、彼女を賞賛の目で見た。「君は信じがたい人だ」

カースンが注文するあいだジーナは椅子にもたれて、思いがけなく訪れた魅惑の夜を楽しんでいた。窓からは月明かりに照らされた青い静かな海が見える。色つきの街灯が散歩道を照らし、全体にこの世のものとは思えない美しさを与えている。

向かいには愛する男性がいた。今夜は彼を独り占めできるのだ。

「ジョーイの人工内耳のスイッチを入れるのはいつなんだい？」カースンがきいた。

「十日後よ」

「八歳の誕生日の三日前か。ほんとうのお祝いになるな」

「でも奇跡を期待してるなんてジョーイには思わせないでね。奇跡が起こらなかったときも、失望を見せないでね。聞こえるようにはなっても、最初のうちは音声は全然秩序立ってないんだから」

「わかってる。だが、すばらしい誕生日だよ。また希望が見えてきたんだから」

「ジョーイに希望というものが理解できるかしら。いままで持ったことがないのに」

「母親に対する間違った希望以外はね」カースンはため息をついた。「僕らの離婚はジョーイの誕生日の一週間後に正式になる。結婚してほぼ丸九年だ」

「寂しい？」彼女は思い切ってきいてみた。「過去は過去だ。もう忘れるさ」

ジーナは嫉妬《しっと》の目で彼を見つめた。後悔してはいないだろうか。人は過去をそんなに簡単に忘れられるものだろうか。

「前、君をなんて呼べばいいかときいたとき、ジョーイが手話で答えただろう。僕は理解できなかった。あれはなんだったんだ？」

「〝お母さん〟よ」

「あの子は君を母親みたいに思ってるのかな」

「ある意味ではね」

カースンはしばらく目をそらして考え込んでいたが、やがて意を決したように視線を戻した。

「たぶんジョーイは本気で思ってるんだろうな」

「確かに私はたまたま、ブレンダがするべき役割を果たしてはいるけれど――」

「そういう意味じゃないよ。君はジョーイの必要とするものを優先させるべきだと言っただろう。彼が必要としているのは君だ――母親として」

「でも私は彼のお母さんじゃないわ」

「なれるよ。もし僕たちが結婚すれば」彼はジーナが息をのむのを聞き、急いで続けた。「不可能なことじゃないだろう？　僕たちは完璧《かんぺき》な家族になれるよ。君と、僕と、ジョーイで」

「カースン――」ジーナの頭はくらくらした。

「もし運命を信じるなら、僕らが出会ったのも運命だと言えるんじゃないかな。ジョーイはすぐに見抜いて、最初から君の方に向かっていった。あの子は君を必要としている。そして僕は……僕が君を必要としているのはわかっているだろう。困った状況になったとき、僕はだれに助けを求めればいい？　いままでは君なしではやっていけないよ」カースンは舌打ちをした。「くそ、これじゃ子供がもう一人、スカートにしがみついてるようなもんだな」

「あなたのことをそんなふうに思ったことはない

わ」ジーナはかすかにほほえんだ。「それに、必要とされるのは悪いものじゃないしね」

「ああ。でも、それ以上のものもある。僕はいい夫になるよ、ジーナ。誓って言う。君を幸せにするために僕はベストを尽くす。いまでは君は僕にとって大きな意味を持つようになってるんだ。君は知ってるかな」

「お化け列車のことは覚えてるわ」

彼はほほえみ、ジーナの胸の鼓動を一瞬止めた。

「君が何も言わないから、気づかなかったのかと思ってた」

「もちろん気づいたわ……」

ジーナは時間を稼ぎながら、聞きたくてたまらない一言を待っていた。〝大きな意味を持つ〟だけでは充分ではない。彼を深く愛していたから、あたたかなまなざしで見つめられると、すぐにでも承諾の返事をしたくなったけれど。


「あなたはそしらぬふりをするんだもの、私の想像だったのかと思った」

「想像なんかじゃない。君のほうからキスを返してくれたのも、僕の想像じゃないだろう。僕たちはいい結婚ができると思う。もっと小さな土台しかなくてもうまくやっている夫婦が、世の中にはたくさんいるからね」

ただ、彼らは愛し合っている。そこが違うとジーナは寂しく思い返した。

カースンは彼女の手を取って、やさしく撫《な》でた。

「僕らは幸せになれると思わないか？」

それはもう幸せのあまり死にそうになるだろう。でも、長くは続かない。私の愛と彼の穏やかな好意とのギャップが大きくなってしまったら。

ジーナが答えないので、カースンは手を離した。

「すまない。僕は思い違いをしていたようだ」

あなたは私をジョーイのためだけに必要としてる

の？　一緒にいれば都合がいいから？　ジーナはそう問いかけたかった。でも、きいてなんになるだろう。彼はもう充分に答えているではないか。

「思い違いなんてしてないわ。でも、いますぐには答えられない。明日まで待って」

「いいとも。君は正しいよ。これは大きな決断だからね。僕には避けられないことに思えたんだ。だからつい君もそう思っている気になってしまった」

カースンの腕に抱かれて以来、ジーナはずっと彼との結婚を望み、夢見てきた。いま、その夢が叶《かな》おうとしている。でも、すべては間違っていた。

彼らは手をつないで浜辺をゆっくり歩いた。カースンはもう結婚の話は出さなかったが、海べりの道が終わりになるあたりで、突然ジーナを暗がりに引き寄せて腕に抱いた。

「ジーナ」カースンは唇を重ねたまま言った。ジーナは耳でというより、心で彼の声を聞いた。「キスしてくれ……君のキスを感じさせてくれ」

「カースン……」

「これは正しいことだ。僕にはわかる」

彼の唇には意志があった。それは自分たちのあいだにどれほどいいことがあるかを教え、説得しようとしていた。彼はまた、自分のほしいものを拒否させるつもりもないらしい。

彼に立ち向かい、その支配を拒まなければ。でも私はいま彼とこうしている以外何も望んでいない。彼を拒否することは自分自身を拒否することだ。

まもなく分別が戻るだろう。それまではこのすばらしい瞬間に身をゆだねよう。こんなときは二度と来ないだろうから。

「結婚すると言ってくれ、ジーナ。良識を働かせて——」

「良識！」

「これは僕ら二人が望んでいることだ。きっとうまくいく」カースンはジーナの顔をよく見ようと抱いていた腕をゆるめた。「このままベッドに連れていって、君が確信を持てるまで愛し合いたい。そうさせてくれるかい？」

〝もちろん、いいわ！〟と答えたい衝動をこらえ、頑固にかぶりを振る。「一生のことを、こんなふうには決められない。放して、カースン。お願い」

カースンは戸惑ったように眉を寄せて、手を離した。ジーナは後ずさりして防波堤に背中をつけた。心が乱れているのを知られたくないから、顔は背けたままでいる。

どうして私は素直になれないんだろう。自分の心のままに従いたいのに、厄介な理性を捨てきれない。

「すまなかった、ジーナ」しばらくしてカースンが言った。「君を怒らせるつもりはなかったんだ」

「怒ってなんかいないわ。あなたの勢いに圧倒されているだけ」

「僕の癖らしい。ビジネスでは成功しても、女性を口説くには、まずいやり方だな」

あなたは私を口説いていない。自分に役に立つものを買収しようとしているだけよ。

「僕はチャンスをふいにしてしまったのかな。答えはノーということ？」

「そうじゃないわ。でも、返事は明日まで待ってくれる約束でしょう」

「そうだね。すまなかった。ホテルまで歩こう。手をかして。何もしないと約束するよ」

二人は腕を組み、黙って歩いた。ホテルに戻り、息子がぐっすり眠っているのを確認すると、カースンはジーナにほほえみかけ自分の部屋に戻っていった。

夜の時間はのろのろと過ぎていった。夜明けの光がさしてくるころ、ジーナは起き上がって窓辺に座った。愛する人が結婚を申し込んでくれた。いまがいちばん幸せなはずなのに、心は重い。

カースンが言ったことを記憶から消せればいいのに。"のぼせ上がってした結婚はよくない。いちばんいいのは、二人が共通の何かを持っていて、互いを好ましく思っていることだ。その場合でも、あまり好きになりすぎるのはよくない"

これが彼の申し出ていること――注意深い距離を置いた結婚だ。お互いに多くを求めない二人の良識的な取り決め。利益と、いくらかの肉体的喜びを共有するが、愛はない。なぜなら彼には小さな息子に向ける以外、与えるべき愛がないから。その虚《うつ》ろな心を何度も見ざるを得ないとき、喜びはどのくらい長く続くだろう。

でもカースンと別れるのはつらい。プライドが高すぎて、彼の差し出す小さなもので満足できなくて、その結果彼と二度と会えなくなったら……。

どうしてそんなに簡単にあきらめるの？　いつかは彼の愛を勝ち得ることができるかもしれないじゃないの。

たぶん、愛は。でもブレンダに向けたような身も心も捧《ささ》げる情熱は永久に望めない。彼と結婚しても、私は嫉妬で彼も私自身もぼろぼろにしてしまうのではないだろうか。

さまざまに思いをめぐらすうちに、心が引き裂かれるような気分になった。ジーナは冷たい窓に頭をつけて、夜明けの光のなか、不幸を嘆き、まどろんだ。

次の日は一日、どこか不自然だった。ジーナとカースンは同じことに心を奪われながら、そしらぬふりをして、日常をこなしていった。

レイトン一家はその日の午後帰っていった。お別れのコーヒーと遊園地で一日の大半を過ごした。ジョーイを寝かせたあと、ジーナとカースンは下のレストランで食事をすることになっていた。

「ほんとに大丈夫？　もし目が覚めて、私たちがいないのがわかったら――」

〝そしたら、また寝るだけだよ〟ジョーイが常識的な答えを返してきた。

夕食のとき、二人はとりとめのないことをあれこれ話した。やがて種も尽きた。ジーナが見上げると、カースンはじっと彼女を見ていた。

「答えを言ってくれないのか？」

「優柔不断だと思ってるんでしょうね。ずっと考えてたんだけど……」

「僕との結婚は、そんなに恐ろしいことかな。無理やり自分を言いくるめなければならないほど？」

「そうじゃないけど……もう少しだけ時間をもらえないかしら。カースン、お願い」

「わかった」彼は思いやり深く言った。「食事が終わったら散歩しよう」

請求書にサインをしたとき、カースンは財布を忘れたことに気がついた。

「外へ出る前に取ってくるよ」

カースンが急いで部屋に帰り、財布を取って戻ろうとすると、ジョーイの部屋から小さな泣き声が聞こえてきた。ドアを開けると、ジョーイは上掛けをかぶって体を揺らし、泣き声をたてていた。その姿には何かとても絶望的なものがあった。

悪い夢を見ているのだ。カースンがやさしく揺すると、ジョーイは目を閉じたままうめいた。もう一度揺さぶると、今度は身震いし、目を開けた。

でも父親に焦点を合わせることなく、どこか遠いところを見ている。涙がぽろぽろ頬を伝っている。

「カースンは胸が締めつけられた。息子が苦しんでいるのに、自分にはどうすることもできない。彼は明かりをつけて、息子をしっかり抱きしめた。ようやくジョーイは父親を見た。

「ジョーイ、大丈夫だ。もう終わりだよ。ジョーイ……終わったんだよ」

夢のなかで息子をこんなに怯《おび》えさせたものはなんだろう。ジーナがいてくれたらいいのに。彼女ならどうすればいいかわかるだろうに。

でも彼女はいない。息子を安心させるのは自分しかいない。そしていつものとおり、自分にはそれができない。苦痛と無力感をひしひしと味わいながら、カースンは小さな息子を抱き寄せた。

「よしよし。よしよし」

小さな手がそっと首に触れる。喉の振動を感じ取ろうとするかのように、手で父の首を探っている。

「父さんがここにいる。もう大丈夫だ……」

ジョーイに言葉が伝わるのかも、それが彼にとってなんらかの意味があるのかもわからない。だがカースンは慰めの言葉をかけ続けた。ジョーイの体から徐々に力が抜けていった。

見下ろすとジョーイは眠っていた。父の腕のなかで、彼を信頼しきって。

カースンは長いあいだ小さな息子の顔を見ていた。感情が激しく揺さぶられていた。長い年月封じ込められ、恐れと無理解の壁を突き崩そうと待ち構えていた愛が、いまここにあった。

ドアがそっと開いて、ジーナが入ってきた。

「怖い夢を見ていたらしい。やっぱり外には行けないよ。もしこの子が起きたら……」

「あなたがついててあげないとね」

ジョーイが身動きしたので、カースンは顔をのぞき込んだ。その表情を見て、ジーナは長いため息をついた。ほんとうのカースンだ。尖《とが》った外観の内側に住む心やさしい人。彼は胸も張り裂けんばかりの息子への深い愛を、私にだけは見せてくれた。

私はもう少しで彼を拒絶するところだった。それは、人生を価値あるものにしてくれるすべてのものを投げ出すことに等しい。彼との結婚は私に悲しみをもたらすかもしれないけれど、彼と離れることはもうできない。将来何が待ち受けていようと、私は立ち向かっていこう。

「あなたと結婚するわ」彼女は言った。

その晩はカースンは息子の部屋で寝た。ジーナは翌朝早く、ドアをノックした。

「ゆうべはどうしたのか、ジョーイにきいた？」

「夢を見たことも覚えてないらしいよ」

「あなたがすっかり追い払ってあげたのね。カースン、ジョーイにもう私たちのことを話した？」

「まだだよ。君にもその場にいて、あの子の顔を見てほしかったから」

「ジョーイにはまだ言ってほしくないの。人工内耳のスイッチを入れる日まで待ちましょうよ。何もかもいっぺんに背負わせるのはよくないわ」

「そうだな」カースンはしぶしぶ賛成した。

その日は最終日で、午後には帰路に就く予定だった。最後に遊園地に行ったとき、小さな事件が起きた。見方によれば、それは一種の勝利と言えた。

ジョーイはあひる釣りに夢中になっていた。そのうち同い年ぐらいの男の子と競争になった。男の子の両親は最初ほほえましげに見ていた。

そのほほえみがしかめっ面に変わったのは、子供たちがしゃべり始めたときだ。ジョーイがいくつか言葉を発した。相手の子は理解したようだったが、両親は落ち着かなげに身じろぎした。そのうち母親が進み出て息子の腕を取った。

「おいで、ダーリン。そろそろ行かなきゃ」

「ママ……この子、ジョーイっていうんだ」

「そうね、でも、もう行かないと」

「だけど、ママ……」

「いいから！　ほうっておきなさい。この子はほかの子と違うんだから』」

　顔をじっと見ていたジョーイはすべての言葉を理解した。ジョーイの顔をよぎった表情が、ジーナの胸を刺した。

　カースンが怒りを抑えて母親と向き合った。

「確かに息子はほかの子とは違います。この子は人より頭がよくて勇気と根性があるんです」

　父親が自分を弁護しているのを見たジョーイの表情の変化は、一見の価値があった。ジョーイはすべてを理解した。言葉だけでなく、息子を守ろうとする父の強い態度や、肩に置いた手のやさしさまで。

　夫婦は息子を連れてそそくさと行ってしまった。

「大丈夫か、ジョーイ？」

　ジョーイはうなずき、信頼に満ちた顔で父の手に自分の手をすべり込ませた。ジョーイの顔は幸福感に光り輝き、それは一日中続いた。

11

　人工内耳のスイッチを入れる日、カースンはみんなを車で病院に連れていった。ジーナはジョーイに、今日会うのは医者ではなく、言語聴覚士と言語療法士だと説明した。ジョーイも、これから大事な作業が始まることをよく理解しているようだ。

　外部の装置の取りつけや、スイッチを入れるプロセスや、音のテストが、子供には大きな負担ではないかと心配だったが、ジョーイは熱心に取り組み、苦もなく乗り越えた。

「さて、何が起こるか見てみましょう」言語聴覚士が言った。

　何も起こらなかった。

ジョーイは何を期待されているのか問いかけるように、戸惑ってまわりを見回した。ジーナは目を閉じ、強く祈った。カースンの顔は真っ青だった。彼は背を向け、窓のそばに歩み寄った。ジョーイは敗北感に打ちひしがれ、頭を垂れている。

「なんてことだ！　ああ、なんてことだよ！」カースンは取り乱して言った。

ジョーイが父親の方をぱっと振り返った。

「カースン！」ジーナの目から喜びの涙があふれた。「ジョーイはあなたの声が聞こえたのよ」

「ほんとか？」カースンが飛んでいって、息子のそばに膝をついた。「父さんの声が聞こえたのか？」

「まだ理解できないわ。音に慣れてないんだから」

カースンはジョーイの顔を両手にはさんでじっと見た。「ジョーイ、ジョーイ」

「あああ」彼は言った。そのとき突然、彼の顔に光がさした。自分の声が聞こえたのだ。

「ジョーイ」カースンは繰り返した。奇跡が信じられなかった。

「あああ！」驚きと喜びにジョーイの顔は輝いた。

「あああ！」彼は歓喜に酔って叫んだ。

「ついにやった！　ジョーイは聞こえるんだ」

言語聴覚士は慎重だった。「これからがほんとうの始まりです。マッピングには時間がかかりますから」

「マッピング？」

「ジョーイが最善の結果を得られるようにプログラミングすることです。音のレベルも調子も人によって異なります。最初は毎週、それから二週間ごと、一カ月、二カ月、三カ月、半年、そして一年ごとに、こちらへ来ていただかなければなりません。その都度、彼の経験に基づいて音を調節します」

言語聴覚士とジョーイは作業を始めた。音をテストし調整して、心地いいレベルを見つけていく。

　しばらくして見回すと、カースンの姿がなかった。廊下に出てみると、カースンは目を閉じ、壁にもたれていた。まるで絶望に打ちひしがれているように見えるが、ジーナにはいま彼を揺り動かしている激しい感情が理解できた。

　ジーナは彼のそばに行って、肩にそっと触れた。すぐに彼の腕が体に回された。静かな廊下で二人は抱き合って立っていた。彼の肩はすすり泣きで震えていた。

　ジーナはジョーイのバースデー・ケーキをつくり、八本のろうそくでかわいらしく飾りつけをした。

　朝早く、ジョーイが起き出す前に最後の仕上げをしていると、カースンが後ろから腕を回してうなじにキスをした。おかげで気が散って、ろうそくを床に落としてしまった。

「まあ、何をするの？」

「ろうそくはたくさんある。少しぐらい僕に時間を割いてくれてもいいだろう？」

　しばらくしてジーナは息を切らし、髪を乱して彼の腕から逃れた。

「もう待つことはない。今日ジョーイに僕たちのことを話すよ。来月の末までに結婚しよう。いいだろう？」

「いいわ」ジーナは幸せだった。数週間後に彼の妻になる。それ以上の望みがあるだろうか。

　三人は公園で一日を過ごした。それはジョーイにとって、いままでいちばん楽しい誕生日だった。世界は新しい音のワンダーランドだ。彼を混乱させるものもあったし、いっぺんに多くは対応できなかった。でも彼は常に学んでいた。

　午後遅く、彼らは家に帰り、ジーナはお茶のテーブルを用意した。ケーキは大成功で、彼女はろうそくに火をつけて運んできた。

ジョーイは一息で吹き消し、みんな手をたたいた。ケーキを食べ終わると、カースンがジーナの方を問いかけるように見たので、ジーナはうなずいた。

「ジョーイ、ジーナが僕たちにとってどんなに大切な人かわかってるよな？」ジョーイはうなずいた。「おまえはどう思うかな、その——」

窓を強くたたく音が、彼の言葉をさえぎった。見ると美しいブロンド女性が外で手を振っている。アンジェリカ・デュヴェインだった。

突然、すべての動きがスローモーションに感じられた。カースンはじっと動かない。ジョーイは窓に目を釘《くぎ》づけにしたまま、口を動かした。〝マミー〟カースンが夢を見ているように立ち上がった。信じられないという顔をしている。

最初に我に返ったのはジョーイだった。走り寄ってドアを開け、母の大きく広げた腕のなかに飛び込んでいった。カースンもあとを追う。ジーナが出ていったときは、ちょうどアンジェリカがカースンの首に抱きついて、念入りにキスをしているところだった。ジョーイは親たちのまわりをうれしげに飛びはねている。それを十人余りのカメラマンが取り囲んで、さかんにシャッターを切っていた。

アンジェリカ・デュヴェインはレポーターたちを連れてきていた。

「なんだ、君らは！　ここから出ていけ！」

「怒らないで、ダーリン。私はただ、私たちの幸せを世界中の人たちと分かち合いたかったのよ」

アンジェリカは、もう一度ジョーイを抱きしめた。彼女は母の喜びにあふれていたが、顔は注意深くカメラの方に向けられていた。

マイクを持った男が進み出た。「何かおっしゃりたいことは、ミス・デュヴェイン？」

「今日が人生で最高に幸せな日だってことだけよ。私の悲しみはすべて終わったわ——」

「家に入ろう」カースンが低い声で言った。

「ごめんなさいね」アンジェリカはレポーターたちに言った。「家族と水入らずになりたいの。わかってくださるでしょ」

アンジェリカはカースンの腕を取り、ジョーイを抱き寄せた。そして三人で家のなかに入っていった。ジーナが道を開けると、彼女は冷たい目でジーナを一瞥《いちべつ》した。何事も見逃さない目だった。

けれども、わざわざジーナに言葉をかけるようなことはしなかった。ドアが閉まると、アンジェリカは膝をつき、歓声をあげてジョーイを抱きしめた。ジョーイも母親にしがみついた。寂しさと、ずっとほうっておかれた悲しみを込めて。

その様子を見ながらジーナは、自分で自分をごまかしてきたことに気づいていた。私は可能なかぎりジョーイに近づき、ジョーイも私を好きになった。でも実の母親が戻ってきたいま、それはほとんど無に等しいものとなった。

カースンは？　彼も同じなのだろうか。かつて激しく愛した女性が戻ってきたいま、私のことは忘れてしまったのだろうか。

あまりに急にいろいろなことが起こって、ジーナはめまいを覚えた。カースンがまさに婚約を宣言しようとしたときに、アンジェリカが乱入してきて、自信満々に夫と息子に対する権利を主張した。

「ああ、家に帰るっていいわね！」彼女は芝居がかった声で言った。

「まだ鍵《かぎ》を持ってるだろう。簡単に入ってこられただろうに」カースンがつっけんどんに言う。

「それじゃ印象が薄いわよ、ダーリン」

「ああ。我々みんなをカメラの前に引っ張り出すことはできなかっただろう。ジョーイに、よくそんなことができるな」

「ジョーイは気にしないわ。そうでしょう、ダーリン？」

ジョーイは慣れない音の洪水に必死で対応しようとしていた。彼は何か声を出した。アンジェリカは顔をしかめて息子を見下ろした。

「何？」彼女は鋭くきいた。

「マミーと言ったのよ」ジーナが静かに言った。

アンジェリカは体を起こし、深いブルーの目でジーナを上から下までながめ回した。美しい唇が、何かおかしなものを見たときのようにゆがむ。いまのいままできれいに装っているつもりだったジーナは、結局自分が小さな茶色のねずみにすぎないことに思い至った。

「紹介はまだだったわね」

「私はジーナ・テニスン。ジョーイの手助けをしているの」

女優はいきなりジーナに抱きついた。

「それならあなたは私の友達だわ。愛する小さな息子の助けになってくれる人はだれでもお友達よ」

「ブレンダ、ジーナは、それよりずっと――」

「カースン、いまはやめて」ジーナは半ば懇願し、半ば警告するように言った。

アンジェリカ、いや、ブレンダは目を細めて二人を見比べた。彼女は頭はよくないが、自分の利益に関することなら勘が働くのだ。

「あなた、言語療法士か何か？」

「いいえ、弁護士よ。私も聴覚障害者なの」

「あら、ほんと？　よほど読唇術がうまいのね。聞こえるんだと思ってた」

「聞こえるわよ。ジョーイと同じ人工内耳を埋め込んであるから。でもジョーイと同様私も聴覚障害には違いないの」

ブレンダは笑った。「そんなばかな。ジョーイはもう聴覚障害じゃないわ。治ったのよ」

「治ったんじゃないわ。たくさんの時間と労力をかけたら、あなたたちの言う〝ふつうの人〟になるけど、聴覚障害であることに変わりはないのよ」

「ほんとう？　私が聞いているのと違うわ。まあ、いいけどね。私たち、なんとかやっていくから」

「私たち？」カースンが不気味な声を出した。

「私たち家族でしょ、ダーリン。あなたと私と小さな息子。家族の結束は何ものにも代えがたいわ」

カースンの顔は青ざめていた。「いったいなんのために舞い戻ってきたんだ、ブレンダ」

彼女は顔をしかめた。「その名前は使ってほしくないわ。私じゃないもの」

「なんで舞い戻ってきたときいてるんだ。どうして急に母親らしい心配をし出したんだ？」

「当然でしょう？　特に、その、『映画情報』のばかな女記者がどこかで何かをつかんで、トラブルを起こそうとしたから――」

「つまり、すっぱ抜かれたんだな？　君の住む自己中心的閉鎖社会のだれかがジョーイのことを聞きつけて、率直な質問をぶつけてきたんだ。どうして美しいアンジェリカ・デュヴェインが病気の息子を捨てたりできるのか、と。君のイメージが急に、いままでほどよくなくなってきたわけだ」

「好きに考えて。現に私は帰ってきたんだし、あなたはどうすることもできないんだから」

「そうかな？　君をいますぐたたき出すこともできるけどね」

「ジョーイはそんなこと、喜ばないと思うけど」ブレンダは息子の方を見た。「どう？」

「喜ばないと思うわ」ジーナが代わりに答えた。

「君は彼女のしているゲームがわからないのか？」カースンがジーナの方を向いた。

「もちろんわかるわ。でもあなたは、それに合わせないといけないと思う。少なくとも当分は」

「当分じゃなくて、私の都合に合うだけ長くね。それじゃ悪いけど、私たちだけにしてくださる？　夫と二人きりでゆっくり話がしたいから」

「僕は君の夫じゃない。僕らの結婚はとうの昔に終わってる」

「まだよ。少なくともあと数日は」

「そのあと離婚は正式になる」

「その話はあとでしない？　いまは私のかわいい坊やの誕生日をお祝いしたいの」

　ブレンダは山ほどプレゼントを持ってきていた。息子は母親が来ただけで幸せだということを知らないらしい。ジョーイは大喜びをし、ぎこちなく礼を言った。彼が絞り出したいくつかの単語はわかりづらく、ジーナが通訳しなければならなかった。ブレンダのほほえみはだんだん揺らいでいった。

　だが彼女は持ちこたえ、規則的な間隔を置いてジョーイにキスした。ジョーイはうれしげに母親と父親を見比べた。彼にとって、これは長く望んできた家族の再会なのだ。

　ジーナはその光景から目をそらした。心は重たかった。

　家はしんとして暗かった。ジーナはベッドに入ったが、眠れそうになかった。

　隣をのぞくとジョーイはすやすや眠っている。ブレンダは大仰なしぐさで息子を寝かしつけた。彼女の態度に何か欠けるものがあったとしても、ジョーイは気づかなかったに違いない。

　たぶんブレンダにはまだ母親としての純粋な愛情があるのだろう。ジョーイのために喜んでそうだと信じよう。

　ジーナはいつものようにグラスに水を汲《く》んでくるのを忘れたので、ガウンをはおって廊下に出た。

　階段を下まで下りて、彼女はふいに立ち止まった。開いたドアのすきまから、ブレンダとカースンが抱き合っているのが見えたのだ。

最初、頭が混乱した。二人の体はぴったりと合わさり、唇は重なっている。ブレンダはセクシーなシースルーのガウンだけを着た半裸の状態だ。

でも、やがて頭がはっきりしてくると、カースンの腕は両わきに垂れているのがわかった。ブレンダの手だけがはい回り、虚《むな》しく欲望をかきたてている。カースンはじっとして、彼女がやめるのを待っていた。

やがてブレンダは身を引いた。愛らしい唇が、信じられないようにゆがんだ。

「そんなにこちこちにならないでよ。あなたと私はいつだってとても熱かったじゃない。消えない火ってあるものよ。最近はあなたのこと、いつも考えているのよ」

カースンは身動きせず、ものも言わない。

「まあ、ダーリン、私を罰するつもりなのね？　一生懸命こらえてるの？　それはそれでおもしろいかも。覚えてる？　私たち昔――」

「いい加減に黙って、出ていってくれ」カースンは氷のように冷たく言って、彼女を押しやった。「二度と僕にさわるな。でないと後悔するぞ」

「あなたは怖いんでしょう。自分が私に抵抗できないのがわかってるから」彼女は嘲笑《ちょうしょう》した。

「たったいま、できることを証明したと思うがね。というより、君にさわられるとぞっとする。君の腐った中身のことしか考えられないから」

「なるほどね。いまじゃ、いい子ぶったあの人がいるってわけ？」

「ああ、僕はジーナと結婚するつもりだよ。僕らはほんとうの結婚をする。君と僕のとは違う」

「独りよがりで、自信満々で。あなたのそういうところ、私はいちばん我慢できなかったの。あんまり早々に結婚の計画を立てないでよね。離婚はまだ都合が悪いのよ。マスコミに流した仲直りの話とくい違うから。でもいつの日か……そうよ、だれにもわからないわ。私にやさしくして。そしたら――」

ブレンダは彼の首に腕を回して唇を重ねようとした。だがカースンはすばやく身をかわし、彼女を押しのけた。あまりに激しい勢いだったので、ブレンダはぶざまにソファの上に倒れ込んだ。

「何をするのよ！　ハリウッドじゃ、私と寝たい人が列をつくるのよ。私はね……」ブレンダは、男の名前を羅列し始めた。

しかし、だれも聞いていなかった。カースンは部屋を出ていってしまった。

階段を上がって、彼はジーナが壁にもたれているのに気がついた。

「どこまで見たんだ？」

「彼女があなたにキスしようとして――」

「それなら僕が彼女をはねつけたのを見ただろう。たとえ地球上に彼女一人しかいなくても、彼女とは寝ない。胸が悪くなる。まさか疑ってたんじゃないだろうね？」カースンはジーナの目が涙で光っているのを見た。「ばかだな。僕が彼女のところに戻るなんて、本気で思ってたのか？」

「もしかしてって」

「いまじゃよくわかっただろう」

カースンはジーナを自分の部屋に連れていって、窓からの薄明かりで彼女の顔をのぞき込んだ。

「ほんとにそんなことを信じたのか？　もうじき結婚するというのに、僕がほかの女をベッドに連れていくなんて？」

「ブレンダはただの〝ほかの女〟じゃないわ。あなたは彼女のことを、死ぬまで取りついて離れない強迫観念のように言ってたもの」

「たぶん、かつてはそうだっただろうね。病的な強迫観念だ。でも病気は治る。僕はいまでは別の人間だよ。健全で、まともな。それは君がやさしさと勇気と笑いをくれたからだ。君と、あのおかしな小さい車に出会うまで、僕は笑いというものを忘れていた。君を腕に抱くまで、愛を忘れていた」

カースンはジーナを抱き寄せた。

「これが僕のほしいすべてだ。あの女には勝手にさせておこう。彼女に僕らを引き裂くことなんかできない」

「だけどカースン……」

「彼女のことは忘れてくれ」カースンは唇を重ねた。

カースンは私たちが直面する冷酷な事実を見ていない。ブレンダがすでに私たち二人の生活が不可能になるくらい、何もかも壊してしまったことを。

彼のキスの感触はすてきだった。情熱が、悲しい思いを忘れさせた。いまは愛に身を任せよう。そしてこの先に続く冷たく寂しい日々、思い出を宝物のように大切にしよう。

カースンはゆっくりと、ほとんどうやうやしく、ジーナのナイトドレスを脱がせた。

「どれほど長いあいだ……どれほど激しく君を求めていたか知ってるか？」彼がささやいた。

ジーナはかぶりを振った。「願ってはいたけど」

「それなら、証《あかし》を見せたい」

肌に触れる彼の手は炎のように熱く、キスは深くて細やかだった。ジーナは進んで欲望に身をゆだねた。心と同様に肉体も、完全に彼のものになりたかった。

筋肉質の背中から引き締まった腰へと手をすべらせると、彼の体に戦慄《せんりつ》が走る。ジーナの指は最初はやさしく、やがては彼を駆りたてるように動いた。

ジーナが彼の愛を求めているのを感じて、カースンの緊張度はさらに高まった。彼は大きなベッドにジーナをやさしく横たえた。美しい体のカーブを堪《たん》能《のう》してから、胸のあいだに顔を埋《うず》める。

ジーナにとって、それは初めて経験する感覚だった。愛がどこで終わり、欲望がどこで始まったかはわからない。彼に関するかぎり、それは同一のものだ。

カースンの情熱は死に絶えたのではないかと心配していたが、ジーナはいま、彼の緊迫感が激しく募ってくるのを感じた。そしてアンジェリカ・デュヴェインが虚しくかきたてようとしたものが、望めば自分のものになることを知った。

ジーナは彼にすべてを差し出した。このひとときを持ててよかった。これがたぶん愛について私の知るすべてになるだろう。

手にさわるなめらかな背中の記憶はずっと残るだろう。広い肩も、熱い肌も。でもいちばん長く残る記憶は、彼と一つになれたこと、体も魂も心も、完全に彼のものになったことだ。

抑制も警戒心も解き放たれた。すべてが彼のもの、あらゆる意味で彼のものだった。その瞬間が来たとき、ジーナは虚しくすがろうとし、過ぎてしまったときは涙を流した。ほかの恋人たちには次があるけれど、自分にはないから。

カースンは涙がかれるまで彼女の顔にキスし、月明かりの下でほほえんだ。

「これで君は永久に僕のものだ」

「ええ、私はずっとあなたのものよ。どんなに離れ離れになっても」

「何を言ってるんだ？　僕たちは離れない。結婚するんだから」

「結婚はできないわ、ダーリン。私たちが別れなければならないのがわからない？　二度と会ってはならないのが？」

12

「何を言ってるんだ。これは僕たちの始まりじゃないか。君はもう僕から離れることなんてできない。僕が許さない」カースンは所有者然として言った。

ジーナは彼に頭をもたせかけながら、世界が消えてなくなればいいのにと思った。カースンがほかのたくさんの命令を出すのと同様、この命令も出してくれればいいのに。

「事態は私たちの手を離れたのよ。ああ、ダーリン、いくらかでも望みがあればいいと思うけど、そうは思えない」

カースンは信じられないように彼女を見つめた。

「本気じゃないだろう。ブレンダが、まだ結婚は続いていると言ったのは忘れていいんだよ」

「ブレンダじゃない、ジョーイよ。あの子は家族が元どおりになれたと思っているのよ。どんなに幸せそうだったか見たでしょう」

「あれは偽りの幸福だ。ジーナ、そんなことを言わないでくれ。あの女にだまされて、僕たちみんなを苦しめないでくれ」

「だまされてないわ。私には彼女がどういう人かよくわかってる。でも私は、彼女が来たときのジョーイの顔も見てるのよ。母が亡くなったとき、私はそのあと何カ月も、母はほんとに行ってしまったのではなくて、いつか悪い子の私を許して戻ってきてくれるんだと自分に言い聞かせていたの。何度もその場面を想像したわ。ドアが開いて、母が入ってくるところを。駆け寄る私を、母が抱いてくれるの。母は死んだのに、私はその想像をやめることができなかった。そして今日、私と同じ思いをジョーイの目のなかに見たわ。彼の夢が実現したのよ」

「でもジョーイが君のことをお母さんと言ったのは、つい二、三日前のことじゃないか」

「代理としてだけ。本物が帰ってきて、あの子は初めて完璧《かんぺき》に幸せになったの。私はその幸せをあの子から奪いたくない」

「違う。奪うのはブレンダだ」

「そしたら、あなたが埋め合わせをして。ブレンダをよく監督して、何かあったときにはジョーイの力になってあげてね」

「そんなことは二、三日で終わる。彼女はすぐにロサンゼルスに戻るだろう」

「あまりあてにできないわ。ブレンダはいまスランプ状態みたいよ。テレビ番組も中止になったらしいし。ダーリン、可能なかぎり、ジョーイにこの幸せを享受させてあげましょう。いまならあなたはジョーイの力になれるから。あなたたち二人はお互いを見つけたんだもの」

「君のおかげだ」

「そうかもしれない。そう思いたいわ。あなたたちはもう大丈夫よ」

「そうかな」カースンは苦々しく言った。「君をこんなに愛している僕が、君なしで大丈夫だって言うのか？　僕が愛しているほど、君が愛してくれてないのはわかっている。だけど――」

「あなたが私を愛してる？　そしてあなたは、私があなたを愛してないと思ってるの？」

「全部ジョーイのためなんだろう？　それと、自分の子供時代の誤りを正すためだ。君はジョーイのために僕と結婚しようとし、ジョーイのために僕から離れようとしている」

「でも……」ジーナは彼の顔を探った。自分の聞いたことが信じられなかった。「もちろんジョーイのためだけじゃないわ。どうしてそんなこと――」

「すぐに結婚を承知してくれなかったからだ。ジョーイが夢でうなされて、やっと結婚すると言ってくれた。その意味が僕にわからないと思うか？」

「あなたは思い違いをしてるわ。じゃあ、今夜は？　なぜ私はあなたのベッドに行ったの？　なぜ別れを覚悟しながら、あなたに抱かれたの？」

「わからない。頭が混乱している。君はまるで僕を愛しているかのように僕にすべてを与えてくれた。感動したよ。僕だって信じたい――」

「私はあなたを愛しているわ、カースン。どれほど愛しているか、わかってもらえたら。私はブレンダがあなたの愛を枯渇させ、空っぽにしたんだと思ってた。あなたはジョーイの母親がほしいだけで、私には、少しばかりの好意を寄せているにすぎないんだって」

「少しばかりの好意だって？　ダーリン、僕の気持ちを表現することさえできたら……ジーナ？　どうしたんだ？」

ジーナは腕で胸を抱えて、前に後ろに揺れながら泣き笑いをしていた。

「信じられないの。いまごろわかってどうなるの？　もう遅すぎるわ」

カースンはうめいてジーナを抱き寄せ、髪に顔を埋《うず》めた。

「遅すぎるなんてことがあるものか。君は僕の愛する人、唯一愛する人だ」

「ほんとう？」彼女は苦悩のなかで喜びに輝いた。

「真実に賭《か》けて誓うよ」

「あなたは……あなたがほしいのは良識的な結婚だって言ったわ」

「たぶん、そのときは本気だったんだろう。でもいまではもっとよくわかる。もしただ単に良識的だったら、君を失うと考えただけで心が張り裂けそうになるのはなぜなんだ？　こんなことがあってたまるものか！　お互いを見つけたばかりなのに、失わなければならないなんて」

「それが現実なんだわ。ああ、最愛の人、私にキスして。何度も何度も。もし私たちにあるものがそれだけなら――」

「ばかな。僕は君を絶対に離さない。聞いているのか？　決して離さないよ」

彼の言葉を信じられたらどんなにいいか。信じたい。私が重荷を負うのは不公平だ。でもジョーイの顔が目の前に浮かんだとき、ジーナはやるべきことをやらなければと決意を新たにした。

「少なくともいまは、あきらめて。ブレンダを追い返すわけにはいかないもの。そんなことをしたらジョーイがどれだけ悲しむか」

「しかし彼女のゲームが続かないのはわかってるだろう。彼女はすぐに飽きる――」

「自分に都合がいいかぎりは続けるでしょう。ジョーイももう少し大きくなれば、うまく適応できるかもしれない。ジョーイに真実を押しつけるのはやめて。彼にはとても耐えられないわ」

「いま真実に直面するほうがいいんじゃないか？」

「だったら、ジョーイに言うの？　おまえは母親に愛されていない、彼女は無慈悲におまえを利用しているだけだ。幸せな夢は終わった、おまえは完全に拒絶され、捨てられたのだと。あなたが言うの、ダーリン？　それとも私？」

カースンの顔に苦渋が広がった。

「君の言うとおりだ。言えない。どんなに頭で考えても、いざとなると……言えない」

二人は顔を見合わせた。もう何も言うことはなかった。

カースンはジーナを抱き寄せた。彼女のぬくもりを感じていたかった。二人は夜が更け、窓の外が明るくなるまで、互いの腕のなかでじっとしていた。

ジーナは朝の光を虚《うつ》ろな目で見つめた。カースンとの結婚は最善の道ではない。落ち着いたありきたりの愛で満足しなければならない。それでもいま、私は輝かしい真実を知った。彼が愛しているのはこの私であり、私だけなのだと。彼の心と情熱と信頼のすべては私のものだ。私は望むものすべてを持っている。

それなのに、もう遅すぎるなんて。

こんな苦しみを味わうくらいなら、彼を愛さないほうがよかったのだろうか。いいえ、そうじゃない。私は輝かしい時間を持った。その記憶だけで、この先も生きていけるだろう。

「これが終わりなんて僕は信じない。いつかまた僕たちはお互いを見つける。僕は心変わりはしないよ」

「私もよ。私も永遠にあなたを愛している。抱いて。私を抱いて！」

ジーナは彼の肩に顔を埋めた。カースンは黙って彼女を抱き寄せた。

ブレンダはジーナと真っ向から対決した。

「あなたが何者かやっとわかったわ。あのとき電話に出た人でしょう。あれ以来この家に居座って、じわじわと力を伸ばしてきたのね」

「私はジョーイの助けになろうとしただけよ」

「たいしたものだわ。まわりを見回して、取れるものは取ろうと思ったのね。言語療法士か何か知らないけど、そう稼ぎはよくないでしょうから」

「私は弁護士よ」

「あらそう。でも何週間もこの家でおもしろくもない仕事をしてる。それでなんの目的もないなんて、信じろと言うほうが無理よ。あなたのようなタイプは知ってるわ。他人の家と夫を横取りするのは簡単だと思ってるんでしょう。考え直したほうがいいわ。

私はこの家に戻ってくるから」

「あなたがジョーイを幸せにするかぎりは、それでいいわ」

「私の息子のことで説教するのはやめてくれる？　出ていってよ。いますぐ」

「ええ、出ていくわ。でもその前にジョーイの聴覚の発達段階についてだけ話をさせて」

「何よ？　いまはもう、聞こえるんでしょ？　だけどあの子の言うことは全然わからない。それにあの手話ときたら――」

「あなたも手話を覚えて。ミスター・ペイジは覚えたのよ。彼が教えてくれるわ」

「どうして私がそんなことしなきゃならないの！　例の器具をつけたら治ると思ってたのに、ちっとも変わりゃしない。あなたが仕向けてるんじゃないの？　あなたはあんまり早くあの子をまともにしたくないんでしょ。ここにいる意味がなくなるから」

ジーナは見えないところでこぶしを握った。

「答えたくないわ。ともかく、ジョーイの状態について知っておいてほしいの」

「わかったってば。またあとで――」

「黙って聞きなさい！」

ブレンダはぽかんと口を開けた。もう何年もそんな口をきかれたことがないのだろう。彼女が黙ったのを幸い、ジーナはジョーイがふつうに話せるようになるまでにかかる時間とケアについて説明した。

「ふうん……私の思ってたのと違うわ」

「ともかく辛抱強くしてあげて。ジョーイは覚えが早いし、あなたも帰ってきたから、いまでは幸せそのものだわ。だから少しでも手話を覚えて――」

「それはだめ。ああいうの、私は苦手なの。体がむずむずしてくる。ジョーイも聞こえるなら、もっとしっかりすればいいのよ。それにはあなたがいないほうがいいの。だから……出ていってくれる？」

ドアのところで物音がした。振り返ると、ジョーイが立っていた。彼は二人の顔を見比べている。どれだけ話の内容を理解したかはわからない。

ブレンダは息子を愛情あふれるしぐさで迎えた。ジョーイはうれしそうに笑った。彼が手話を始めたので、ブレンダは口元を引きしめた。

「〝ハロー、マミー〟って言ったのよ」

「だったら口で言えるでしょう。この子はその気になればちゃんとしゃべれるのよ。あなたがそばにいてあれこれ言うからいけないんだわ」

ブレンダはジョーイの方を向いた。「いい、ダーリン。マミーのためにできるわね？　言ってごらん……ハロー、マミーって」

ジョーイは試みた。音が聞こえるようになって数日にしてはいい出来だったが、ブレンダを満足させるにはほど遠かった。

「気にしないで。あとでまたやりましょう」ブレンダは歯を噛《か》みしめた。

カースンは会話の一部を聞いていた。まるで悪夢だ。あらゆる状況を把握し、答えを示してくれたジーナも、これに対してばかりはどんな答えも持ち合わせていないようだ。

ブレンダがその日も家族の結束をみせびらかすためにレポーターたちを呼んでいたことがわかって、悪夢はいっそうひどい様相を呈してきた。

「僕がそんなことを許すと思ってるなら――」

「好きにさせてあげたら」ジーナは言った。「遅かれ早かれ彼女は呼ぶんでしょ。いまなら私がジョーイの助けになれるから。それがすんだら、私は行くわ」

「ジョーイに言ったのか？　ひどくショックを受けるぞ」

「どうかしら。私はいなくてもすむ人間よ。いなくなったことにも気づかないんじゃないかしら。子供って実際家なのよ。自分が生き残るために必要なものをつかんで、先に進んでいくものだわ」

ジョーイは母親のあとをついて回り、懸命に声を出してコミュニケーションを取ろうとしていた。

ブレンダが、パーティがあってお客さんが来るから、あなたはいい子にしなければならないと説明したとき、ジョーイは口の動きを見て理解した。パーティがあるのはうれしかったが、いつマミーは僕と二人だけでお話をしてくれるのだろうとも思った。夢で見たように。ジーナに話したように。

ジーナならきっと教えてくれる。ジョーイは捜しに行った。ジーナは部屋で荷物をまとめていた。

〝どこに行くの？〟

「自分の仕事に戻るのよ、ダーリン。しばらくのあいだだけというのが最初の約束だったから」

〝どこにも行かないで〟

「そうはいかないの。あなたにはもうマミーがいるから、いいでしょう」

ジョーイは眉を寄せて考え込んだ。マミーとジーナに同時にそばにいてもらうことはできないのだと、初めて知ったのだろう。

「あなたはマミーを愛しているでしょう」ジーナはやさしくきいた。

ジョーイが理解しなかったので、ジーナは握った手を胸で交差させて愛のサインをした。

ジョーイはうなずき、笑顔を見せた。この子は母親を愛している。当然愛するべきなのだ。

傷ついている自分が腹立たしかった。何を期待していたの？　ジョーイは母親を取り戻した。そしてカースンも、いまではジョーイを守るすべを知っている。すべてうまくいくだろう。

ブレンダはセクシーなドレスに着替えて完璧な化

粧をし、居間に自分が持ってきたプレゼントを並べていた。彼女は入ってきたジョーイを見て顔をしかめた。

「そんな古いセーターを着て。どうして昨日あげた服を着ないの？」

ブレンダが早口で言ったので、あとからついてきたジーナが通訳した。

「まったく！　どうしてこのくらいわからないのよ！　この子は頭が鈍いの？」

「そうじゃない。すごく頭がいいわ。でもあなたの唇が読めないし、まだ言葉を知らないのよ」

「じゃあ、私の持ってきた服を着させて。高級ブランド品なのよ。目の玉が飛び出るほど高かったんだから。この子、いったい何を言ってるの？」

「服は小さすぎたんですって。近ごろ急に大きくなったから。服なんて、なんでもいいじゃない？」

「わかったわ。だけど、これは持たせてよ」

ブレンダはフットボールを取って、ジョーイの手に押しつけた。「フットボールは好きでしょ」

彼はかぶりを振った。

「ばか言わないの。好きに決まってるわ。子供はみんなフットボールが好きよ」

「この子は違う。ジョーイが興味があるのは海の生物だ」部屋に入ってきたカースンが言った。

「海の……なんですって？」

「つまり、魚だよ」

「みんなに魚を持ってる格好を見せろというの！　もちろんこの子はフットボールが好きよ」

ジョーイはかぶりを振った。

「好きだったら！　男の子はみんな好きなの！」

ジョーイは説明しようとした。母親には手話がわからないから、言葉で。ブレンダは彼の口から発せられる不明瞭《ふめいりょう》な音を聞いて、体をこわばらせた。

「ねえ」彼女はしゃがんで息子の顔を見た。「もう話さなくていいから。黙ってなさい。いい？」

説明したい要求があまりに強かった。頭の働きの速さに口がついていかず、ジョーイはやみくもに音を発し、ますます興奮していった。

ブレンダは立って息子から離れようとした。ジョーイが彼女の腕をつかんで引き止めた。

「はいはい、わかったわ。またあとでね。あっ、気をつけてよ、私のドレスが……」

ジョーイはますます強く母親をつかんだ。「マーミー、マーミー……」

ジョーイの袖《そで》がテーブルの上のミルクセーキに触れた。グラスは倒れ、次の瞬間いちごミルクがブレンダの美しいドレスにかかった。

「何をするの！　いったいなんなのよ、あんたは！　まともになったんじゃなかったの！」

ジョーイは母親の唇を読んだ。声も聞いた。一つ一つの単語はわからなくても、悪意に満ちた口調は感じ取った。

その瞬間、ジョーイは母親のすべてを理解した。彼の目にみるみる涙があふれた。

ブレンダは我に返った。自分が演技を台なしにしたことに気づいた。彼女はなんとか笑顔を取りつくろった。

「着替えてこないとね。あなたもマミーのドレスを汚すつもりはなかったのよね？」

ジョーイは答えず、ただ母親の顔を見ている。

「写真を撮るとき、そういうばかみたいな顔をしないでよ」ブレンダはぴしゃりと言った。

「だれにもこの子の写真など撮らせない。茶番劇は終わりだ。出ていってくれ！」

ブレンダが声をたてて笑った。「ダーリン、本気じゃないんでしょ。ずいぶんおおげさねえ」

「人生でこれほど本気だったことはない。荷物をまとめて、さっさと出ていってくれ」

「よしてよ。もうじきレポーターが来るのに」

「連中が来たとき君がまだいたら、僕は、君のイメージを一新させるような話をするつもりだ」

ブレンダは最後の切り札を使った。「ジョーイはマミーに行ってほしくないわよね？」

ジョーイは黙って母親の顔を見ている。

ブレンダは声を高くした。「どうなの？　あなたはお母さんを愛してるでしょう？」

ジョーイは長いこと母親を見ていた。それからジーナのそばに寄り、彼女の手を取った。

「愛してる」ジョーイははっきりと答えた。

最初ジーナは、自分が正しく理解しているのかどうかわからなかった。まさかジョーイは……？

そのとき彼女は、ジョーイが自分を見上げているのに気がついた。彼の目は年齢に似合わない思慮深さをたたえている。彼は本気だった。

「答えはわかっただろう、ブレンダ」

「その名前で呼ばないでって言ったでしょ！」

「僕はジョーイのためなら君を我慢したかもしれない。でもいまはこの子さえ君の正体を見抜いた。君はもう僕を思いどおりにはできないよ。もしトラブルを起こすなら、僕はマスコミに、君のイメージを修復できないほど壊してしまう話をする。残りわずかな女優生命もだめにするようなね」

ブレンダはみるみる青くなった。「それだけはやめて。絶対に。私にはもう――」

「それしか残されていない。そうだよな。かつては君を熱愛する夫と息子がいた。だが君は二人を捨てた。いまは二人とも、別の人を選んだ。ハートのある、ほんとうの女性だ。二人とも命あるかぎり彼女を愛するだろう。さあ、行って荷物をまとめたまえ。下りてきたときにはタクシーが待っている」

「あなたたち二人とも、ずいぶん賢く立ち回ったつもりみたいね。でも私には友達がいるのよ。友達に言うわ。あなたが私を追い出して、どこかの言語療法士を引き入れたって」

「弁護士だ」

「いいえ」ジーナが口をはさんだ。「言語療法士のほうがずっと聞こえがいいわ。そうでしょ、ブレンダ？ ジョーイのことを理解できて、助けられる人。愛情あふれる母親のあなたにしてみれば、これ以上望めない人材よ」

「どういうこと？」

「あなたは手ひどい扱いを受けたわ。世間に言えば同情を集めるでしょう」

「ジーナ！」カースンが声をあげたが、ジーナは手でそれを制した。

「最初のインタビューは離婚が正式になったときがいいんじゃない？」

「最初のインタビュー？」

「状況を最大限に利用すればいい。カースンと私は数週間後に結婚するわ。私が日取りを知らせるから、あなたはその日に二度目のインタビューを設定して、私たちの結婚式を台なしにするといいわ」

その考えはブレンダの顔に意地悪なほほえみをもたらした。ジーナは軽蔑《けいべつ》と哀れみをもってそれを見ていた。彼女が何をしようと、私がカースンの妻になる日を台なしになんかできない！

二人の女性の目が合った。沈黙のなかで契約が成立した。

「もちろん私は、我が子のためなら犠牲になるわ。たとえ夫と家庭をあきらめることになっても」

ブレンダは頭のなかで、めまぐるしく計算した。一瞬三人の頭に、ブレンダを殉教者と称《たた》える新聞の見出しが浮かんだ。

「私もカースンもマスコミとは話さないから、だれもあなたの言い分を否定する人はいないわ」

「あなたはどうなの？」ブレンダはカースンの方を

向いた。「あなたも同じ気持ち？」

「もちろん」彼は軽蔑したように言った。「二度と僕にかかわらないでくれ。僕も君とはかかわらない。君が僕のことをなんと言おうと平気だ」

「でもジョーイとは連絡を取ってね」ジーナは急いで言った。「そのうち、彼がちゃんとしゃべれるようになったら、あなたと彼は――」

「あの子はあなたにあげるわ」ブレンダは小声で言った。「十分後にタクシーを来させて」

まもなく彼女は後ろも振り返らず出ていった。

ジョーイはジーナに寄り添って、母親が出ていくのを見ていた。彼は傷ついていたが、これ以上傷つくことがないのもまた事実だった。父親と同様、ジョーイも選択した。最終的な選択だった。

〝もうどこにも行かない？〟

「ええ、ずっといるわ、ダーリン」

ジョーイは父親の袖に触れ、ジーナを指さして、片手の手を丸め、もう一方の甲をたたいた。

「そのサインは知らないよ、ジョーイ」

「結婚という意味よ」ジーナはかすれた声で言った。

「そうだ。僕たちは結婚するんだよ」

ジョーイは別のしぐさをした。

「そうだとも。僕たち三人はね」

「いまのはわかったの？」彼女は震える声できいた。

「君が教えてくれたから。君がいなかったら決して理解できなかっただろう」

「やってみて、カースン。この目で見てみたいの」

カースンはうなずいた。彼はまじめにジーナの方を向き、手を丸めて胸の前で交差させた。

〝愛〟と、彼は言った。

ハーレクイン®

ハーレクイン・ディザイア　2020年5月刊（D-1900）
ハーレクイン・イマージュ　2001年7月刊（I-1450）

スター作家傑作選
～愛は心の瞳で、心の声で～
2024年8月20日発行

著　　者	ダイアナ・パーマー　他
訳　　者	宮崎亜美（みやざき　あみ）　他
発 行 人	鈴木幸辰
発 行 所	株式会社ハーパーコリンズ・ジャパン 東京都千代田区大手町 1-5-1 電話 04-2951-2000（注文） 0570-008091（読者サービス係）
印刷・製本	大日本印刷株式会社 東京都新宿区市谷加賀町 1-1-1
装 丁 者	小倉彩子
表紙写真	© Lightfieldstudiosprod, Evgeny Karandaev, Olga Korshunova, Victoria Shibut ｜ Dreamstime.com

ISBN978-4-596-96146-4 C0297

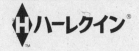

今月のハーレクイン文庫

8月刊 好評発売中！

Harlequin 45th Anniversary

帯は1年間
"決め台詞"！

珠玉の名作本棚

「浜辺のビーナス」
ダイアナ・パーマー

マージーは傲慢な財閥富豪キャノンに、妹と彼の弟の結婚を許してほしいと説得を試みるも喧嘩別れに。だが後日、フロリダの別荘に一緒に来るよう、彼が強引に迫ってきた！

（初版：D-78）

「今夜だけあなたと」
アン・メイザー

度重なる流産で富豪の夫ジャックとすれ違ってしまったレイチェル。彼の愛人を名乗り、妊娠したという女が現れた日、夫を取り返したい一心で慣れない誘惑を試みるが…。

（初版：R-2194）

「プリンスを愛した夏」
シャロン・ケンドリック

国王カジミーロの子を密かに産んだメリッサ。真実を伝えたくて謁見した彼は、以前とは別人のようで冷酷に追い払われてしまう――彼は事故で記憶喪失に陥っていたのだ！

（初版：R-2605）

「十八歳の別れ」
キャロル・モーティマー

ひとつ屋根の下に暮らす、18歳年上のセクシーな後見人レイフとの夢の一夜の翌朝、冷たくされて祖国を逃げ出したヘイゼル。3年後、彼に命じられて帰国すると…？

（初版：R-2930）